A las afueras
del mundo

Jesús
Gil Vilda

A las afueras del mundo

Jesús
Gil Vilda

Ediciones Destino
Colección Áncora y Delfín
Volumen 1332

© Jesús Gil Vilda, 2015

© Editorial Planeta, S. A. (2015)
Ediciones Destino es un sello de Editorial Planeta, S. A.
Diagonal, 662-664. 08034 Barcelona
www.edestino.es
www.planetadelibros.com

Primera edición: mayo de 2015

ISBN: 978-84-233-4949-4
Depósito legal: B. 9.285-2015
Impreso por Romanyà Valls, S. A.
Impreso en España-*Printed in Spain*

El papel utilizado para la impresión de este libro es cien por cien libre de cloro
y está calificado como papel ecológico.

Para mi padre

Para venir a lo que no eres, has de ir por donde no eres.

San Juan de la Cruz
Versillos del Monte de Perfección

Hacía seis horas que Krzysztof Sobolewski había abandonado en mangas de camisa, con la corbata levemente desanudada, el interior del coche de alquiler para apoyarse en la barandilla del puente transbordador y pedirme un cigarrillo, muy educadamente, con un acento en inglés de origen difícil de adivinar. Ambos habíamos empezado a disolver nuestros pensamientos en aquellas aguas sobre las que viajábamos en una barquilla suspendida de unos cables fijados a un rectángulo que se deslizaba por unos travesaños apoyados sobre dos torres de acero, una a cada orilla de la desembocadura del río Tees. Tras varias caladas reposadas, todavía con el humo en los pulmones, como si fuera un asmático al que acabase de devolver la respiración, había fijado su vista en la mía para murmurar estas palabras:

—Mírenos, dos hombres de aproximadamente la misma edad, de una orilla a otra; dos desconocidos con poco en común, salvo, quizá, que ambos hemos sido felices y hemos amado; hemos sido desgraciados y hemos odiado.

Tras la última bocanada de humo, había lanzado el cigarrillo al aire de la mañana y ejerciendo un control absoluto sobre su cuerpo había pasado la pierna derecha sobre la barandilla y después la izquierda, para permanecer al otro lado mirando con indiferencia las aguas en las que en aquella época del año, aseguran, los salmones remontan la corriente.

Del instante mismo de su desaparición, recuerdo los cuatro dedos de su mano izquierda asidos a la barandilla. Imagino que su cuerpo quedó suspendido como un péndulo sobre la desembocadura mientras su voluntad suicida luchaba contra el instinto de supervivencia. Imagino que debió de contemplar las revueltas y contaminadas aguas bajo sus pies con la lujuria de un hambriento de muerte y debió de elevar la vista al cielo con la fe de un santo. Pero no me asomé para mediar en su lucha interior, ni después para verlo caer, cuando los dedos resbalaron dejando en el acero cuatro regueros de sudor que la brisa secó antes de haber alcanzado la otra orilla.

Solo nosotros dos habíamos subido a la *gondola* del puente transbordador; él al volante de un lujoso coche de petróleo, que había quedado abierto con las luces encendidas, y yo a pie. En lugar de gritar «¡hombre al agua!», entré en el coche y cerré la puerta.

Los jugos gástricos comenzaron a abrasar la boca del estómago y los latidos de mi corazón a retumbar como una pelota de tenis en el vientre de un contrabajo. Entonces una voz de mujer me sustrajo de aquellos síntomas: el navegador había quedado encendido con un destino convenientemente prefijado. Respiré aliviado cuando sentí el encaje de la plataforma al llegar a la otra orilla. El futuro resultaba tan sencillo como ponerme a las órdenes de aquella profeta vía satélite, dispuesta a ocuparse de mi porvenir.

Conforme el coche descendía mansamente hacia la otra orilla, comenzaron a sucederse las imágenes de la vida que dejaba apresada sobre la desembocadura del río Tees en pendular purgatorio: Lars y sus ojitos recién abiertos al mundo, Inghild y su nebulosa de sueños rotos, el vientre de la central nuclear que aquella mañana habría limpiado junto a los muchachos, los ecos de las aulas donde solía impartir clase, el olor del polvo sobre las revistas científicas y el aire tantas veces respirado. Me despedí de todo aquello en el preciso instante en el que el puente de acero desapareció del espejo retrovisor, un instante veloz, atolondrado, como suelen serlo aquellos en los que sucede lo irreversible.

Los muchachos y yo habíamos pasado la noche en un Bed & Breakfast de Port Clearance, al otro lado del río Tees, un lugar con aspecto de estar, ya no a las afueras de Middlesbrough, sino del mundo. Al descender la noche anterior de la furgoneta de motor eléctrico, en la parcela contigua a nuestro albergue, nos encontramos con las ruinas de un pub llamado Queen's Head, clausurado después de un incendio, según nos contó el dueño del Bed & Breakfast, mientras escribía con dos dedos nuestros nombres y números de pasaporte en el teclado. Lo curioso del suceso parecía ser que no había sido aquel el primer incendio en el Queen's Head, sino que el mismo pirómano, al salir de la cárcel tras cumplir condena por un idéntico crimen anterior, lo había vuelto a quemar, esta vez con el matrimonio que lo regentaba dentro. Crimen pasional, afirmó. A nuestra pregunta sobre si en algún otro establecimiento del pueblo nos servirían unas cervezas antes de ir a dormir, el poco aseado gerente soltó una carcajada seguida de un «si piensan salir, les agradecería que abonasen la cuenta por adelantado».

Mi habitación estaba en el tercer piso, orientación noreste. Me asomé a la planicie cenagosa para intentar adivinar la ubicación de la central nuclear que al día siguiente nos estaría esperando con sus fauces abiertas, pero solo alcancé a ver los focos de los militares, unos haces cónicos que se proyectaban sobre la bóveda de nubes. No podía quitarme de la cabeza las bromas de los muchachos sobre las «microondas», parecidas a las de un grupo de alpinistas, en torno a una sopa caliente, contándose las veces que han estado a punto de morir. Intentaba distraer mis pensamientos. Sentí incluso el impulso de abrir un libro, pero, como ya venía siendo habitual, no llevaba ninguno en la maleta. Durante aquel periodo de mi vida, al igual que para mucha gente, la lectura se había convertido en un refinamiento absurdo, abono para un espíritu que ya no encontraría tierra donde germinar.

En aquellos tiempos, solo los mendigos exhibían libros en lugares públicos, vagones de metro o trenes, ante la indiferencia del resto del pasaje. No había resultado necesaria la censura de los Estados ni de las grandes corporaciones; sencillamente la población había caído en una especie de infección muy contagiosa. En lugar de ensayos y novelas, proliferaban los microrrelatos, que solían deslizarse por las pantallas de los medios públicos de transporte en contraste con la afanosa lectura de los mendigos. Uno de aquellos escritores se llamaba Manfred Papadama. Siempre firmaba con un dibujo de su cara de perfil. Uno de sus relatos más famoso decía: «Los asesinos difundieron que Dios había muerto. Los ángeles mediaron para que Dios permaneciese oculto a cambio de recibir las oraciones de los asesinos por toda la eternidad. Después, los ángeles asesinaron a los asesinos y ya nadie supo que Dios seguía vivo».

En el cajón de la mesilla encontré una Biblia y una guía manoseada con fotos y algo de historia de la zona. Allí aprendí que Middlesbrough (de Port Clarence no contaba nada) había sido la segunda ciudad británica más bombardeada por la Luftwaffe durante la segunda guerra mundial y el segundo objetivo de los megatones soviéticos durante la guerra fría. Tales atenciones por parte de enemigos pretéritos se debían a su liderazgo industrial y minero durante siglos. Cuando a comienzos del siglo XXI la producción de petróleo había comenzado a declinar, la refinería y el polo químico se habían visto obligados a cerrar. Así las cosas, la central nuclear se había convertido en la gran esperanza de aquella deprimida zona.

Todo era cochambroso en aquel lugar. Todo había sido abandonado hacía tiempo, salvo el brillo de la carcasa de la pantalla del televisor, colgado de la pared. Apreté al azar un botón del mando a distancia y ante mi vista se sucedieron un buen número de combinaciones de glandes, vulvas perforadas por la bisutería, esfínteres, uñas pintadas de rojo y lenguas fuera de sus bocas, todo ello mal fotografiado y espantosamente vestido y maquillado. Aquella carne eréctil y aquellos orificios húmedos tampoco consiguieron captar mi atención durante mucho rato. No era la primera vez que nos asignaban la limpieza de la zona del reactor. Lo habíamos hecho ya en otras dos ocasiones, en Doel, cerca del puerto de Amberes, y en Bezneu, en el norte de Suiza. Pero sobre la nueva Hartlepool, en cuyo vientre ingresaríamos a la mañana siguiente, los muchachos llevaban varios días comentando las excesivas prisas del gobierno británico y el consorcio privado responsables de la ingeniería y de la construcción para ponerla en marcha. Los trabajos, finalizados un año antes, habían alimentado a más de tres mil familias durante seis años y solo después de que la central nuclear tuviera que ser detenida, en tres ocasiones, por motivos no del todo desvelados a la opinión pública, los vecinos habían empezado a desconfiar.

Yo, en otro tiempo, no muy lejano, pero sí muy distinto, enseñaba Física Cuántica en la Facultad de Ciencias a aquellos alumnos que se matriculaban en la materia, de dos a siete por trimestre. Cómo acabé convertido en técnico de mantenimiento de instalaciones nucleares es algo que debo a la empresa de capital riesgo que se hizo con la universidad.

Me había preparado para aquellas pruebas durante los dos meses que anduve desocupado tras la rescisión de mi contrato. Después de haber superado numerosas entrevistas y formularios de índole diversa, fui seleccionado para cubrir el puesto de jefe de cuadrilla, gracias principalmente a mi nivel de inglés, pues a nadie interesó el contenido de mi tesis doctoral ni de mis trabajos posteriores de investigación —sobre piones, leptones y demás criaturas—: todos mostraron más interés en mi grado de convencimiento sobre los efectos perversos de la molécula de CO_2 y de la seguridad y el respeto por el medio ambiente de los nuevos reactores de fisión. Recuerdo con particular nitidez a una de aquellas entrevistadoras, de una carnalidad tan al alcance de la mano que daba la impresión de estar dispuesta a hacer el amor con todos y cada uno de nosotros, hombres y mujeres, con tal de alcanzar el sustrato más profundo de nuestra personalidad. Intentó desenmascararme con el tema de las «microondas» mientras se retiraba el pelo y sus pechos rebosaban el festón de un sujetador oscuro bajo una blusa clara. Vino a formular la pregunta de la siguiente manera:

—Y a usted, que acaba de tener un hijo, ¿no le preocupa la radiactividad?

—No más que este maldito calor.

—Sabrá, dada su formación, que la fisión nuclear constituye una energía limpia.

—¿Se refiere a que no emite CO_2?

—Y por tanto, limpia.

Inghild y yo estábamos pasando una mala racha. Ella también había perdido su empleo de traductora en una agencia de noticias; nos quedaban más de dos décadas de hipoteca por pagar e inopinadamente habíamos traído a Lars al mundo, un niño rotundo y alegre, en contraste con los tiempos que nos estaban tocando vivir.

Yo había aceptado la paternidad como un imperativo, pero nunca pensé que no llegaría a abrirse en mí un sentimiento que, según cuentan, se extiende como el cemento por los intersticios entre los demás bloques del carácter para fraguar una solidez nueva. Nada de aquello hallé dentro de mí cuando el pediatra puso a Lars en mis brazos, más morado que rosa, con una secreción en la piel parecida al talco líquido, todo boca, todo manos y pies, y dijo: «tome, es suyo». Semejante vacío de sentimientos no es algo que un padre pueda confesar; ni tan siquiera a sí mismo. ¿Cómo se sentiría un herido al que amputan una extremidad que nunca ha tenido, un tercer brazo o una tercera pierna, y al día siguiente, a pesar de que su apariencia física es la misma, se siente convaleciente, febril, y aún peor, comienza a experimentar esas sensaciones fantasmagóricas que deja un miembro amputado, como si todavía estuviera en su sitio, aunque nunca haya estado, como una extremidad doblemente fantasma, porque no ha existido y porque, a pesar de ello, es igualmente añorada? Parecidas fueron mis sensaciones durante los primeros días de vida de Lars.

Con mi no-sentimiento pasé las dos primeras noches de hospital, repitiéndome una y otra vez que era todavía pronto para extraer conclusiones definitivas. Las primeras semanas transcurrieron en aquel estado de libertad autovigilada sin buscar explicación al fenómeno. Ya se sabe: en los primeros días no se dispone de mucho tiempo; de pronto, un ser que antes no existía tira de uno, día y noche, con el objeto de satisfacer sus tres necesidades elementales, en un alarde de incompetencia por parte de la naturaleza. En otros ámbitos, se puede simular una enfermedad para evadirse de ir un día al trabajo, están socialmente admitidas las excusas para librarse de celebraciones familiares, incluso un amante es aceptado en silencio por muchos cónyuges. Pero en el caso de los hijos, tiran de uno, día y noche, a golpe de llantina, sin escapatoria posible.

Durante las semanas posteriores al vacío de sentimientos, se fueron añadiendo ingredientes nuevos a la nostalgia de algo que nunca se ha tenido, la peor de todas, pues al estado taciturno de la añoranza se suma la duda razonable de si aquello no habría dado, de una puñetera vez, sentido a la existencia. Además, Inghild tenía que dividir sus atenciones entre dos seres en apariencia desvalidos y, obviamente, se decantó por el que lo estaba de verdad. Ofrecía los pechos con determinación y una destreza que yo no esperaba de su carácter aniñado y veleidoso. Únicamente en aquellos instantes, cuando veía a la madre y al hijo unidos por aquel vínculo, aparentemente indestructible, me recorría una extraña perturbación, mezcla de la referida nostalgia y algo de envidia. Empecé a notar, casi permanentemente, su mirada; al principio escrutadora, después compasiva. Nunca preguntaba. Se limitaba a observar mis movimientos mecánicos mientras bañaba a Lars o le cambiaba el pañal. Aquella comprensión tácita por su parte, cuando ella siempre había sido muy amiga del «nunca hablamos de lo nuestro», me hacía sentir todavía más menguante ante sus agigantados afectos de madre.

Empecé a no encontrar la senda de regreso a casa por las tardes.

Daba todo género de explicaciones: una tutoría que se alarga más de lo previsto, reunión de departamento, corrección de exámenes, todas aquellas ocupaciones inanes pero revestidas de enorme importancia por un profesor cuya asignatura no servía para formar obreros cualificados. Cada tarde, después de que mis dos compañeros de despacho ya se hubieran ido, quedaba cautivo de la intrigante mirada del buscador de la red. Al principio, me decía a mí mismo que aquellos minutos de disipación eran los más idóneos para la exploración de nuevos artículos científicos. Pero muy pronto, mis búsquedas comenzaron a desviarse por otros vericuetos. A los pocos días, un mensaje del rectorado llamaba mi atención a causa de los contenidos «inadecuados que seguramente otra persona, haciendo uso de su clave personal, consume desde su estación de trabajo. Le recomendamos que cambie su clave personal». Tras aquella bochornosa reprimenda, terminé la tarde sentado en una cafetería, leyendo una y otra vez las mismas preguntas del examen para el día siguiente. Aquella escena se convirtió en rutinaria en las semanas posteriores. Permanecía en mesas o barras de bares fingiendo ser un hombre de negocios ocupado en las cláusulas de un contrato comercial o un escritor en árido diálogo con su cuaderno de espiral.

Era febrero, un mes particularmente lluvioso. Observaba toda aquella agua caer desde mi mesa, junto a un café caliente, y me entretenía especulando sobre lo que mis convecinos de bar pensarían de un hombre solo, enfrascado en una actividad aparentemente tan absorbente. Fue entonces cuando empecé a impostar miradas de éxtasis creativo y fatiga intelectual, que hallaron respuesta en algunas de las mujeres allí congregadas. No era extraño que fueran aquellas con pareja las más proclives al intercambio ocular, como queriendo decirme: «Me permito detener mi mirada en usted, durante este imperceptible segundo, para revelarle un deseo de aventura mucho más excitante que la consiguiente culminación, seguramente decepcionante, ya que, con la perspectiva que usted y yo tenemos de estos asuntos, ambos sabemos que terminaríamos siendo amantes tan predecibles como lo son actualmente nuestras respectivas parejas».

A mi regreso a casa, Inghild nunca estaba dispuesta. Su libido parecía haberse apagado y las relaciones sexuales, actos mecánicos. Después comprendí que no era el deseo lo que había perdido, sino el deseo de estar conmigo.

Con la llegada del buen tiempo, empezó el que terminaría siendo mi último trimestre en la universidad. Aunque la física cuántica no suele atraer la atención femenina, por algún motivo, aquel mes de abril una joven quiso sentarse en la primera fila de la pequeña y desgastada aula y, a partir de aquella clase inaugural, no saltarse ni una de mis tutorías telemáticas. Aquella muchacha habría pasado desapercibida en una clase de bioquímica molecular, pero en la mía logró excitar a toda aquella materia minúscula, constituida por mis alumnos y yo, a un nivel de energía superior. En aquella primera clase, como en casi todas las primeras clases, intenté resultar ameno. Hablé de los problemas de Niels Bohr para expresarse en público, siempre con una mano tapándole la boca, y de su amistad con Werner Heisenberg, rota cuando este asumió la dirección del programa nuclear nazi. Hablé del drama interior de Max Planck, que viendo su famosa constante aplicada a las partículas en lugar de a la luz, sugiriendo de este modo la cuantificación de la materia, invirtió un buen número de años en intentar desestimar su propia teoría. Qué ingenuo, exclamé, si se hubiese fijado en la forma suprema de energía, que son los sentimientos, habría tenido que aceptar esa discontinuidad. Dije aquella estupidez mirando a la susodicha a los ojos. Aquella misma tarde me apresuré a asignarle hora de tutoría, a las seis, para asegurarme de que el despacho compartido hubiese quedado vacío.

El primer encuentro telemático transcurrió dentro de la normalidad. Pero, ya desde el segundo, los temas se alejaron de los estrictamente académicos. Descubrí que las relaciones de esa índole, ofrecen innumerables ventajas. En primer lugar, no importan los defectos físicos ni la indumentaria; no hay que haberse depilado ni afeitado antes; se ahorra perfume y maquillaje. Además, solo hacíamos uso de mensajes escritos, sin cámara, y por lo tanto disponíamos de tiempo casi ilimitado para elaborar cada una de nuestras respuestas. Algo que no sucede en una relación presencial o telefónica, donde una contestación a medias o unos reflejos lentos son penalizados instantáneamente. Recíprocamente, su demora en la respuesta, mientras observaba fijamente el espacio en blanco junto al cursor en la pantalla, aumentaba mi excitación. Nos resultaba indiferente el ciclo menstrual y si mi erección era o no tan robusta como describía por escrito.

En clase, su actitud difería en mucho de la desinhibición telemática. Atribuí aquel fenómeno al pudor inherente al encuentro físico. Vista, olfato y tacto requieren de su propio proceso. De aquel modo nos comportamos durante las cuatro clases presenciales posteriores a nuestra primera consumación virtual; profesor en estado de gracia, alumna receptiva, curiosa, certera en sus preguntas, pero evasiva ante cualquier intento de aproximación. Conviene aclarar un hecho que debería servir de atenuante para el espantoso ridículo que protagonicé a continuación. Una hora antes de la última clase de aquel trimestre, el decano de la facultad, un tipo de carácter viscoso y piel macilenta, me despidió en apenas quince minutos, habiéndome mirado a los ojos tan solo dos veces, al entrar y después al agradecerme los años de servicio, dieciséis, más los cuatro de tesis doctoral. Me pidió, eso sí, que cumpliese con mi deber hasta el último día, como así hice. Concluí mi última clase con mi habitual filípica contra la adoración tecnológica en detrimento de la ciencia verdadera. Fue ella, la alumna aventajada, la que se aproximó a despedirse. Yo le estreché la mano y le pedí que se quedase un rato más. ¿Para qué?, preguntó. Para comentar algunos aspectos de tu trabajo, respondí. Aceptó aquella invitación en el bar de la facultad. En mi defensa diré que yo nunca había intentado algo parecido; quiero pensar que por ética profesional, no por falta de ocasiones.

Su trato hacia mí resultó higiénico, en nada distinto al de cualquier otro alumno. Yo me quedé de golpe sin la elocuencia de un profesor veterano y ella sorprendida por las naderías sobre las supuestas deficiencias de su trabajo, por otro lado, excelente. Se puso en guardia. Pero cuanto más se alejaba ella de mí, más fogoso me volvía yo en mis objeciones. Ante sus claras señales, debería haber desistido. Sin embargo, cuando ya estaba claro que su único deseo era escapar huyendo de mí, mencioné nuestros encuentros virtuales y lo mucho que me habían reconfortado en aquel periodo tan difícil de mi vida familiar. Le solté, así, en crudo, la cárcel en que se había convertido mi matrimonio. No pareció incomodarse. De hecho, sonrió. Pero profesor, dijo, no habrá pensado que... No, por supuesto, atajé para no dejarle continuar, solo quería llamarte la atención por un tipo de hábitos que no considero saludables. Una cosa son las ligerezas que se escriben en la red, añadió, y otra la vida real. Noté un dolor muy hondo, no sabría decir si físico, pero concluí mi parlamento hasta el final. Eres una alumna brillante; no tienes necesidad de andar haciendo estas cosas. Usted también es un profesor excelente, concluyó ella, y se marchó.

Aquella tarde regresé a casa antes de lo que llevaba siendo habitual desde el nacimiento de Lars. La encontré vacía. Madre e hijo habían salido a dar una vuelta por el parque. Rebuscando en la red di con la convocatoria de trabajo para técnicos de mantenimiento de instalaciones nucleares. «Se valorarán conocimientos de ingeniería nuclear», rezaba el texto.

El coche de Krzysztof Sobolewski se había detenido en mitad de la barquilla segundos antes de iniciar el recorrido levítico sobre la desembocadura del río Tees. ¿Qué hacía yo allí en lugar de estar con los muchachos siendo fotografiado y escaneado en la caseta de acceso a la central nuclear? Había echado a correr. Había corrido calle abajo hasta doblar una esquina y esconderme detrás de los muros derruidos del Queen's Head. Desde allí había observado a los muchachos llamar a mi teléfono móvil, que hallaron desconectado, subir a la habitación, que hallaron vacía, e interrogar al chico de la recepción, cuyo oído era insuficiente para entender el inglés rudimentario de mis colegas. Los vi llamar a varios números, seguramente los de las oficinas de la empresa, pero era demasiado temprano para que los parisinos respondieran al teléfono. Estuvieron deliberando durante unos minutos, discutiendo incluso, hasta que finalmente el más corpulento y cabal les ordenó entrar en la furgoneta y marchar hacia la central a cumplir con su obligación.

Aquella última mirada de Krzysztof Sobolewski me ha acompañado toda mi vida. En aquel tiempo tumultuoso, al igual que mucha otra gente, yo también me empeñaba en buscar señales en las casualidades, como la que supuso el parecido físico y la coincidencia en nombres. Yo me llamo Jesús, nombre común en mi país, y él, como me desveló tres horas después su pasaporte, Krzysztof, que significa *el portador de Cristo*. En la coincidencia de aquellos pequeños hitos buscaba una lógica causal; ejercicio disparatado, como he sabido después; pues Dios, el Dios que he conocido, no ha tejido un destino para cada uno de nosotros. Seguramente tal hallazgo empezó a fraguarse aquella mañana de comienzos de marzo, bajo un sol resuelto en comparación con las nubes titubeantes que lo acompañaban, cuando me enfrenté a la mirada de un hombre cuya muerte acaso evitó la mía.

A las órdenes del navegador conduje durante tres horas por las carreteras del centro de Inglaterra. Alarmado por el indicador del nivel de gasolina, me decidí a repostar en una de aquellas estaciones de servicio amuralladas. Tras detener el coche delante de la barrera de entrada, el guardia de seguridad solicitó mi nombre y lugar de residencia, así como la tarjeta que permitía entrar en aquellas ventas lujosas donde se reunían los vehículos de petróleo que todavía circulaban por las carreteras. Eché mano de la americana, que había permanecido todo el tiempo olvidada en el asiento del copiloto, bajo su atenta y susceptible mirada y, tras varios intentos —bolsillos interiores y exteriores—, di con la cartera y el pasaporte. Con el ángulo del ojo busqué algún dato que ofrecer a aquel fusil a sueldo de la distribuidora de productos del petróleo.

—Krzysz-tof-So-bo-lews-ki —dije, improvisando un acento extraño, pues en aquel preciso instante supe su nombre y su nacionalidad—: Polonia.

Mostré el pasaporte con determinación. Pero enseguida reparé en lo inadecuado de mi indumentaria: mono de trabajo de colores azul y naranja.

—Necesito cambiarme —me excusé— y asearme un poco. He estado supervisando los trabajos de la central de Hartlepool.

—La tarjeta, señor Sobolewski —replicó sin borrar la sospecha de su cara—. Necesitaré ver su tarjeta.

—Nunca sé dónde la he dejado. ¿Le importaría? —le ofrecí la cartera de mano.

Antes de tomarla, el membrudo hizo un gesto a un colega suyo que había estado examinando los bajos del coche con ayuda de un espejo. Al poco, dio con la tarjeta brillante que extrajo de la cartera y acercó al lector. La barrera se elevó y, mientras me dedicaba una sonrisa de bienvenida, el guardia hizo un gesto de normalidad al otro, que ya se había acercado con el cañón del fusil sobre su antebrazo.

—Le deseo una feliz estancia con nosotros —rubricó.

Conduje el hermoso coche lentamente entre los jardines y las fuentes bien cuidados. Pasé por delante de los muros medievales de un castillo cubierto de hiedra trepadora, en cuya parte trasera, para evitar romper la armonía del lugar, se ocultaban los surtidores de gasolina.

Un amable joven llenó el depósito y obtuvo el importe de aquella tarjeta de brillo metálico indefinido. En mi interpretación de Krzysztof Sobolewski, oriundo de Dantzig, también llamada Danzig o Gdansk, todo parecía fluir con naturalidad, o de aquel modo lo recuerdo ahora, pues en aquellos días primeros de mi nueva vida, no tenía la impresión de estar comportándome de manera extraña. Ponerme al volante de un coche huérfano y a las órdenes de un navegador no eran, en mi estado depresivo de entonces, acontecimientos extraordinarios.

Mientras esperaba, imaginé que era posible reconstruir la vida reciente de una persona, pieza a pieza, como un puzle en el tiempo, a partir de los mensajes enviados y recibidos en su teléfono móvil. Emprendí la búsqueda en el teléfono que encontré encendido en un bolsillo interior de la americana. Quedé abismado leyendo aquellos textos en varios idiomas, la mayoría comprensibles para mí, en inglés, otros descifrables solo a medias, en francés e italiano, y algunos totalmente incomprensibles, en alemán y una lengua centroeuropea que, de acuerdo con su pasaporte, debía de ser polaco. Nacimientos, bodas, extravíos de maletas en aeropuertos, defunciones, órdenes de compraventa de valores, felicitaciones de aniversarios, resultados de intervenciones quirúrgicas, buenos augurios para el año nuevo, cotizaciones bursátiles y numerosas enhorabuenas por la victoria de la selección polaca en el último mundial de fútbol. Recuerdo que, pese a mi entusiasmo inicial, no saqué mucho en claro de todo lo que encontré, en su mayoría de carácter personal y en buena medida insustancial. Era un teléfono rudimentario, con un sistema operativo muy reducido, lo cual arrojaba un indicio sobre la personalidad de aquel hombre: no era amante de los avances tecnológicos o bien no quería ponerle las cosas fáciles a un espía. Su buzón estaba ordenado y limpio. Recuerdo el más antiguo: «Salgo de casa. ¡Ha quedado preciosa!». Lo firmaba Réjane, la misma mujer que un par de meses antes de nuestro encuentro en el puente transbordador, escribiría: «No tengo nada más que añadir. Este es mi último mensaje». Era otra mujer, Lorraine, la que había escrito: «Cuando me viene el viaje a la cabeza, me pongo TAN contenta». Había otros de carácter más detectivesco: «Llámame, ya sé qué banco van a intervenir», ordenaba Peter Lloyd, a quien Sobolewski semanas después escribía: «Espero que no te haya sentado mal lo que te he dicho. Mi vida es un desastre. Siento mucha presión y necesito respirar».

Alguien golpeó la ventanilla del coche. Tras el sobresalto, pude ver un rostro de piel herrumbrosa, cuarteada por la intemperie y seguramente por las enfermedades mentales. Aplastó contra el vidrio un libro cuyo título no alcancé a leer, porque emprendió antes la huida entre los setos.

—¿Está usted bien? —preguntó el guardia que lo había ahuyentado.

—Sí. —Asentía con la cabeza.

—¿No le ha hecho nada?

—Mostraba la portada de un libro.

—A veces entran y se sacan eso..., ya me entiende, delante de las chicas.

—No parecía peligroso.

—Tienen su propia jerarquía, jefe de estado y ministros. Este estaría haciendo méritos para una secretaría general —bromeó—. Le pido disculpas en nombre de la fundación.

Aparqué el coche y me apresuré a abrir el maletero. No quería entrar en aquella lujosa posada con el mono de trabajo que delataba mi auténtica identidad. En la maleta encontré equipaje como para pasar unas largas vacaciones: bañadores, camisetas, calzado deportivo, todo meticulosamente ordenado. Me puse una camisa blanca, lisa, pero no di con unos pantalones que hicieran juego con la americana que había quedado tendida en el asiento del copiloto. Visualicé entonces la foto que al día siguiente podría llegar a aparecer en las televisiones locales, pero que a mí me sobrevino en aquel instante, escondido tras el maletero, vigilando en todas direcciones para evitar ser descubierto. Sentía como si parte de mí hubiese saltado por la borda con aquel cuerpo pero hubiese acabado separándose de él antes de terminar tendido boca abajo sobre una playa de piedras con aquellos pantalones que me habrían hecho sentir tan elegante.

El nudo de una corbata y la americana me dieron la confianza suficiente para atravesar la barbacana anterior a los muros tapizados de hiedra y entrar en aquella fortificación elevada sobre la miseria colindante.

Hombres y mujeres de todas las edades conversaban acodados en las barras de los dos bares o en torno a las mesitas distribuidas por los rincones del gran vestíbulo con suelo de mosaico y alfombras persas. Una foto de la familia real, sobre la escalinata de mármol, nos vigilaba con sus sonrisas relucientes. En siete monitores de videojuegos mataban el tiempo niños, jóvenes y adultos. Un par de bebés tumbados boca arriba en un redil circular manoteaban bajo sus respectivos gimnasios mientras las niñeras cuchicheaban.

El tiempo trascurría más despacio en aquel gran vestíbulo, obligando a los que allí entrábamos a movernos con la misma lentitud, como si caminar o llevarse un vaso a los labios fuesen ejercicios terapéuticos. Me mantuve indeciso durante algunos segundos en los que nadie se ocupó de mí; la invisibilidad también parecía una cualidad adquirida al entrar. Aquella tarjeta que todo lo compraba me proporcionó un whisky con hielo, no sin antes haber tenido que firmar que no conduciría en las próximas dos horas. Tuve que ensayar antes la firma en las servilletas de papel utilizando la del pasaporte como modelo. Me senté finalmente en una butaca junto a una de esas mesitas bajas.

Debí de quedarme dormido enseguida. Al cabo de media hora, me despertaron los ladridos de un perro y un hedor mezcla de sudor, orina, seborrea y heces, imposible de dividir en sus partes y capaz de impregnar la propia piel y penetrar en el interior del cuerpo intoxicándolo todo. Aquel rostro del surtidor de gasolina reaparecía de nuevo ante mis ojos. Estaba sentado frente a mí, mientras leía las páginas de aquel libro cuyo título no había alcanzado a leer. Una mujer de uniforme, de pie junto a él, armada y con esposas al cinto, tiraba del collar de un perro con bozal.

—¡Eh, catedrático —le increpaba—, devuélvesela!

El mendigo sacó de la última página del libro una de aquellas tarjetas brillantes y la mostró a la muchacha.

—Se equivoca, señorita —respondió—. Pago puntualmente mi suscripción. —Y volvió a su lectura.

El perro, azuzado por ella, comenzó a ladrar con rabia. Ya no eran ladridos esporádicos. Babeaba y mostraba los dientes cautivos dentro del bozal.

—*Abrid camino, señores míos* —comenzó a leer en voz alta el «catedrático»—, *y dejadme volver a mi antigua libertad; dejadme que vaya a buscar la vida pasada, para que me resucite de esta muerte presente.*

—¡No te jode con el doctor honoris causa!

La muchacha echó la mano libre a las esposas. El perro seguía ladrando y babeando.

El mendigo se puso en pie. Llevaba unos zapatos de plástico verde sin calcetines que había intentado disimular metiendo por dentro el final de las perneras deshilachadas de los pantalones. La intensidad de su mirada obligó a la muchacha a dar un paso atrás.

—*Ni esta lanza* —cerró el puño como si blandiese una lanza—, *ni este escudo* —armó el brazo muy cerca de la cara de ella—, *ni todas juntas estas armas* —acercó su cara hasta casi rozar la nariz de ella—, *os podrán admirar de aquí en adelante, habiendo ya sabido quién soy y la profesión que ejerzo.*

Entonces el mendigo echó a correr. El perro siguió ladrando durante algunos segundos, más violentamente, deseoso de echar a correr tras él.

—Eso. Vete —dijo la chica para sí—. Lo mejor que puedes hacer.

Tomó la tarjeta, que había quedado olvidada sobre la mesita, y se acercó a mí. El perro seguía con ganas de hincar el diente a alguien. Comenzó a ladrarme, pero ella le susurró algo en un idioma que no era inglés, un conjuro o una admonición, y el animal se tranquilizó.

—Aquí tiene —dijo mientras me la devolvía—. Vi cómo la sustraía de su bolsillo. Si tiene sueño, ¿por qué no va a una de las áreas de descanso?

Tomé la tarjeta y le di las gracias. Fui a refrescarme al baño.

Salí de allí y regresé al coche, donde me sentí nuevamente a salvo. Mi voluntad volvió a capitular en favor de un destino desconocido, que resultó hallarse a unas pocas millas de allí, en uno de los pueblos próximos a Londres que miran con indiferencia a la carretera que tira de ellos. Recibí la orden de detenerme junto a un hotel a la derecha del pavimento. No podía decirse que aquel fuera un hotel lujoso. Parecía más bien un *cottage* del siglo XVIII donde los participantes en una cacería pararían a pasar la noche. Descendí del vehículo, di las llaves a un empleado y abrí la puerta del maletero para que otro trasladase el equipaje hasta el interior de un hall inglesamente conservado, con sus columnas labradas, vigas de madera de perfiles irregulares y tapices con motivos cinegéticos y pastoriles: el lugar idóneo para el encuentro entre dos amantes de gustos lúgubres. Al detenerme delante de la recepcionista, junto a la maleta que no me pertenecía, pude constatar por segunda vez que el parecido entre la foto del pasaporte y mi rostro no suscitaba la menor sospecha. Fue después, en la habitación, a salvo del mundo exterior, cuando examiné detenidamente todas aquellas páginas con cuños y visados de países americanos, europeos, asiáticos y de Oriente Medio, caracteres cirílicos, árabes, chinos, medias lunas, fortalezas, flechas en ramilletes, cruces, columnas con capiteles y orlas enrolladas, sables y alfanjes para defender la paz, estandartes agitados por el viento bajo los que reunirse una nación: varias vueltas al mundo en los diez años de validez de un pasaporte, indexadas en apenas veinte páginas densas de tintas negras, verdes, rojas, con frases del Corán, la Biblia, latines áulicos, sánscritos arqueológicos, y en la última página, plastificada y enmarcada en líneas onduladas y entretejidas como fractales, aquella foto de un hombre serio, cuyo rostro dotado de expresión no había tenido tiempo de memorizar durante los escasos segundos en los que habíamos fumado un pitillo.

Miré mi reflejo en el espejo del baño y enseguida devolví la vista a la foto de la última página; mi rostro redondeado y cuadrado en el mentón y después la forma de aquel otro y las proporciones de su mandíbula... Miraba mis ojos sobre las ojeras marrones, pequeños pedazos de tierra arada, y después bajaba la vista para encontrar similitudes en aquellos otros, la única zona nítidamente perfilada en la fotografía, cejas, pestañas y pupilas; miraba mi pelo castaño, en retirada, y después intentaba calcular la densidad de pelo sobre aquel cráneo del que solo podía ver el final de la frente. ¿Habría tenido una cabeza ovalada por el cogote como la mía? Miraba mi nariz plana en el espejo y la encontraba idéntica a la otra, aunque tal vez la suya fuese más alargada, y las dos dimensiones de la foto y de mi imagen en el espejo conseguían asemejar dos rostros que de perfil habrían resultado muy distintos. Me esforcé entonces en recordar sus codos apoyados en la barandilla y sus hombros como cordilleras, y más allá de ellos la barbilla y la nariz y la mano sujetando el cigarrillo mientras daba la última calada. Pero fui incapaz de simular aquella tercera dimensión de su perfil.

¿Por qué Krzysztof Sobolewski querría alojarse en un hotel que desconocía —o de lo contrario no habría necesitado la ayuda de un navegador—, antes de haber cambiado de planes de manera tan abrupta? ¿Para cuántas noches habría reservado aquella habitación? La recepcionista no había preguntado y yo, por supuesto, no había dicho nada. Aunque, desde un pensamiento más racional, ¿qué importaba si aquel suicida estaba, por un suponer, en posesión de algún secreto industrial de tal gravedad que no habría sido capaz de soportar la presión de las amenazas de sicarios o políticos a sueldo de la industria nuclear o si acababan de diagnosticarle una enfermedad degenerativa o si padecía trastorno bipolar —y aquella mañana atravesaba sus horas más bajas— o si, como miles y miles de personas, acababa de perderlo todo en la quiebra de algún banco que el día anterior seguía manteniendo los mejores ratios de solvencia?

Si hubiese estado en mis cabales, tendría que haberme alejado a toda velocidad de aquellas conjeturas y de aquella habitación de hotel, a pie, sin ser visto. Tendría que haber dejado la cartera, la maleta, las llaves, el coche, el teléfono, el pasaporte y un cadáver cuyo cuerpo se hallaba a más de doscientas millas al norte, seguramente sobre una playa de piedras. Tendría que haber caminado treinta más hasta el centro de Londres, donde habría comprado ropa nueva, destruido el mono de trabajo y tomado el primer tren hacia París y desde allí el siguiente hacia España. Suponiendo que la empresa que me había contratado, de nacionalidad francesa, no hubiese dado parte de mi deserción a las fuerzas del Estado, todavía habría dispuesto de un valioso tiempo para hacer aquella conexión de trenes sin ser interceptado.

Un abandono del puesto de trabajo de aquellas características no podía resolverse de manera amistosa, ya que en mi contrato figuraba una cláusula de indemnización a la empresa en caso de resolución del mismo por parte del empleado. Todo ello se debía a que la empresa había compartido conmigo, por ser jefe de cuadrilla, secretos de extraordinaria relevancia para la seguridad nacional, considerándose mi abandono del puesto de trabajo, a todos los efectos jurídicos, una deserción, punible incluso con la cárcel.

La fuerza de la soledad, aquella que conocen los enfermos mentales, alejados ya no solo de los seres más queridos, en los que aún se reconocerían, sino de sí mismos, de su recuerdo antes de verse en compañía única de la enfermedad y de otros enfermos, parecía estar apoderándose de mí. Aquella nueva y desconocida perturbación de mi mente iba alejándome de una idea unitaria de mí mismo. Pero mi proceso de metamorfosis hacia Krzysztof Sobolewski aún tendría que atravesar un último obstáculo en forma de razonamiento cabal, que fue más o menos así: cuando el cadáver fuese encontrado sobre las piedras de la playa, el suicidio quedaría inmediatamente descartado, ya que alguien habría tomado el coche y las pertenencias del fallecido, habría hecho uso de sus tarjetas y hasta se habría alojado en un hotel haciéndose pasar por él. Todo aquello constituiría un móvil más que plausible de un homicidio. ¿Cómo intentar explicar a la policía o a un juez la verdad de lo ocurrido? «Acababa de desertar de mi trabajo y presencié aquel suicidio y decidí tomar prestado su coche para intentar regresar lo antes posible con mi familia.» Yo era entonces de ese tipo de personas que agachan la cabeza al pasar por delante de una comisaría; si además la explicación encerraba una mentira, como la de mi intención de regresar con mi familia, no quería imaginar la pírrica convicción gestual con la que habría acompañado mi defensa. Ni siquiera la enajenación mental transitoria habría servido de atenuante, ya que habría transcurrido demasiado tiempo desde el *asesinato* —yo mismo empezaba a utilizar aquella palabra—, un tiempo durante el cual me habría hecho pasar por él. En realidad me hallaba en el extremo opuesto de la atenuación, pues el fiscal tendría en su poder un móvil verosímil e imposible de rebatir: mi deserción me habría puesto en una situación desesperada y por ello habría matado a aquel desconocido para robarle el coche. ¿Y si el cadáver no llegaba a aparecer nunca? ¿Y si los tiburones, como los salmones, hubieran estado merodeando en las proximidades de la central buscando el alimento que se concentra en el agua caliente? En cuanto a los testigos, los dos empleados que operaban el puente solo habían recibido el pago de un billete para el trayecto, ya que los peatones cruzaban gratis, y seguramente, si no se habían percatado del salto, tampoco lo habrían hecho de mi presencia en la plataforma; de hecho nadie me había mirado al entrar ni al salir.

Dije adiós a mi reflejo en el espejo, salí del baño y me tumbé sobre la cama. A pesar de no haber desayunado aquella mañana, ni ingerido alimento alguno en todo el día, a excepción del whisky con hielo, no percibía el vacío de mi estómago. Había algo que me impedía dormir y no era el hambre. Me levanté y me senté en la silla junto al escritorio. Tomé todas las cuartillas a disposición y comencé a redactar esta nota:

Querida Inghild:

He intentado, por los medios de los que dispongo y con mi poca fuerza de voluntad, levantarme de la cama cada mañana para ir a trabajar como si la pérdida de todo horizonte fuese en realidad el comienzo de algo nuevo y bueno, como si tan solo nuestro corto entendimiento estuviese impidiéndonos comprender la génesis de un nuevo sistema social del que no necesariamente íbamos a quedar excluidos. Acepté este trabajo venenoso porque interpreté que no podía permanecer quieto mientras nuestra realidad se desmoronaba.

Pues bien, tras varios meses gobernado por las leyes de la selección natural, he comprendido que solo se adaptarán aquellos capaces de comportarse como un saco al que llenar cada vez que se vacía. Para todos los demás, los que habíamos confiado en la humanización de las instituciones democráticas, la noche de nuestros sueños se proyecta larga y fría.

He aprendido que los seres humanos nos dividimos en supervivientes y vencidos, y creo haber entendido las cualidades que hacen de un hombre un superviviente. Me gustaría enumerártelas.

Es imprescindible poseer un físico adaptable, resistente y fiero, y saber utilizarlo para el trabajo manual y físico, la llamada *inteligencia natural* o *pericia*; se precisa además un cerebro bien compartimentado, en donde nada se mezcle, y, a ser posible, aquellos espacios inútiles, como la nostalgia o la compasión, estén vacíos, y si no lo están, al menos sí han de permanecer estancos mientras dure la inundación; hace falta ser pulcro y aseado, aun a costa del propio alimento, pues incluso en las condiciones más denigrantes la apariencia eleva a los unos sobre los otros, mientras que la necesidad nos iguala a todos; es primordial saber gestionar la empatía utilitaria para poder instrumentalizar los deseos y las esperanzas de otros; por último, y tal vez lo más importante, hay que estar dispuesto a delinquir en cualquiera de sus formas.

Tú, que me conoces tan bien, sabes que no atesoro ninguna de dichas cualidades; a excepción, tal vez, de la pulcritud. He sido empujado a descender hasta el subsuelo, y allí he sido humillado y vencido. Solo me quedan tres posibles maneras de actuar: confiar en la caridad, robar (y, si es necesario, matar) o quitarme la vida.

En pocos minutos habré dejado de existir. Pero no quiero que sientas tristeza por mí. Me siento aliviado y hasta feliz, porque las últimas horas de una vida cuyo final ha sido elegido están gobernadas por una solemne calma, como si el alma, puntual a la cita, estuviese acicalándose para su viaje y hubiese ya liberado al cuerpo de sus coacciones.

¿Te acuerdas, Inghild, de aquella mañana de enero desde lo alto de aquel mirador sobre el océano al que habíamos subido excitados y asustados por el ruido que caía del cielo? Pudimos ver el surtidor de una ballena desafiar el monótono hermanamiento de mar y cielo. Me explicaste que aquel ruido que yo nunca había escuchado anunciaba el comienzo de una tormenta de hielo. Aquello era Stavanger, tu patria; llevabas puesto un abrigo marrón y un gorro rojo y yo no me había quitado todavía el distintivo de la conferencia a la que asistíamos, tú como editora, yo como ponente. Un leviatán pintado de gris sobre las olas nadaba entre las plataformas petrolíferas abandonadas. La temperatura descendió más de quince grados en pocas horas. Teníamos las mejillas rojas y los dedos de pies y manos próximos a la congelación. Estaba anocheciendo a las tres de la tarde y estuvimos besándonos hasta que el sol se puso por completo. Aquella amenaza de la naturaleza, aquel alarde de dominación no nos atemorizó; al contrario, nos llenó de paz, la paz del que celebra su insignificancia ante un poder descomunal.

Algo parecido siento ahora.

Esa imagen quiero que conserves de mí, aquel español que te dijo «*my English seems to be slow today*» antes de recibir tu beso, aquel beso oportuno, breve, y su intimidad posterior, lenta, golosa, hecha de la fogosidad adolescente pero ordenada por el juicio adulto, durante toda aquella tarde y su noche, mientras el cielo lanzaba su ataque invisible contra la tierra y el mar, y las cañerías de tu viejo apartamento chirriaban como articulaciones comidas por la artrosis. Tenías una estufa de carbón que alimentabas a cada hora. Cada vez que salías de la cama me gustaba seguir con la mirada tu cuerpo blanco como una mancha de nieve en el pasillo. Miraba entretanto el mío, mis manos, el torso velludo y me sentía primitivo, una mancha de petróleo sobre las sábanas. Después regresabas y era como si hubiese transcurrido un día entero; todo volvía a ordenarse; mis manos volvían a tener un propósito.

Aun sin saber si lo ocurrido había sido definitivo o solo un espejismo de un viaje de trabajo, arreglé los papeles de mi divorcio y tú encontraste aquel empleo a distancia en la agencia de noticias. Enseguida aprendiste español. Yo en cambio solo he llegado a decir *jeg elsker deg* en tu lengua.

¿Recuerdas la tarde en que perdiste tu empleo y lloraste durante horas porque no nos creías capaces de afrontar lo que se nos venía encima? Tenías toda la razón. Por ello he de abandonaros. Creo que las posibilidades de que sobreviváis entre los escombros de nuestro mundo crecen si yo no estoy. Debo retirarme. No quiero ser un lastre ni para ti ni para Lars.

Te suplico que no cuentes la verdad a Lars mientras sea niño. Tan solo dile, cuando tenga edad suficiente para entenderlo, que su padre fue un epicúreo.

Tuyo siempre:

Jesús

Me despertaron unos golpes en la puerta. Abrí los ojos y me encontré tumbado boca abajo sobre la cama, vestido con la ropa del día anterior. Tuve la impresión de que el aire cobraba textura y producía ondulaciones alrededor de mi cuerpo y que de mi piel emanaba la humedad de un vegetal enraizado en aquella cama. Me sobrevino una erección, como si mi miembro fuese la raíz que buscase profundizar en la falsa tierra. Por el momento, había silencio dentro de mí, y creí que si el mundo de fuera irrumpía en aquel silencio, poco a poco, las voces aún dormidas volverían a imponerse. Cerré los ojos para seguir experimentando el peso de mi cuerpo.

Pero los golpes, esta vez más impetuosos, volvieron a sobresaltarme. Valoré aquella segunda intromisión al arrullo de un repentino optimismo que ya se había anticipado en sueños. Había sido yo en aquel sueño un hombre gobernado por una voluntad titánica. No recordaba la naturaleza exacta de mi ministerio. Un científico en posesión de la clave para abastecer a la humanidad de energía barata y limpia, un líder revolucionario aclamado por las masas o un nuevo profeta capaz de ensanchar el corazón de los hombres. Acepté aquellas sensaciones y aquella excitación sexual como premonitorias y me dispuse a abrir la puerta.

La luz de la mañana golpeó mis ojos hasta casi hacerme caer de rodillas. Di dos pasos atrás para guarecerme de la pureza de aquella luz en las tinieblas de mi guarida. Reparé en mi aspecto. Iba descalzo, con la americana arrugada, el nudo de la corbata suelto y la camisa del día anterior, sin afeitar ni peinar. No había comido en día y medio.

—He sido feliz y he amado... —proclamó desde allí fuera una voz de mujer.

Pude al fin distinguir, delante de un jardín floreado, que me había pasado inadvertido el día anterior, a la recitadora, que se resguardaba de la llovizna bajo una gabardina beis y de la mirada de los demás tras unas gafas de sol sobre dos tercios de su cara. Llevaba recogido el pelo en un pañuelo y sujetaba una maleta en una mano y un bolsito rojo colgado del hombro en otra. No se identificó; tampoco se quitó aquellas gafas ni el pañuelo.

—He sido feliz y he amado... —repitió mientras abría con discreción el bolso y metía la mano dentro.

Aquellas palabras habían sido pronunciadas por Krzysztof Sobolewski en el instante anterior a su desaparición. Con toda probabilidad, tenía ante mí a la mujer a la que había dedicado sus últimos pensamientos. Con naturalidad completé la frase que recordaba bien:

—... he sido desgraciado y he odiado...

Entró y cerró la puerta. Se detuvo entre la cama y el escritorio. Dejó su maleta en el suelo. Se quitó las gafas de sol para que sus ojos pudieran recorrer el camino inverso, de la luz a la penumbra. Después se desabrochó la gabardina y liberó su melena. Sacó la mano del bolso y volvió a cerrarlo.

Rozó mis labios con los suyos, pero, ante mi pasividad, dio un paso atrás.

—¿Has dormido aquí? —preguntó mientras olisqueaba el aire.

—No sabría decir cuánto tiempo llevo aquí, ni qué me ha traído.

—Mírate. ¿Es esta una manera de recibirme? —Me examinó con interés, con expresión optimista, que poco a poco pude distinguir en la penumbra—. Si han de verte conmigo en público tendrás que asearte un poco. ¿No te parece?

Obedecí. La ducha y la cuchilla de afeitar fueron la siguiente estaciones en aquel viaje sin origen ni destino conocidos.

Salí del baño con una toalla anudada a la cintura. Ella permanecía de pie en el centro de la habitación. Había descorrido las cortinas. La luz de la mañana tamizada por los visillos tuvo un efecto tan reconfortante para mi mente como lo había tenido el agua para mi piel. Se había quitado la gabardina. Llevaba un bonito vestido con algo de vuelo, medias y zapatos de tacón. Ahora podía contemplarme sin indefiniciones. Nada le impedía darse cuenta de la suplantación. Sin embargo, siguió hablándome en aquel tono enfático, como si tal cosa.

—Muy pronto —proclamó— desde todos los confines de Inglaterra, una legión de hombres y mujeres se elevará como una tormenta, un huracán imposible de detener.

—Llevo meses dando tumbos y no he visto esa multitud por ningún lado.

—La verás. ¿Has desayunado? Me apetece un té.

Ahora sí, se acercó y me dio un beso más desenvuelto. La cercanía de su perfume corporal y mi desnudez mantuvieron mi excitación.

—Vístete. Te espero en la sala del desayuno.

No quise mirarla a los ojos para evitar una colisión desigual, porque, aunque yo estaba seguro de que ella era la Lorraine de los mensajes telefónicos (o se parecía mucho a su foto) y por tanto venía para irnos juntos de viaje, desconocía lo que ella sabía de mí (de él) y la causa de su fingimiento al aceptar mi suplantación. En realidad, y para ser riguroso con mi estado enajenado de entonces, semejante cosa no se me pasó por la cabeza —que ella se hubiese dado cuenta de que yo no era quien decía ser y estuviese siguiéndome la corriente—, ya que yo era el verdadero y único Krzysztof Sobolewski y estaba dispuesto a batirme en duelo con quien dijera lo contrario.

Para no desmerecer a su lado, me vestí de la manera más elegante posible con la ropa que encontré en la maleta. No teníamos exactamente la misma talla. Él era un poco más grueso, un ojete menos de cinturón, y un poco más bajo, un dedo más de calcetín al descubierto; nada de ello tan llamativo como para inducir a la sospecha. Salí al aire húmedo del jardín en busca de la posible Lorraine. La luz menos dañina y el modo en que los colores de las flores se mezclaron en mi mente me devolvieron el optimismo. Después, por espacio de media hora, en un salón de té ceremonioso, estuve yendo y viniendo de nuestra mesa a los expositores de gula con todo tipo de alimentos ricos en grasas. Ella bebía de su taza sin dejar de observar mis hábitos nutricionales.

—¿A qué hora tenemos que estar en el aeropuerto? —pregunté distraídamente, mientras me servía más café: los bañadores y la ropa deportiva de la maleta hacían prever un destino que requería volar.

—Tenemos hasta las seis.

—No creas que no me apetece —me aventuré después del primer sorbo—, me apetece mucho. Ese viaje nos habría sentado bien a los dos.

—No te entiendo.

—Lorraine —adiviné su nombre—, llevo varias semanas dándole vueltas, y creo que he de poner las cosas en claro con Réjane. —El nombre de mi (su) mujer en los mensajes del teléfono.

—Yo nunca te he pedido algo semejante —opuso.

—Pero he de hacerlo.

—¿Y tiene que ser ahora?

—No puedo irme sin haber hablado antes con ella.

—Estoy cansada. Esperaba encontrar algo de tranquilidad en nuestro viaje.

—Solo te estoy pidiendo que lo pospongamos unos días.

—Arréglalo por teléfono.

—Dudo que responda a mis llamadas.

Saqué el teléfono móvil del bolsillo interior de la americana, busqué aquella última comunicación y se la puse delante de los ojos: «No tengo nada más que añadir. Este es mi último mensaje».

—No te pido que cambies nada de tu vida —imploró—. Tan solo que me dediques estas dos semanas, que tomemos el sol, durmamos lo suficiente y disfrutemos el uno del otro.

Llevaba los labios pintados de un granate terroso. Tenía el pelo castaño y liso. Su piel, clara y tiznada por las pecas en mejillas y nariz, delataba una ascendencia anglosajona, pero también daba la impresión de que una capa más morena, magrebí o india, esperaba su oportunidad para imponerse a la otra piel en cuanto incidiesen sobre ella un puñado de rayos de sol.

—Háblame otra vez de esa multitud imposible de detener —le pedí.

—El mundo avanza —exclamó con optimismo—; el futuro es brillante y nadie puede cambiar esa tendencia general de la historia.

—El mundo es un laberinto de escombros al que olvidaron darle una salida.

—Dame dos semanas y te haré cambiar de opinión.

Volvió a sonreír antes de apurar su té. La misma superposición se percibía en sus ojos de color avellana, oscuros sobre la palidez, pero seguramente claros en contraste con la piel ennegrecida si hubiese estado un mes a la intemperie. Resultaba imposible dejar de mirarla.

—Necesitaré un traje nuevo y algunas camisas —precisé—, ropa interior y un par de zapatos.

—Una mañana de compras por Londres... —exclamó con ligereza—. No es mala idea.

Ni siquiera en aquel tiempo la decadencia de Londres parecía serlo en realidad; incluso entonces, cercada por la depresión económica, conservaba el apresto de las telas nuevas que se va con el primer lavado, pero que en ella parecía imperecedero. El río la acariciaba con esa tenue amenaza de cataclismo, manso, como los nuevos desheredados de su periferia, una presencia sigilosa, mudable en inundación en cualquier momento. Si Lorraine estaba en lo cierto, Londres era en realidad una fortaleza colonizadora de su propio país, inalcanzable para secesiones e invasiones, altiva y excéntrica; la Londres que tanto la enamoraba y por la que, a un tiempo, un desprecio tan profundo sentía.

La escuchaba hablar mientras ponía mis cinco sentidos en evitar un reventón contra el bordillo a la izquierda de la carretera.

Las acciones de cada individuo, venía a decir, están influidas por sus convicciones morales y sus pasiones, y éstas, aun siendo antagónicas de las convicciones morales y de las pasiones de los otros individuos, logran encontrar el equilibrio entre ellas, de tal modo que su efecto, en la gran dimensión de los asuntos humanos, no se percibe.

En la física cuántica, repuse, ocurre algo parecido. Las partículas minúsculas son imprecisas, indeterminadas, y sin embargo componen la realidad, firme y determinada, que nos rodea.

Detuve el coche junto a una acera del barrio de St. James's. Ella aprovechó para repasarse los labios.

—Entonces la historia podría ser como la materia, predecible aunque impredecibles sean sus protagonistas. Las revoluciones, por ejemplo —prosiguió mientras se atusaba el pelo—, responden a un patrón bastante establecido: iniquidad de las clases dominantes, gestación en las clases oprimidas, alzamiento, consolidación, totalitarismo y declive. Los que conspiran en una revolución, como los que conspiran desde el poder, juegan un papel cíclico. Así que no cabe preguntarse para qué una revolución sino por cuánto tiempo.

Buscó mi aprobación —ignoro si sobre su discurso o su mejorado aspecto— y dejó algo de su carmín en mis labios. Me regaló aquel mediodía apologético por las tiendas de Regent Street y Burlington Arcade. Almorzamos un sándwich frío de pavo con mostaza en un restaurante demasiado enfático para lo elemental de su menú. Y para concluir un té en el Palm Court del hotel Ritz.

En el probador de la última tienda había insistido mucho en la necesidad de una corbata oscura y una camisa blanca, ya que, según decía, la variedad cromática tolerable en el hombre es muy poca, si no se quiere llamar la atención innecesariamente. «Hubo cierto extremismo estético en Londres —había dicho mientras acariciaba la solapa del segundo traje que me había probado—, pero afortunadamente ya pasó.»

Entramos sin llamar la atención —al menos yo— en *el patio de la palmera*. Una vez sentados a la mesa, a mí me costó hacerme a los nuevos aparejos, que consistían en una jarra para el té, otra para la leche, otra para el agua caliente y una cuarta, de vidrio, para el agua fría, tres pisos de sándwiches, galletas de mantequilla y panecillos dulces, un vaso para el agua fría —la caliente era para diluir el té— y una copa de champán.

Ella seguía discurseando. Ahora había retrocedido varios siglos, hasta la revolución de Cromwell, insensible a mi creciente angustia jerrylewisiana con la vajilla.

—Fue aquí, en esta isla —exclamó rodeada del lujo con el que se mimetizaba tan bien—, donde un monarca fue por primera vez ejecutado por decisión de un parlamento.

Ante mi marasmo, tomó ella la iniciativa, algo sumamente halagador, y me sirvió el té.

—¿Una nube de leche?

Negué con la cabeza y le di las gracias. El azúcar estaba a una distancia prudencial y sin demasiados obstáculos de por medio. Respiré aliviado y me acomodé para seguir escuchándola.

—Discurría la primera mitad del siglo diecisiete. Con su ejército de *ironsides,* Oliver Cromwell logró vencer en las sucesivas guerras civiles y deponer a Carlos I. Tras varios meses en prisión, el rey fue decapitado públicamente. La sentencia incluía la famosa frase: «no hay hombre sobre la ley». Fue éste un hecho sin precedentes en las monarquías europeas. El parlamento propuso coronar a Cromwell nuevo rey, pero éste no quiso convertirse en aquello contra lo que siempre había luchado.

—Un hombre de honor. —Aquella intervención intentaba interrogarla sobre el propósito de aquella lección de historia.

—Somos un país trágico, aunque intentemos disimularlo. Cromwell murió nueve años después. Se cree que de malaria. Tras varios intentos fracasados de dar continuidad a la república, se restauró la monarquía y Carlos II ocupó el trono. Por orden del repuesto Estuardo, los restos de Cromwell fueron exhumados, su esqueleto decapitado públicamente y su calavera clavada en una estaca a las puertas de la abadía de Westminster. Permaneció allí durante veinticinco años. Sí, no me mires así, veinticinco años en la picota.

—Es un capítulo de la historia poco conocido en mi país. —Me refería a Polonia; aunque ignoraba si allí se enseñaba la revolución de Cromwell en las aulas, en el mío, desde luego, no—. Mucha gente considera la Revolución francesa la primera de la historia moderna.

—La americana también es anterior.

—Lo de los americanos no fue estrictamente una revolución.

—El contenido ideológico de aquella secesión iba mucho más allá de librarse de los tributos que las Trece Colonias pagaban a la Corona Británica. Había una concepción del mundo inspirada en aquella naturaleza virgen y en los valores de la revolución de Cromwell. Se vieron en verdad capaces de crear un mundo nuevo, más justo, en el que hubiese igualdad de oportunidades, donde quedasen suprimidos la herencia de sangre y los abusos del rey. Tenía todos los ingredientes de una revolución. O si no, observa lo que españoles y portugueses hicieron tras la emancipación.

—Mantener en América las mismas estructuras de poder del viejo continente.

La conversación había logrado interesarme. Tras

meses de videojuegos y fútbol, películas porno en los hoteles y el remordimiento de mi abandono familiar, aquel ejercicio intelectual me resultaba saludable.

—El modelo de Estado de Rousseau —abundó con exaltación— podría considerarse de inspiración católica, es decir, gira en torno a la idea de un bien común, muy asimilable al Reino de Dios. Los protestantes, en cambio, pueden interpretar libremente las escrituras y por tanto, dentro de ciertos límites, los principios morales que han de regir sus vidas no son absolutos. Para Locke el Estado no ejerce de tutor sino de árbitro.

—Si el capitalismo nace con Cromwell —añadí—, la Revolución francesa habría sido la antesala del comunismo.

Se echó hacia atrás sobre el óvalo tapizado en beis de su respaldo y sonrió. Mi último comentario parecía haberle agradado y ahora se tomaba un momento de descanso mientras acariciaba con las yemas de los dedos el filo dorado de la taza.

—Y sin embargo —volvió a la carga— la primera derrota de Napoleón, vehículo de la internacionalización de la revolución, tuvo lugar en Rusia.

—Y en España.

—Donde la densidad de iglesias por habitante era la mayor de Europa. Apenas un siglo después de haber rechazado los principios de la Revolución francesa, los rusos hicieron la suya propia.

Tras aquella reflexión arrojada al aire fósil del Palm Court, sobrevino un instante breve en el reloj de péndulo junto a uno de los camareros, pero de asombrosa importancia para el resto de mi vida: su mirada, un poco más verdosa, por el contraste con la luz reflejada en una escultura dorada junto al reloj, y el sigiloso avance de su mano hasta la mía, que yo había dejado olvidada en mitad del mantel; aquel doble contacto, el de sus ojos y el de su mano, me dejó apresado en aquel instante, en cuya añoranza aún me despierto algunas noches.

Habían dado las dos de la tarde en el reloj. Teníamos el tiempo justo para hacer mi maleta con las compras del día y partir hacia el aeropuerto, si es que todo aquello llegaba a suceder.

Mientras conducía de vuelta, con la vista fija en la estrecha carretera por la que abandonábamos los últimos suburbios para vernos envueltos por la vegetación, iba regresando a mí la consciencia de no ser quien en realidad había fingido ser durante tres horas. Aquel roce de su mano y el modo en que me había mirado en el hotel Ritz no dejaron de mortificarme durante todo el trayecto. Me resistía a deshacer mi mudanza pero el miedo o el remordimiento, o una alianza entre ambos, porfiaba por apartarme de Krzysztof Sobolewski, de su aparente amante y de sus abisales cuentas bancarias. Aprendí que el enamoramiento no es un estado que pueda suplantarse. Había caído rendido a los pies de aquella mujer, pero no era Krzysztof Sobolewski el devoto sino yo, el yo que había regresado al arrullo de un tenue pero indeleble deseo. Es injusto reducir aquellas sensaciones a la impaciencia por alcanzar la consumación sexual. Me relamía imaginando una vida desahogada y un dormitorio ocupado por aquella mujer, es verdad, pero cuanto más crecía mi impaciencia, mayor importancia cobraba la otra dimensión del problema. No se puede hacer el amor creyéndose quien no se es. Se puede reemplazar con la imaginación al compañero por otro más deseado, pero no a uno mismo. El placer que Lorraine podría proporcionarme, que, imaginaba, transcendería lo meramente físico, lo deseaba solo para mi yo verdadero, y no para aquel petulante Krzysztof Sobolewski, del que ya empezaba a sentirme tremendamente celoso. Mientras mis ojos se iban distrayendo con la hiedra roja sobre los muros del hotel, decidí lo único que estaba a mi alcance decidir, si no quería arruinar un futuro tan prometedor: seguir interpretando mi papel hasta que ella decidiese dejar de interpretar el suyo.

Entramos en la habitación sin prestar atención a nuestras compras y sin ganas de abrir los envoltorios. Lorraine se sentó en una butaca junto a la cama y cruzó las piernas, quejándose de un dolor en las plantas de los pies. Sin quitarse los zapatos, se acarició las pantorrillas con las dos manos, desde los tobillos hasta las rodillas, como si quisiera reavivar una circulación estancada. Después, en un gesto veloz, se subió la falda y reajustó el elástico de la liga al muslo derecho y volvió a bajársela: dulce indolencia de tarde de hotel con papel de flores granates en las paredes y una luz oscilante a través de las cortinas.

—*Liberté, egalité, fraternité, ou la mort!,* gritaban por las calles de París...

Por más que intentaba distraerme, yo no dejaba de preguntarme si su gesto habría sido efectivamente cotidiano o por el contrario malicioso. Me excitaba mucho más lo primero.

—... Sesenta cabezas rodaban al día. La base de la guillotina, podrida por la sangre, tenía que ser reparada una vez al mes.

Me arrodillé delante de ella sin apartar mi vista de sus ojos. Quité el zapato de su pie derecho y después el izquierdo. Con cuidado de transmitir a través de las yemas de mis dedos toda la autoridad de la que fui capaz, recorrí con los pulgares la planta de su pie, ejerciendo una presión próxima al límite de su dolor. Inmediatamente, mis manos comenzaron el ascenso hacia la frontera entre la verdad y la mentira en la ropa de una mujer.

—No hay tiempo —susurró, con los ojos ya cerrados.

—Otro día subiremos a ese avión.

¿Cuáles eran las razones de Lorraine para desear compartir su intimidad con Krzysztof Sobolewski? ¿Cuándo se percató de la suplantación y por qué siguió fingiendo una vez supo que yo no era quien decía ser? ¿Se conocían Lorraine y Krzysztof antes de nuestro encuentro? Y si así era, ¿durante cuánto tiempo estuvo ella dudando de la identidad de aquel otro hombre que encontró en el hotel de Brentwood? Pasaron algunos meses hasta que averigüé las respuestas a todas aquellas preguntas. Aunque durante aquellos paseos por Londres, al atardecer, cuando recalábamos en el banco de un parque o plaza con algo para echarnos al estómago, poco o nada me incomodaba el no saber si Lorraine era su nombre auténtico o si se había creído que yo era quien no era.

Valgan algunas pistas: aquél habría sido el primer encuentro físico entre ellos dos si Krzysztof Sobolewski no hubiera decidido, veinticuatro horas antes, emular a los salmones. A diferencia de mi episodio con aquella alumna universitaria, algunos de los que sincronizaban sus orgasmos telemáticamente se decidían a intentarlo también presencialmente, como Krzysztof Sobolewski, que en sus escarceos digitales había usado su nombre verdadero, y Lorraine, cuyo nombre auténtico y motivaciones tendrían que esperar varias semanas.

Por aquel entonces, mucha gente había llegado a confundir su esencia real con otras inventadas en la red, hasta el extremo de encontrar únicamente en sus alias una parcela de bienestar. La facilidad para crear personajes virtuales era el principal motivo por el que la gente había abandonado la lectura de ficción. ¿Para qué ceñirse a una fábula concebida por una única mente si se podía construir sobre la marcha otra de dimensiones inabarcables por medio de las colisiones entre los álter ego de tantísimos usuarios dispuestos a contarse mentiras? Todos aquellos alias llegaron a sumar más del doble de la población mundial. Había más gente viva en la realidad virtual que en el mundo físico. Y cuando digo *viva* me refiero a despierta, ferviente, maquinadora, en comparación con el estado átono de sus continentes corpóreos.

En la mayoría, la predisposición a crear un personaje era tan habitual como lo había sido décadas antes acudir al cine o leer novelas, pero no era así para mí. Yo, en contra de los tiempos, había crecido en una casa sin conexión a la red ni televisión ni videojuegos. Mi madre, una mujer entrada en años e inseminada artificialmente, ingeniera de telecomunicaciones y licenciada en derecho, con un buen cargo (precisamente) en una de aquellas operadoras que controlaban la red, se empeñó (precisamente) en educarme alejado de ella. Teníamos, eso sí, una extensa biblioteca de libros de papel y un vetusto proyector de DVD, reparado decenas de veces, para ver películas del siglo pasado. Las noches en que regresaba a casa antes de que me hubiera quedado dormido me leía, siempre en inglés —nunca me habló en otro idioma—, biografías de hombres ilustres, con su voz tan densa que parecía hecha de mercurio. Así, crecí creyendo que la inmortalidad de aquellos seres extraordinarios no era retórica, ya que nunca logré mantenerme despierto hasta sus sepelios. Aquellos Newton y Maxwell, Keynes y Marx, Woody Allen y Shakespeare, Spinoza y Wittgenstein, Bach y Schönberg debían de seguir vivos, al menos bajo mi almohada. Lo curioso del caso era que los protagonistas de aquellos cuentos siempre eran hombres, nunca mujeres. Con los años he llegado a la conclusión de que con la vida de todos aquellos egregios varones mi madre pretendía abonar en mí un modelo masculino que corría serio peligro de no llegar a desarrollarse. Pero el resultado fue un poco diferente. Crecí pensando que todas las mujeres eran como mi madre, es decir, sin apenas diferencias con los hombres, salvo las sexuales, se entiende, que en el caso de ella quedaban muy disminuidas bajo sus trajes de chaqueta. Me costaba esfuerzo llamarla mamá. De hecho, ella prefería que la llamase por su nombre, Matilde.

Nunca me he considerado un no-huérfano de padre (quienquiera que dejó su semilla en un bote), sino un no-huérfano de madre, ya que no se puede decir que no tuviera madre, pero sí que me privó de todo lo que a una madre se le presupone.

Guarda un parecido asombroso con el *inocente*, al menos con las fotos que intercambié con el *inocente*,

leería en un cuaderno dejado meses después en otra habitación de hotel; una cronología de sentimientos que de ningún otro modo yo habría podido llegar a conocer. Paso las páginas tantas veces releídas y escritas a mano con bolígrafos de distintos colores; también las caligrafías son cambiantes pese a ser ella la autora de todos los textos, una letra de pronto esbelta y ligera y en la siguiente página lenta e insegura, un párrafo reescrito más de diez veces y, poco más allá, otros arrojados sin mucha elaboración.

Si trabaja para el gobierno está muy mal instruido. O bien ha renunciado a su objetivo, al igual que yo, al permanecer en este hotel. No me aparto ni un milímetro de la pedagogía habitual. Atiende con interés y participa activamente. Estudió ciencias, así que no está muy habituado a debates del tipo libertad individual versus colectivismo.

Ninguno de los dos ha vuelto a mencionar el viaje, tampoco ha vuelto a nombrar a Réjane. Los días se nos van en largos paseos por Londres.

Es inteligente y culto. Su estatura encaja con la descripción y se parece mucho al de la foto. Habla con seguridad y es capaz de contagiar entusiasmo. Los otros *inocentes* solo hablan de sí mismos, constantemente, pero éste es distinto. Mantiene sus sentimientos enjaulados y se dedica a volar por esos mundos paralelos. Me cuenta biografías y yo le hablo de Locke, Rousseau y Keynes.

Me resisto a informar. Hay algo en él (o en mí) que me lo impide. Por eso he empezado a contarle todo esto a un cuaderno.

Al día siguiente añade:

Me encuentro en paz en este ecosistema que hemos creado: una habitación de hotel y unos paseos por Londres. Nuestros diálogos parecen interminables. Podrían invitarnos a un programa de radio. Llenaríamos muchas horas de parrilla.

Me hace el amor en silencio, como si entre su intelecto y sus genitales no hubiera nada. Si él termina antes, se esfuerza en complacerme. No sabe nada de mí. Por eso se cree todos mis aspavientos.

La siguiente fecha se hace esperar tres días:

Hacía muchos meses que no me sucedía. No me lo explico. Qué combinación química u hormonal pospone cualquier molestia, un dolor, un catarro, qué clase de ímpetu ensancha de semejante manera los pulmones, alarga las extremidades y desactiva la percepción del propio cuerpo, a pesar de que semejante placer proviene precisamente del cuerpo. Seré tonta.

En la página siguiente, con fecha de una semana más tarde, leo:

He decidido, definitivamente, no informar. Voy a contarle a este cuaderno lo que no puedo decirte, mi desconocido amigo, en esos paseos interminables por Londres en los que, a pesar de mi ascendencia y del desempeño que me presupones sobre unos tacones, mis juanetes no dejan de mortificarme. ¿De dónde te viene esa obsesión por recorrer la ciudad día tras día? Si bien todo esto forma parte de, por llamarlo de alguna manera, mi modo de vida, hubiese preferido dar esos largos paseos descalza por una playa de arenas blancas, como así habíamos acordado (en realidad, no contigo).

Mi nombre no es Lorraine, sino Dorothea, por el personaje de un libro que mi madre leyó obsesivamente durante el embarazo. Lorraine lo adopté como nombre artístico tras mi paso por la Sorbona; un país, Francia, al que hui cuando tuve el valor y la edad suficientes para aceptar que mi infancia no había sido como la de las demás niñas.

Soy una hoja caída de un árbol genealógico en el que figuran apellidos como Strachey, Sitwell o Beaton. Entre mis antepasados hay héroes de las dos guerras, tres generales, dos ministros, cuatro escritoras (una de éxito), un ornitólogo, varios magistrados, tres obispos, incontables vicarios, un cantante pop y dos asesinos (que se sepa), uno de ellos en serie. Entre las distinciones recibidas del ejército y de sus majestades figuran la Victoria Cross, la George Cross, la Orden del Mérito y un largo etcétera de medallas y honores. Así pues, me crié y eduqué en las postrimerías de aquella clase social enferma de melancolía sobre la que te hablé el primer día.

Dicen que la eternidad es posible en el instante anterior a recibir el disparo en la nuca, y tal vez sea eso lo que nos esté pasando. Los dos sabemos que ese disparo puede llegarnos en cualquier momento y por ello dilatamos el tiempo. Creo haber entendido que si fuésemos suficientemente pequeños y nos moviésemos a una velocidad suficientemente elevada, nadie podría saber dónde nos encontramos con exactitud. Me gustaría que fuéramos tal y como nos has descrito. Veloces e insignificantes.

Esta tarde, mientras te observaba perorar desde mi banco, feliz de haber dado descanso a mis pies, he tenido la certeza de que eras tú el que hablaba, cualquiera que sea tu nombre y tu procedencia; eras tú, gesticulante y efusivo, allí, de pie junto a un árbol corpulento, en un inglés tan cultamente incorrecto.

Te siento ahora, mientras duermes. Tu respiración profunda y el olor de tu cuerpo. Y no tengo miedo. Por primera vez en muchos meses no tengo miedo. La luz de la luna se cuela entre las cortinas. No llueve. El cielo debe de estar despejado o de lo contrario no me estaría acariciando esta claridad mientras escribo en la mitad de la cama sobre la que no logro volver a dormirme. Los demás hombres suelen hablar de sí mismos constantemente.

Pero tú no lo haces. Pareces no querer existir. Hasta esta tarde, de una tibieza y una luz extrañas que de tanto en tanto nos regala el cielo de Inglaterra, era únicamente en estas noches de insomnio cuando tenía la certeza de estar contigo, mi anónimo amigo, y no con quien dices ser. Hoy eso ha cambiado. Ha emergido un brillo especial de tus ojos, un entusiasmo tan ingenuo que me ha conmovido.

Estabas contando que Heisenberg era bastante poco mañoso, motivo por el cual estuvieron a punto de negarle el doctorado en Múnich, cuando te has quedado un rato ausente, con los dedos de las manos abiertos y los pies separados. Y me has mirado. Te bendigo por ello, aunque he retirado la vista enseguida.

Después hay varios tachones ininteligibles y la letra se vuelve puntiaguda y desequilibrada:

Sé cuál es mi misión. Mi vagina no se diferencia de la barrera del Támesis que protege a Londres de las crecidas del río. Como Londres, yo tampoco me inundo.

En aquella tarde junto un arce a orillas del Támesis, con el sol despidiéndose de nosotros a la derecha del río, estabas sentada en un banco de madera con una mano por visera y te hablé de todos aquellos años de desarrollo científico, durante horas, hasta que el sol hubo desaparecido por completo y ya solo los vagabundos quedaron para hacernos compañía junto a los jardines Jubilee, una vegetación que nos absolvía, al igual que a todos ellos, de la dictadura del tiempo. Durante aquella tarde, estuviste atendiendo a mi perorata, como así la llamarías, y, al igual que tú, yo también me detuve en aquel instante condensado en rayos de sol, y me sentí dichoso de poder despojarme de aquella identidad falsa para hablarte sin obstáculos y, según leí meses después de tu puño y letra, para que tú pudieses escucharme igualmente sin fingimiento, aunque, paradójicamente, solo a nuestras identidades falsas debíamos aquel instante de sinceridad.

—Me hablas de la intrepidez de Cromwell, citas a Rousseau y a Marx y a Keynes. Pero yo tengo guardada para ti una revolución que revocaría el principio de causalidad, un hito en el conocimiento humano que traspasó las fronteras de la ciencia.

Te quitaste los zapatos y doblaste una pierna hasta poner el pie debajo del muslo de la otra.

—Nuestro protagonista —proseguí— es un muchacho alemán de clase burguesa venida a menos que, al igual que todos los jóvenes de su generación, se siente desorientado tras la derrota de Alemania en la primera guerra mundial y las duras sanciones posteriores.

—No soy tan comprensiva con la Alemania de entreguerras. ¡Que hubiesen buscado a sus Lenin y Trotsky!

—Alto ahí. Hoy no me llevarás a tu terreno.

Asentiste con una sonrisa y me dejaste continuar. Tus medias volvieron a brillar, pero esta vez no de un modo incitante sino infantil, como los leotardos de una niña. Tus mejillas, enaltecidas y pecosas, tus ojos, encendidos por la luz lateral, tu puño, cerrado bajo la barbilla en actitud de escucha...

—Nuestro héroe se llama Werner Heisenberg. Se encuentra en Helgoland, una isla remota del mar del Norte, a la que ha ido en barco para reponerse de una fiebre del heno. Allí no hay apenas vegetación y el médico le ha recomendado que pase al menos una semana hasta que le remita la hinchazón de la cara.

»Ha estado todo el día dando largos paseos por la isla casi deshabitada, leyendo y tocando el piano, devanándose los sesos para dar con la pieza del puzle que le falta. Es ya media noche cuando le sobreviene la idea que le permitirá en las horas posteriores atravesar todos los obstáculos hasta su meta. *La energía de un sistema cuántico permanece constante.* Lo veo repitiendo esa frase en alto, una y otra vez, como un actor, declamándola, dando zancadas en todas las direcciones, imaginándose solo sobre un escenario.

»Acto seguido, se afana en aplicar su regla de multiplicación de matrices con tal excitación que se equivoca una y otra vez. Su mente vuela más aprisa que su mano y tiene que volver sobre sus pasos por culpa del atolondramiento. Tacha y vuelve a tachar. Desecha hojas. Vuelve al comienzo. Son las tres de la madrugada cuando el resultado finalmente aparece ante sus ojos con todas sus implicaciones.

»Pasa la noche en vela, dando vueltas en el catre, pulsando suavemente las teclas del piano para no despertar a los otros huéspedes. Con los primeros rayos del amanecer, sale del albergue y camina todo lo deprisa que puede hasta la punta norte de la isla, donde se eleva, a cuarenta y siete metros sobre el nivel del mar, una roca de laderas escarpadas llamada Lange Anna. Veo trepar a aquel joven de veinticuatro años por aquella roca, zarandeado por la brisa de la mañana, hasta sentarse sobre la cima, con la respiración acelerada, a contemplar el amanecer con ojos muy distintos de los de hace tan solo unas horas.

—Un momento. ¿Puedes explicarme lo que había descubierto para que yo lo entienda?

—Hasta aquel mes de junio de 1925, en aquella isla remota y casi desierta, todas las teorías científicas y filosóficas se habían fundamentado en el principio de causalidad. Es decir, todo suceso tiene su origen en una causa. Si tengo sed se debe a que he perdido agua, por ejemplo en el sudor. De esta forma puedo predecir el futuro, pues sé que cada vez que sude después tendré sed. La causalidad había sido algo implícito en toda ambición de conocimiento científico. Pero Heisenberg descubre que para describir ciertos fenómenos de los electrones ese principio ya no sirve. Él dice que no se pueden conocer la posición y la velocidad de una partícula al mismo tiempo. En cuerpos grandes, como un satélite, ese fenómeno resulta inapreciable, pero cuando las velocidades empiezan a ser muy elevadas y las masas muy pequeñas, ese fenómeno empieza a ser relevante, hasta el extremo de que es imposible saber dónde se encuentran y hacia dónde van los electrones con exactitud. La conversación se fue dilatando durante horas. No parecías tan interesada en la revolución científica, que yo intentaba explicarte, como en la participación de Heisenberg en la fallida bomba nuclear nazi.

—Werner Heisenberg nunca se afilió al partido nazi —aclaré—, ni siquiera fue simpatizante. Ha pasado más de un siglo. No creo que entonces la perspectiva fuera tan evidente. Alemania había sido derrotada y los administradores de la paz continuaron humillándola durante los años posteriores. El antisemitismo era una corriente en auge en muchos países, no solo en Alemania.

—Pero Heisenberg no era judío.

—Pero sí defendió a los científicos judíos. Con la llegada de Adolf Hitler a la cancillería, los ataques racistas se extendieron también a la ciencia. Dos premios Nobel, Philipp Lenard y Johannes Stark, comenzaron su cruzada contra lo que ellos consideraban la «física judía» y que encarnaban en la figura de Albert Einstein. El primero en emigrar fue el propio Einstein, dos meses después del nombramiento de Hitler. Pero la lista de científicos judíos o medio judíos era extensa: Max Born, Wolfgang Pauli, James Franck, Fritz Haber: todos ellos premios Nobel, eminencias que tenían el aprecio y la admiración de Heisenberg.

—¿Y él qué hizo?

—Se negó a firmar un manifiesto de varios premios Nobel en favor de Hitler. Lenard y Stark empezaron entonces a llamarlo «peón de los judíos». Desestimaron sus candidaturas para las cátedras en las universidades de Gotinga y de Múnich. Fue dado al olvido durante cinco años. Ni la concesión del premio Nobel lo sacó del ostracismo. Pero él respondió liderando una declaración firmada por varios profesores universitarios contra aquel disparate de pretender someter la ciencia a la raza. Con todo ello se ganó una investigación de las SS. Fue sometido a interrogatorios, vigilancia y seguimiento. Tuvo que tolerar observadores en sus clases. Buscaron en su genealogía algún ascendente judío; en su correspondencia, afinidades con grupos comunistas...

—¿Y encontraron algo?

—Nada de nada. Por ello recurrieron al párrafo ciento setenta y cinco del Código Penal del Reich.

—Lo conozco: «Actividades sexuales antinaturales». Se estima que la Alemania nazi exterminó a diez mil homosexuales en virtud de aquel párrafo.

No parecías aburrida por el relato. Al contrario, tus pupilas brillaban con mayor intensidad y tu lenguaje corporal se distendía. Hice una pausa para ver cuál era tu reacción pero ese artificio pareció molestarte.

—Aún no me has hablado de sus relaciones con las mujeres.

—Conoció a Elisabeth Schumacher a comienzos de 1937 en una velada musical. Ella tenía veintidós años, quince menos que él. Había estudiado literatura alemana y trabajaba en una editorial. Se prometieron apenas tres meses después de aquel primer encuentro.

—¿Y antes de ella? ¿Hubo alguna otra?

—Seguramente el matrimonio no entraba en sus planes.

—Las SS le hicieron cambiar de planes.

—Eso es injusto por tu parte. Tal vez sea mejor que lo dejemos aquí.

En ese instante abandonaste el banco para comenzar a dar paseos descalza alrededor de mí. Dijiste muy seria:

—Después de haber escuchado pacientemente una conferencia sobre matrices de producto no permutable que describen magnitudes observables... ¿lo he dicho bien? —Asentí con agrado—. Ahora que hemos llegado a lo más interesante del asunto, no vas a dejarme a medias.

Me hiciste reír. Te detuviste entonces muy cerca de

mí. Por primera vez me pareciste otra mujer. Quise ver en nosotros una tercera transformación, hacia el matrimonio Heisenberg el día del anuncio de su enlace, a cobijo de un mundo que se encaminaba hacia el desastre, aplazando el posicionamiento que la guerra les exigiría: la renuncia a todo lo que amaban o su defensa sangrienta.

—Se casaron en la primavera de ese mismo año.

—¿Tuvieron hijos?

—Siete.

—¿Cómo terminó lo de las SS?

—Dieron carpetazo al asunto.

—¿Sin más?

Me encogí de hombros:

—Los preparativos para la bomba comenzaron casi a la vez que la guerra, un año después de la reparación de su persona y tres años antes de la construcción del laboratorio de Los Álamos en Estados Unidos. En ese mismo año, Heisenberg asume el mando para imponer sus criterios en todas las líneas de investigación. Pero se equivoca en dos aspectos fundamentales. El primero fue descartar el grafito como moderador de la reacción de fisión. Y el segundo, el cálculo defectuoso de la masa crítica y la geometría de los cuerpos de uranio 235. Era mal experimentador; de hecho había estado a punto de suspender su tesis doctoral por ese motivo. Al otro lado del charco, Enrico Fermi, italiano casado con una judía, sí repitió los experimentos cuantas veces fueron necesarias.

»Heisenberg no consiguió la cantidad suficiente de agua pesada para su diseño defectuoso hasta 1944. Para entonces, intentar controlar una reacción de fisión bajo los constantes bombardeos no condujo a nada. Con la entrada de los estadounidenses en Haigerloch, un pueblo de la Selva Negra, en los sótanos de cuyo castillo Heisenberg seguía intentando construir un reactor, el plan nuclear nazi quedó abortado.

—¿Se le juzgó?

Negué con la cabeza:

—Tras el cautiverio en Inglaterra, fue puesto en libertad. Es más, los ingleses le dieron ayudas para reconstruir la física alemana y fomentaron la colaboración con sus científicos.

—Si los ingleses no encontramos cargos contra él, tal vez sea un indicio de que estuvo demorando las investigaciones a propósito. Cuesta creer que un portento como él no diera con las claves. Tal vez podamos ahora, tú y yo, a la orilla del río que hubiesen remontado los buques de guerra alemanes tras haber lanzado una de aquellas bombas sobre Londres, restituir su figura por segunda vez.

—Me cuesta creerlo.

—¿Qué te lo impide?

—Innumerables evidencias. Por ejemplo, en un viaje a Copenhague en 1941, para visitar a su amigo y mentor Niels Bohr, en plena ocupación alemana de Dinamarca, se jacta del poderío naval alemán anclado en el puerto y llega a justificar la guerra como una selección natural necesaria. Bohr tenía familiares judíos. Dos años después los ingleses lo sacaron de Copenhague. Acabó colaborando en el proyecto Manhattan. No volverían a dirigirse la palabra en toda su vida.

—Según yo lo veo, incluso en el fracaso tuvo éxito.

—¿Porque no se manchó las manos con la sangre de miles de inocentes?

—Entre una bomba y otra solo transcurrieron tres días. ¿Crees que es tiempo suficiente para rendirse?

—Hay un personaje singular en toda esta historia. Józef Rotblat, polaco como yo —al escuchar «como yo» tu rostro, que había ido distendiéndose con el fragor de la discusión, recuperó su condición pétrea—, físico nuclear emigrado a Inglaterra y después a Estados Unidos. También judío.

Ante la repentina lisura de tu rostro, creo que me ruboricé, pero seguí adelante.

—Si bien comenzó participando activamente en el

proyecto Manhattan, a finales de 1942 decidió abandonarlo. Ya se sabía que los alemanes no estaban avanzando en sus investigaciones. Al manifestar sus escrúpulos a Leslie Groves, el director militar del proyecto Manhattan, éste le dijo que la bomba no era para los nazis sino para los comunistas. Tras presentar su dimisión, fue extorsionado, recluido e investigado por el gobierno americano.

—Como Heisenberg.

—Exactamente igual. Quedó en libertad al finalizar la guerra. Dedicó todas sus energías a advertir al mundo de las consecuencias de una guerra nuclear. Recibió el premio Nobel en 1995.

—¿Cuáles fueron sus aportaciones científicas?

—Lo ignoro. Le dieron el Nobel de la Paz.

Se impuso el silencio. Estábamos cansados. La noche se había cerrado sobre nosotros y en el aire había quedado un soplo de aspereza. Recuperaste tu sonrisa; mejor dicho, la sonrisa de Lorraine, ya que al igual que yo durante toda aquella tarde, tú también habías sido tú y no ella. Te pusiste los zapatos y me tomaste del brazo con aquella conocida altivez. Me pediste las llaves del coche. Los dos caminamos en silencio hasta él y en él nos refugiamos. Te pusiste al volante. Los faros nos guiaban de unas calles a otras. Se me hacía insoportable la idea de que en cuanto descubrieras el engaño nuestro pequeño ecosistema se vendría abajo tan aprisa como la física teórica alemana. Aquella última referencia a quien yo no era pesaba en aquel silencio. Me distraje en la contemplación de tu rostro de perfil. Eras mucho más hermosa cuando te concentrabas en algo. Perdías tu pose alambicada y eso te daba cierto carácter terrenal. Te sucedía lo mismo en la cama. Reparé en que conducir era la primera cosa que te veía hacer después de hablar, nutrirte y hacer el amor.

De pronto rompiste aquel silencio:

—El principio revolucionario se sustenta en la siguiente relación de causalidad —dijiste en tu habitual tono amable aunque tan distante como el electrón del núcleo—: «Si yo soy pobre se debe a que otro se ha enriquecido a mi costa. Si acabo con ese otro, dejaré de ser pobre». Lo que tu incertidumbre cuestiona es la premisa. «¿Es posible saber quién se ha enriquecido a mi costa?»

Entonces comprendí que tu misión era irrenunciable, que aquel había sido el único momento de intimidad entre los dos, el único que me darías, tu leve negligencia. Yo por entonces no podía sospechar la envergadura de lo que pretendías seduciendo a Krzysztof Sobolewski, pero sí inferí de aquel silencio tu determinación por llevarlo a cabo. Supuse, antes de que apagases los faros del coche y quedásemos rodeados por la noche y un silencio solo roto por las ramas de los árboles azuzadas por el viento, que nunca volvería a tenerte como te había tenido aquella tarde, descalza, sin maquillar, curiosa como una niña.

Afortunadamente me equivoqué.

Si en aquellos días Krzysztof Sobolewski y yo nos alternábamos en la cohabitación de mi cuerpo, y era durante el coito cuando yo lo ocupaba todo y solo el clímax le dejaba paso a él, aquellos largos y suntuosos contubernios, en términos de física nuclear, eran mi *semivida*, es decir, el tiempo que tardaba en descomponerme a la mitad. Pero aquella noche de jubileo, mi yo original pareció encontrar otro lugar al que Sobolewski no habría podido acceder aun estando vivo y sobre el que supe meses después:

Ha sido la luz,

seguirías escribiendo de madrugada,

esa luz a través de las nubes que ha iluminado lateralmente tus ojos.

¿Qué perjuicio estaría ocasionando si me dejase embriagar por esta primavera y me quedase a contemplar cómo florecen los tulipanes del jardín? Desde muy niña he sabido que el placer físico no establece un vínculo duradero. Solo el placer que surge del espíritu lo consigue; el arte, la naturaleza, el esfuerzo físico o intelectual, la fe o la ciencia saben fortalecerlo. Pocas personas son capaces de comprender una obra de arte o una teoría científica en todos sus significados y consecuencias. Pero si llega a ocurrir, el vínculo con ella es tan fuerte como el amor sosegado, el que nace del contacto espiritual. Qué pocas personas pueden mirarse en la otra como en una obra de arte; sentirse únicas a la vez que la mirada del otro ensalza lo que uno cree haber hecho de sí mismo. Yo viví en ese sueño durante algunos años, hasta que el sueño se convirtió en pesadilla.

Abandoné el piso de mis padres en Londres al cumplir los dieciocho años con una maleta de fin de semana y un billete de tren. Me llevé algo de dinero, lo necesario para matricularme en la universidad y no sufrir estrecheces durante algunos meses. Mi intención era estudiar filología francesa mientras trabajaba de lo que fuese. Iba huyendo, por supuesto, de alguien de quien es imposible huir.

La primera noche lejos de casa la pasé en el tren. La sucesión de paisajes y túneles me sumió en un letargo reconfortante. No era la primera vez que viajaba sola, pero sí la primera vez que lo hacía libre de la decadencia de los negocios familiares, de la indolencia de mi hermano, de la estupidez de mi madre y de la sombra que visitaba mi dormitorio por las noches. Con las puestas de sol, durante años, y aún hoy, llegaban mis angustias. Debe de ser que, como mi piel, mi espíritu necesita luz. Pero aquella primera noche de libertad mis pesadillas me indultaron. Dormí de un tirón, abrazada a una mochila llena de billetes.

De la residencia de estudiantes recuerdo el pringoso tacto de la moqueta llena de lamparones que me obligaba a caminar sobre las puntas de los pies como una bailarina.

Al otro lado de un biombo descolorido con figuras de dragones chinos, el catre de mi compañera de habitación solía esperar vacío. Mis insomnios recibían la luz indirecta de las farolas del campus que permanecían encendidas toda la noche. Ella solía llegar de madrugada, cuchicheando en francés con su ebrio acento inglés, acompañada de una voz grave que a duras penas lograba esconderse en aquellos bisbiseos. Desde mi posición escuchaba el caer de los zapatos, el tintineo de las hebillas de los cinturones y el silencio de la ropa interior al posarse sobre la mugre. Yo permanecía inmóvil, boca arriba, evitando los movimientos que pudieran delatar mi presencia. No podía dormir y tampoco podía dejar de prestar atención a aquellos jadeos y a los quejidos de los muelles del somier, mientras mi mente intentaba componer otro erotismo que desplazase el único que había conocido. Sus manos, su boca, sus genitales volvían a hacerse presentes, tan vívidos como el día en que había tomado la decisión de irme. La evocación erótica de una niña que ha crecido sin saber dónde termina el juego y dónde empieza la vergüenza. En mi soledad de aquellos días, hundida en el catre y en la repugnancia, consciente desde hacía años de la magnitud de la perversidad, pero aún demasiado cerca de ella para poder sepultarla, mis manos volvían a hacerse pasar por las de él, pero en una versión luminosa y feliz, un hombre joven, de mi edad, libre del vínculo de sangre que convertía en perversión nuestros actos.

Aquella compañera de habitación se llamaba Lorraine. Había nacido en Grimsby, ciudad de pescadores y buques mercantes, y como tal, de mujeres con tendencia a la melancolía. Es decir, felices solo la mitad de sus días. Yo no conocía a mucha gente en París, y a la que conocía, amigos e hijos de socios de mi padre, no tenía intención de visitarlos; así que, incapaz de vencer el insomnio, me uní a las correrías de aquella futura doctora en zoología, que lo sabía todo sobre la platija, pez comestible que vive cincuenta años.

Solíamos empezar en Saint-Germain-des-Prés, cerca del campus. Gracias a nuestro notable éxito entre la comunidad universitaria (dos inglesas tan dispares; Lorraine era rubia, lechosa, tan lánguida que apetecía protegerla), lográbamos transporte hasta Bastille u Oberkampf. Si los chicos que nos llevaban nos gustaban, nos quedábamos con ellos toda la noche, si no, desaparecíamos en una visita al lavabo. La promiscuidad parecía ser mi fase evolutiva natural después del insomnio. ¿Era un hábito adquirido? ¿Deseaba borrar su recuerdo con la fricción de otros cuerpos como si fueran gomas de borrar? Casi nunca sentía placer. Mi placer seguía vinculado a la infamia. Pero intentaba averiguar si mi cuerpo, mi piel, mi voz, mi manera de andar y de moverme causaban en otros hombres el mismo deseo. Esa idea me aterraba. Yo había sido la única culpable. No hay nada que reprochar a quien cae en las tentaciones de un súcubo. Me descuidé. Empecé a comer sin medida. Dejé de ducharme, de peinarme y hasta de cambiarme de ropa. Quería engordar y oler mal. Lorraine intentó hablar conmigo al principio pero a una cabeza de chorlito como aquélla no podía contarle lo que me pasaba. No podía contárselo a nadie. Estuve más de un mes sin salir de la habitación. Cuando me vino la regla dejé que el flujo evacuara sin más y lo limpié con las sábanas. Quería expulsar al diablo de mí y pensaba que se había alojado en mi útero. Cuando cesó, me pareció insuficiente. Aquella sangre no era lo bastante densa. Pensé en autolesionarme pero me faltó valor. Entonces reapareció Lorraine, que se había instalado en otra habitación con una de sus conquistas. Al verme en aquel estado pidió ayuda al decanato. Al guardia de seguridad que apareció para inspeccionar la escena le siguió una trabajadora social. Entre los tres me obligaron a ducharme. Me trajeron un caldo caliente, una tortilla y un poco de fruta. Al día siguiente me reconoció un médico. Dijo que padecía una depresión con crisis de ansiedad. Llevaba más de un mes sin dormir. Pidieron el teléfono de mis padres. Les dije que habían muerto. Empezaron a medicarme.

Los antidepresivos amortiguaban cualquier sentimiento y era precisamente eso lo que yo necesitaba. No sentir. No ser. Renuncié a olvidar. Pronto empecé a buscarlo. Quería su perdón para poder empezar una vida nueva. Me alejé de las rutas que había aprendido con Lorraine y empecé a frecuentar los clubes de los alrededores de la Place Vendôme. El poco dinero que me quedaba lo gasté en renovar mi vestuario. Ya no quería ser un saco al que hay que alimentar sino un templo para las ofrendas. Quería estar hermosa y que él pudiera verme y sentirse orgulloso de mí. Quería envejecer de golpe, adornarme como hacen las mujeres maduras. Las observaba junto a sus parejas en aquellos clubes de mesitas bajas y lámparas de vidrio. Quería parecerme a ellas, oler como ellas. No tenía dinero ni para la consumición pero los hombres no tardaban en sentarse a mi mesa. Algunos eran más prudentes, otros más osados. Yo me dejaba invitar y les decía que me llamaba Lorraine. Me gustaba oír la pronunciación francesa de aquel nombre.

El párrafo que viene a continuación está tachado pero puede leerse; he dudado durante varios días sobre si debía incluirlo:

En una ocasión, uno de ellos me llevó en coche al Bois de Bologne. Fuimos a un rincón donde acuden las parejas a la caída de la tarde y abundan los mirones. Éstos se parapetan detrás de un seto y es costumbre que aquéllas se dejen mirar. Aquel hombre maduro, casi un anciano, se detuvo detrás del seto. Me hizo notar su excitación en mi mano. Leve, insegura, una verga que se resistía a convertirse en pellejo. «Desconfío de esas pastillas, ¿sabes?», me dijo y comenzó a ejercer presión con su mano sobre mi hombro. Ambos mirábamos a una pareja joven tendida sobre la hierba. Ella estaba recibiendo placer de la boca de él mientras miraba en dirección al seto. La presión aumentaba sobre mi hombro. Me arrodillé. Su erección se volvió de golpe vigorosa. Noté cómo me colocaba un billete en el tirante del sujetador. Se desabotonó el pantalón. Entre jadeos parecidos al llanto susurró: «Te daré otro si no te retiras». Rechacé la oferta. Su orgasmo fue apenas un susurro lejano. Se limpió con un pañuelo de hilo y desapareció. Pagué el taxi de vuelta con aquel billete.

Tras el párrafo tachado, las últimas líneas de esta página se vuelven inseguras, como las ondas anómalas de un encefalograma:

En otra ocasión, me desperté en un hotel del barrio Latino cuando aún era de noche. Estaba sola. Mi acompañante, un hombre de unos cincuenta, de modales exquisitos, ya se había ido. Encendí la luz de la mesilla para consultar la hora. Me costó unos segundos recordar cómo había llegado hasta allí y la fisonomía de aquel hombre. En la mesilla encontré unos billetes. Hube de mirarlo dos veces para darme cuenta de su significado. No los toqué. No intenté adivinar cuánto dinero había. A veces había aceptado algo para el taxi, sin darle mayor importancia. Pero aquello había sido un malentendido. ¿Cuánto habría? Permanecí sentada sobre la cama luchando contra la curiosidad hasta que amaneció. La luz del día y el aire al abrir la ventana restaron severidad a mis pensamientos. Me duché. Me vestí. Cogí el primer billete del montón para el taxi y marché hacia la puerta. En el pasillo me crucé con una empleada del hotel. Era una mujer desagradable, gorda y desaseada. Su mirada resultaba necia. Escondía en ella el simulacro de astucia del que desea medrar. Yo seguía sin blanca. La idea de que aquella empleada fuese a quedarse con el dinero me puso furiosa. Volví sobre mis pasos. Entré en la habitación. Agarré el dinero. Lo metí en el bolso. Pasé de nuevo junto a ella exagerando mi taconeo. Tomé un taxi hasta la residencia. Ya en mi habitación, arrojé los billetes sobre la cama. Era solo dinero, el dinero que usa todo el mundo. Es curioso lo rápido que pierde su trazabilidad. Lo conté. Había muchísimo. Aquella misma tarde compré a Lorraine un regalo de despedida.

Me despertó la luz del día.

—Tú no eres Krzysztof Sobolewski —atronó tu voz.

Me di la vuelta sobre la cama. Estabas sentada en la butaca, vestida y maquillada como aquella primera mañana, tan distinta de la alumna de la tarde anterior junto al río. Te habías recogido el pelo en una coleta. Reparé en tus zapatos de tacón en el suelo junto a la butaca. Sujetabas sobre el regazo con tus dos manos el bolsito rojo del que no te habías separado en dos semanas. Entonces descifré el significado de tu afirmación, pero no me diste tiempo de responder:

—¿Dónde está Krzysztof Sobolewski?

Me senté en pijama sobre la cama.

—¿Qué te hace pensar que no soy Krzysztof Sobolewski?

—He leído la nota de suicidio.

—El día anterior a nuestro encuentro —intenté precisar con exactitud— se arrojó a la desembocadura del río Tees desde el puente transbordador.

—¿Quién te ordenó matarlo?

—No lo maté. Se suicidó.

—¿Para quién trabajas?

—Para una empresa francesa de mantenimiento de instalaciones nucleares. Iba huyendo de ese trabajo cuando me crucé con él.

—¿Cómo vas a suicidarte? ¿Eres un mártir? ¿Un mártir de quién?

—Antes de encontrarte deseaba con todas mis fuerzas desaparecer. Es posible que si él no se hubiese arrojado al río, lo hubiera hecho yo. En realidad me salvó la vida.

—¿Qué ocurrió exactamente?

—Salió del coche, me pidió un cigarrillo, dio un par de caladas, dijo aquello de haber sido feliz y desgraciado y se tiró por la borda.

—¿Os vio alguien?

—Los operarios del puente no se fijaron en mí porque los peatones no pagan. Nadie gritó: «¡Hombre al agua!».

—¿Por qué deseabas desaparecer?

Me detuve en seco. Intenté articular una respuesta que condensase mi trayectoria reciente: «He hecho lo que se esperaba de mí. Mis estudios. Mi profesión. Siempre he gozado de buena salud. Me he hipotecado dos veces. Me he dejado bajar el sueldo. A pesar de todo, logré juntar unos ahorros que la hiperinflación ha devorado. Cada uno mide la magnitud del desastre desde su punto de partida». Pero en su lugar dije:

—Yo era profesor universitario y me echaron del trabajo. No tengo dinero y sí muchas deudas. Mi mujer ya no me quiere.

Hiciste una pequeña pausa en tu interrogatorio. Permaneciste unos segundos con los ojos muy fijos en los míos, brutalmente hermosa. Aproveché aquel instante de vacilación para tomar la iniciativa:

—Si sabes la verdad desde hace dos semanas, ¿por qué me has seguido la corriente?

—He leído la carta hoy, antes de que te despertaras.

—Eso es difícil de creer. Lleva sobre el escritorio desde el primer día.

—No soy una fisgona. —Desviaste la mirada hacia las cortinas—. ¿Tienes dinero? Soy cara.

—Quédate con las tarjetas.

—Eso me convertiría en cómplice.

—Has estado follando con un muerto durante dos semanas. Ya eres cómplice.

Comenzaste a martillear con tus dedos la piel del bolso.

—Para volver a ser yo mismo —no me sentía amenazado, tan solo estaba implorando ayuda— tendré que despojarme de su coche, ropa, pasaporte... Irme de este hotel a pie sin que nadie me vea. Ingeniármelas para que la policía crea que Sobolewski ha sido secuestrado. Pero si aparece el cadáver, la autopsia revelará que alguien, seguramente su asesino, se ha hecho pasar por él después de haberlo ahogado en el río.

—Si les haces creer que lo han secuestrado irán a por ti. Tus huellas están por todas partes.

—También las tuyas.

Entonces abriste el bolso. Sacaste un objeto plateado que bien pudiera haber sido una pitillera pero era una pistola. Apuntaste a mi frente. El agujero negro del cañón, a unos dos metros de distancia, me miró fijamente.

—Mis servicios —dijiste como si estuvieras leyendo un informe pericial— fueron solicitados a través de la red por un hombre que se hacía llamar Krzysztof Sobolewski. Acudí al lugar convenido, un hotel en Brentwood, y permanecí allí por espacio de dos semanas con aquel cliente. En mi último día allí, se puso violento. La noche anterior no había conseguido una erección. Tampoco aquella mañana. Comenzó a golpearme y a insultarme. Ese tipo de servicios no figuran en mi brochure. Así se lo hice saber. No me hizo caso. Siguió golpeándome. A duras penas me hice con mi arma, Shotgun Certificate 11.938.439. Disparé al aire para intentar disuadirlo. Pero él se me echó encima. Forcejeamos y la pistola se disparó, con tan mala fortuna que le alcanzó en la cabeza.

Tu piel, hacía un minuto atezada, se había vuelto pálida. Los músculos de tu cara se habían contraído de golpe. Acepté el final sin aspavientos. Bajé la cabeza.

Mi organismo generó una enorme cantidad de euforia, como si intentara gastar toda la vida que le quedaba en aquellos pocos segundos. Pero tras aquel arrebato inicial, una angustiosa voluntad de precisión se apoderó de mí. Reproduje una y otra vez los hechos científicos que estaban a punto de suceder, como si al hacerlo estuviese deteniendo el tiempo o fragmentándolo en intervalos de *semivida* cada vez más pequeños que nunca llegarían a agotar la vida por completo: el percutor comprimiría unos granos de pólvora que deflagrarían impulsando un trozo de plomo que, guiado por el cañón, atravesaría aire, piel, tejidos, hueso y masa encefálica hasta quedar alojado en algún lugar de mi cerebro o salir por el otro lado. Me preguntaba si yo tendría tiempo de escuchar el disparo, ya que la distancia era tan corta que tal vez el sonido llegase más tarde que el proyectil, y me preguntaba si mi sistema nervioso iría a desconectarse de golpe antes de haber siquiera tenido tiempo de propagar algún dolor. Entonces me abrumó la idea del dolor. ¿Cuán intenso podría llegar a ser? Tal vez saturaría de tal modo mis corrientes nerviosas que terminaría actuando como un potente anestésico o una fuente de mórbido placer. ¿No eyaculan los ahorcados? El terror comenzó a rondar mi esfínter y mi vejiga. Fuesen o no aquéllos mis últimos instantes, no merecía terminar convertido en un cadáver manchado de heces y orina. Me pareció conveniente aclarar que yo no era un cobarde ni un imbécil:

—Necesitas a Krzysztof Sobolewski para algo —intenté adivinar con la cabeza aún baja—. No sé para qué. Llevas dos semanas sopesando si podría valerte yo en su lugar. Pero hay algo más. No te has quedado dos semanas en esta habitación solo porque estuvieras desconcertada. Hay algo más.

—¿Crees que no soy capaz de disparar?

Alcé la vista. Aquella pistola seguía apuntando a mi frente. Como su dueña, aparentaba afectación y a un tiempo sobriedad. No encontré expresión alguna en tu rostro.

—He follado contigo —respondí—. Sé que eres capaz.

Se te escapó una minúscula sonrisa, imperceptible, pero lo suficiente para devolver la vida a la efigie en que te habías convertido.

—No vuelvas a amenazarme. —Depusiste el arma,

que quedó en reposo sobre tu mano derecha—. Tú eres la magnitud observable —enunciaste imitando mi acento—. La causa, asesinato o suicidio, es indeterminada.

¿A qué venía aquel sarcasmo? Qué manera tan idiota de pedir disculpas, si era lo que estabas haciendo, por el susto monumental que me acababas de dar. Había sido una simulación muy real de los últimos segundos anteriores a una muerte violenta y consciente. Aquel recuerdo iba a acompañarme durante el resto de mi vida. No bastaba una estúpida broma para olvidarlo. Se desató mi verborrea:

—Si añadimos una tercera variable al producto de indeterminaciones, como es que no es Krzysztof Sobolewski el que ha muerto sino yo, cosa que ha estado a punto de suceder... porque... ¿Y si hubieras ejercido una presión errónea sobre el gatillo? No quiero decir aposta, pero a veces las extremidades no responden a nuestras órdenes o se inventan las suyas propias. ¿No se te doblan las piernas de vez en cuando o te tiembla un párpado? ¿Y si me hubiese dado un ataque al corazón? No creo que haya ninguna diferencia entre la eternidad que acaba de pasarme por delante como un tren de alta velocidad y la muerte física, salvo que ahora no estaría hablando, y sí, lo estoy haciendo... —Empecé a tocarme la cara y los genitales—. ¡Joder! —Había perdido el hilo del razonamiento y llevaba unas cuantas frases mezclando palabras en inglés y en español—. ¡Tienes una pistola pedante! ¡Como tú! ¡Eres una pedante! ¿Qué ha sido esto? ¿Una terapia de choque aprendida en un máster de *coaching*? Si se la hubiesen aplicado a todos los chiflados que andan ahora por las calles no se habría venido abajo el sistema de pensiones. No vuelvas a amenazarme —dije en inglés imitando tu acento y tu voz—. No vuelvas a amenazarme —repetí.

—Hice un MBA en la Bocconi de Milán, si es a eso a lo que te refieres.

—¿Con beca o lo compaginabas con el trabajo?

—Un par de servicios a la semana.

—¡Qué emprendedora!

—Tenía mucho tiempo libre. ¿Cómo te llamas?

—Tú primero.

—Rosamond, con o.

—Mientes.

—No del todo. Es el personaje de un libro en el que también aparece mi verdadero nombre. Te toca a ti.

—Me llamo Jesús, también por el personaje de un libro. Una carcajada brotó de ti. Yo estaba serio. No se puede estar más serio. Intentaba serenamente recuperar mi orden interior pero lo había perdido hacía meses. A todas las circunvoluciones de mi estado depresivo se sumaba una nueva y desconocida. Renuncié al orden y me esforcé por ponerle una etiqueta. Nombrar es anterior a comprender. Introduje una sonda en mi perturbación y la muestra que extrajo resultó ser un sentimiento puro y conciso. Su nitidez acrecentó mi perplejidad. *Estaba celoso.* Sentía celos de todos los hombres que habían hecho cosas parecidas a las que yo había hecho con Lorraine o Rosamond o tu nombre verdadero. Ninguna de las tres podía parar de reír.

—Admítelo —dijo una de ellas, la que estaba de pie—: estás muerto y vivo a la vez.

—Admítelo —dijo la segunda, la que avanzaba a gatas sobre la cama—: solo yo puedo ayudarte.

—Admítelo —dijo la tercera, la que permanecía sentada con la pistola en la mano—: no tienes más remedio que seguir en los zapatos de Krzysztof Sobolewski.

—¡Basta! —grité para dispersar el enjambre, mientras intentaba abandonar la cama—. ¡Te has quedado conmigo porque te hago reír!

Cesaron las risas. Te detuviste en mitad de la habitación convertida de nuevo en una sola mujer.

—Si quieres, puedo ayudarte.

Resonó el eco de aquella última frase en la caverna de mi cráneo. Tenía fiebre. Mi sistema nervioso parecía haber dado un golpe de Estado. Noté dolor en las articulaciones de las manos y de los pies, hinchazón en la cara y caí al suelo. Debí de permanecer sin conocimiento durante algunos minutos.

—Hoy es el último día de tus vacaciones —dijiste horas más tarde—. Tus compromisos profesionales van a empezar a reclamarte. Te van a llamar. Esperarán que respondas a los mensajes escritos y a los emails. Tu mujer o tus colaboradores o tus hijos tendrán expectativas en torno a tu regreso. Has de elegir si el incidente de hace dos semanas sucedió o no en realidad. Has de decidir quién eres.

—Decídelo tú.

—No te equivoques. Reconozco que he tenido servicios más desagradables, pero en cuanto haya cobrado me iré.

Yo estaba arrodillado en el suelo, como la primera tarde tras las compras, y tú sentada en la butaca con las piernas ligeramente abiertas. Mi dedo pulgar se deslizaba sobre la planta de tu pie, ya sin la tela de las medias. Las variaciones de tu expresión, una combinación de dolor y alivio, me ayudaban a regular la presión que ejercía en el pie que apoyabas en mi muslo, muy cerca de mi erección. El bolso rojo descansaba cerrado sobre la cama deshecha.

—He decidido no pagarte —dije.

Mis manos ascendían con autoridad por tu pantorrilla.

—¿Qué sabes de Krzysztof Sobolewski? —preguntaste.

—Que estaba casado con una tal Réjane, que era polaco y que no parecía tener problemas económicos.

Tu falda, una prenda en ocasiones de acero, en otras de seda, no ofrecía resistencia.

—¿Sabes dónde trabajaba? —insististe.

—Estuve husmeando en su teléfono móvil, pero no hallé gran cosa.

—Yo recibí emails desde el Instituto de Elementos Transuránicos. ¿Sabes lo que es?

—Está en Karlsrhue. Seguridad nuclear. Lo visité una vez.

—¿Para qué?

—Fui con mis alumnos. Era profesor universitario.

Alcé la vista para mirarte a los ojos. Intentaste cerrar las piernas para desalojarme pero no pudiste. Mis hombros te lo impidieron.

—¿Alguna vez has usado esa pistola?

—No tengo por qué darte explicaciones. Págame y acabemos con esto.

—Iré a un banco y sacaré el dinero de Sobolewski a la vista de todos, pero solo si tú me acompañas.

—No haré tal cosa.

—Entonces me quedaré aquí a esperar a la policía.

Te quité las bragas. No opusiste resistencia. Me ausenté de la conversación durante un rato. Tú seguiste murmurando palabras ininteligibles.

No habíamos salido de aquella habitación en todo el día. No habíamos comido. Tan solo habíamos bebido agua del grifo del lavabo. A pesar de tus intentos por apremiarme, yo no tenía intención de hacer otra cosa que no fuera esperar a mi suerte en aquel hotel.

Recuperaste la prenda que te había arrebatado. Volviste a ceñirla a tu cuerpo y te pusiste de pie. Tu disposición de ánimo había cambiado.

—Haz la maleta —ordenaste—. Coge todo lo que traías, sobre todo la documentación, el teléfono, el ordenador o la tableta, lo que tuviera, y todo lo que hemos comprado. No olvides nada, ni un insignificante cepillo de dientes. —Yo seguía arrodillado, mirándote desde abajo, incapaz de emular tu energía—. Voy a ponerte a salvo.

La factura a pagar equivalía a cinco meses de mi sueldo de profesor universitario. ¿Qué profundidad tendrían las simas llenas de dinero de Sobolewski? Enhebraste tu brazo en el mío y ejerciste una presión lenitiva sobre él. Aquel gesto estancó el tiempo de manera parecida a como la pistola lo había hecho por la mañana. El recuerdo de su brillo mate, parecido al de la tarjeta que ahora descansaba entre los dedos de la recepcionista mientras aguardaba la respuesta del banco, me devolvía a mí mismo, a mi nombre, a mi pasado y al callejón sin salida donde se había detenido mi vida.

—Se ha dejado barba —observó la recepcionista tras haber concluido su escrutinio.

No me había afeitado desde mi llegada al hotel. Seguramente mi rostro barbado resultaba menos parecido al rostro de la foto del pasaporte.

—A mí me parece que está más guapo —dijiste como una esposa enamorada.

Me animó la idea de que nadie hubiera dado de baja las tarjetas de Krzysztof Sobolewski. Tal vez aquello quisiera decir que su desaparición no había sido denunciada todavía. Así te lo hice saber mientras metía las maletas en el coche y abrías la puerta del conductor, dispuesta a asumir el timón con las llaves que no me habías devuelto desde la noche anterior. Antes de entrar me miraste con cierto desdén.

—¿Qué harías tú si estuvieses investigando la desaparición de un hombre? —preguntaste retóricamente—. ¿Bloquearía sus tarjetas para así no tener ningún indicio de su paradero o del de su asesino? ¿O por el contrario las dejarías activas para poder seguirle el rastro?

Me ruboricé.

Ya dentro del coche, el silencio nos separó como un juez en un divorcio. Por el espejo retrovisor me despedí de aquella casa de campo del siglo XVIII donde a mis cuarenta y tres años había descubierto el significado de la palabra pornografía.

Conducías por carreteras secundarias. Si te equivocaste en alguna rotonda o tuviste que rectificar se me pasó por alto. Me encontraba demasiado ensimismado en la añoranza de lo que durante dos semanas había tenido al alcance de la mano. Me sentía ahíto, sexualmente obeso. Pero también tenía la certeza de haber cerrado aquel capítulo para siempre. «Voy a ponerte a salvo», habías asegurado. Yo no tenía motivos para confiar en tu palabra —alguien capaz de empuñar un arma y amenazar de muerte no parece a priori el rescatador más idóneo— y sin embargo no pensaba en ello. El recuerdo, súbitamente lejano, de la mujer que habías dejado de ser para mí anegaba mi voluntad y mis mecanismos de autodefensa.

Nos alejamos de los bosques alrededor de los pequeños núcleos urbanos y de las calles adoquinadas de Londres para adentrarnos en los suburbios, en el sentido español y anglosajón de la palabra, por miserables y alejados. Avanzamos durante una hora aproximadamente por una perspectiva hipnotizante de casas adosadas.

Al girar por una de aquellas avenidas, indistinguible de las demás, detuviste el coche en seco, con tal brusquedad que mi frente estuvo a punto de golpear la luna delantera. Una luz de feroz potencia nos iluminó. Tuve que estrechar los párpados para intentar distinguir qué nos acechaba allí afuera. Unos nudillos golpearon en la ventanilla del conductor, que bajaste diligentemente.

—Por favor, apague el motor —ordenó una voz de hombre con capacidad para resultar intimidatoria—. ¿Es usted la propietaria del vehículo?

—Es un coche de alquiler —repusiste.

—Contrato y pasaportes, por favor.

Te volviste hacia mí sin decir nada. Apenas distinguía tu boca y tu nariz como únicos elementos de un rostro a contraluz. Te di ambos documentos y los entregaste, junto con tu pasaporte, a aquella mano. Unos segundos después, otros golpes me urgieron a bajar mi ventanilla. El casco quedaba bien sujeto al cráneo y a la barbilla de aquel policía. El chaleco antibalas exageraba su tórax. Mi rostro debió de perder el alma en aquella luz heladora.

—¿Es usted Krzysztof Sobolewski? —preguntó. Yo asentí—. Se ha dejado barba. —Volví a asentir—. Este contrato está a su nombre. ¿Por qué conduce ella? Es de un solo conductor.

—Le hacía ilusión probar un coche de gasolina —improvisé.

—¿Por estos barrios?

—Me crie aquí —interviniste.

—¿Es usted de aquí, señora? —te preguntó curvando un poco su espalda para poder verte desde mi lado.

—De Peckham —respondiste.

—Mi tía Asha vive en Peckham. Ya no es un buen sitio para vivir, ¿verdad, señora?

Aquel guerrero quedó un instante absorto. El recuerdo de su tía Asha debió de evocarle una infancia desgraciada o, por el contrario, feliz, en cualquier caso, nostálgica. Tardó en volver en sí:

—Están a punto de entrar en una zona de baja vigilancia policial. No encontrarán cobertura para sus teléfonos móviles ni conexiones a la red. —Introdujo por la ventanilla un papel verde con un duplicado rosa que se había sacado de debajo del chaleco—. Señor Sobolewski, al no ser ciudadano del Reino Unido, tiene que firmar esto.

Te miré buscando una explicación.

—Juras que el gobierno de Londres —explicaste midiendo bien tus palabras— te ha advertido de los riegos de traspasar este control. Eximes al gobierno de Londres de cualquier responsabilidad excepto de la de expatriación de tu cadáver.

—¿Y tú?

—Los ciudadanos de este país somos libres de deambular por donde nos plazca.

Firmé con más soltura en aquella ocasión. Hizo un gesto con su mano y la barrera de luz desapareció. Otro agente más joven contemplaba la puesta de sol apoyado en la ametralladora de una tanqueta. Parecía un león a la sombra de una acacia. Otros dos permanecían dentro de una garita jugando a las cartas. Traspasamos aquella frontera que se extendía, como pude comprobar por el espejo retrovisor, unos doscientos metros a derecha e izquierda del control.

Por la posición del sol interpreté que habíamos avanzado hacia el oeste desde Brentwood. Estábamos en algún barrio del sur de Londres, probablemente en el mencionado Peckham. Los muchos baches ponían a prueba la suspensión de un coche aristocrático que parecía adaptarse al firme peor que tú. Las casas daban la impresión de estar cada vez más envejecidas. A algunas les faltaban los vidrios de las ventanas. Otras los habían suplido con plásticos. Muchas estaban cubiertas por paneles de madera. Me quedé mirando a un niño sentado en las escaleras de una de aquellas casas, sucio y despeinado, sin otra ocupación que escupir a los pocos coches que pasaban por delante de su puerta.

A pesar de su sólida construcción, aquellas casas no me parecieron en nada distintas de las chabolas de Calcuta o Guatemala, entrópicamente hacinadas, envenenadas en sus propios residuos; con la salvedad de que aquellos niños, seguramente sin escolarizar, y sus madres desdentadas transmitían la incredulidad del que ha conocido otra vida y no se resigna a haberla perdido. El aire de miseria que se respiraba era bien distinto del bullicio de las calles de Mumbay. En los suburbios londinenses no había motocicletas acarreando a tres o más pasajeros ni conductores que se detenían a saludar a parientes causalmente encontrados entre veinte millones de personas; no había vacas ni elefantes ni mujeres emergiendo del interior de las chabolas vestidas como para ir de fiesta. Todo era muy distinto en aquella marginalidad occidental. Incluso en los rostros de bangladesíes y pakistaníes que nos observaban había una mezcla de perplejidad y humillación. Solo algunos parecían haber sido capaces de conservar la dignidad, pero a costa de una mirada próxima a la locura.

El aire que se colaba por la ventilación del coche tampoco llevaba trazas de incienso ni cardamomo. Los coches no tenían ruedas o estaban totalmente calcinados. Algunos semáforos permanecían en pie. Contra cualquier lógica, te detuviste en uno de ellos que aún funcionaba.

Mi puerta se abrió bruscamente. Un muchacho joven, con una cicatriz sobre el labio superior y el blanco de los ojos inyectado en sangre, me apuntaba con una pistola. Era la segunda vez en un día.

—¡Sal de ahí! —gritó.

Tu puerta también estaba abierta. Te miré. Un hombre más mayor y corpulento sujetaba tu rostro y te obligaba a erguir la cabeza. Sus manos eran grandes y sus dedos cubrían tus mejillas como brochazos de alquitrán.

—Apague el motor, señora —ordenó.

Obedeciste.

—¡Fuera! —volvió a gritar el mío.

El tuyo había puesto una pistola en tu cuello y estaba desabotonándose el pantalón.

—¡Hijo de puta! —se lamentó el mío—. ¿Por qué no conducías tú?

Dirigió una mirada de envidia a lo que estaba sucediendo a mi lado antes de descargar sobre mi mejilla izquierda un golpe con la culata de la pistola. El dolor no fue intenso al principio pero la sangre empezó a gotear en mis manos. Me las limpié en la tapicería.

—¡Serás cabrón!

Su mano me agarró del cuello. Comenzó a tirar de mí como si fuera un costillar en un matadero. El gancho tiraba con fuerza. Algo crujió en mi garganta. Empezó a dolerme más que el corte en la cara, que ya empezaba a palpitar. Caí al suelo sin apenas aire en los pulmones.

Sonó un disparo.

Permanecí quieto a la espera de un dolor superior. «Puede que las heridas mortales sean como la anestesia —pensé—. Me iré de este mundo sin haber sabido el momento exacto.» Entonces sonó tu voz:

—A tu amigo le gusta más cuando se la chupas tú.

Un lamento casi infantil acompañó la irrupción de tu voz. Su emisor luchaba por taponarlo pero se escapaba de su garganta intercalando un «¡zorra!» de vez en cuando para evitar que nos llevásemos la impresión de que era un dolor sin rabia. Miré por debajo del coche, la única perspectiva que no me había sido vedada, y vi el rostro del hombre corpulento en el suelo con expresión de dolor. Se sujetaba los genitales con ambas manos. Su arma había desaparecido. Entre él y el coche se alzaban tus piernas. Giré la cabeza y pude ver al muchacho más joven apuntando hacia tu posición desde mi lado del coche.

—¿Qué le has hecho? —preguntaba menos fiero.

—No podrá hacerse pajas en un mes —respondiste.

Deduje que te habías hecho con la pistola del otro.

—Si me devolvéis el bolso rojo que hay dentro, podéis quedaros con el coche —dijiste con serenidad—. Las llaves están puestas.

—¡Vámonos! —gritó el de los sollozos, que ya había vuelto a incorporarse.

Lo vi pasar corriendo por delante del coche sin dejar de comprimirse los genitales. Entonces reparé en el agujero de bala del parabrisas, perfectamente suturado, con una telaraña de grietas de vidrio alrededor. Deduje que en el forcejeo, antes de quitarle la pistola, él había disparado sin alcanzarte. Entró por la puerta todavía abierta del copiloto y ocupó mi lugar.

—¡Vámonos, joder! —volvió a gritar el castrado desde dentro del coche después de haber arrojado tu bolso rojo por la ventanilla.

Yo seguía en el suelo. El pistolero bordeó mi cuerpo sin saber a quién apuntar y después el coche, pasando a muy poca distancia de ti. Abrió la puerta del conductor sin darte la espalda. Las dos armas, la que tú empuñabas y la suya, se miraron durante un instante. Se puso al volante. Cedió la pistola a su socio, que siguió apuntándote con su mano libre. El coche dio un giro brusco marcha atrás y salió huyendo. Lo perdimos de vista al girar una esquina.

—¿Estás bien? —preguntaste mientras mirabas con aprensión la herida de mi cara.

—Creo que no puedo tragar —me lamenté mientras me ponía de pie y me sacudía el polvo.

—Tienes que lavarte eso.

—¿Por qué te has detenido? ¿Por qué no has pisado el acelerador cuando nos han atacado?

—Con un disparo en el parabrisas y manchas de sangre en la tapicería se darán una vuelta con él y lo venderán a trozos o lo quemarán. En cualquiera caso, ese coche ha dejado de existir.

—Se han llevado el equipaje y el ordenador.

—Todo apunta a un asesinato por robo, ¿no crees?

—Ya solo nos falta el cadáver —dije sin ocultar mi sarcasmo— y saber por qué Sobolewski cruzó la alambrada.

Me ofreciste un pañuelo con el que comprimí la herida.

No era la inflamación de la cara ni el dolor en la faringe ni el haber sido abandonado en mitad de una escombrera ni el cadáver de Krzysztof Sobolewski a cientos de millas de distancia lo que me había dejado intranquilo, sino la certeza de que si hubiese tenido una pistola habría disparado contra aquellos dos delincuentes. Antiguamente, atravesar una cota de malla con una lanza o mutilar por los huecos de una armadura no eran habilidades al alcance de cualquiera. Se requería adiestramiento y gusto por el oficio. Con las armas de fuego se suprimió lo que de casquería tiene el asesinato, el hedor de las vísceras, la sangre hasta el codo, el golpe de sable en el hueso. El asesinato está a disposición de cualquier transeúnte, pensé, basta con apretar un gatillo.

Te agachaste para recoger tu bolso. Comprobaste su contenido. Después dejaste caer el cargador de aquella otra arma, mucho más prominente, y extrajiste las balas una a una hasta formar un montón sobre tu mano. Las dejaste caer al suelo. Lanzaste el cargador en una dirección y la pistola en otra.

—Es por aquí —ordenaste.

Reemprendimos la marcha a pie.

Tras doblar una esquina, caminamos por una acera a lo largo de una verja por entre cuyos barrotes intentaban escapar las ramas de los árboles como brazos de presidiarios suplicando un trago de agua. Invadían de tal manera la acera que resultaba imposible ceñirse a ella. Llegamos hasta la entrada del recinto cercado. Las dos hojas de la entrada estaban cerradas. Más allá de ella, a la izquierda, los tejados de pizarra, las ventanas alveoladas y la sillería gris de un edificio neogótico se erguían por encima de las copas de los árboles exhibiendo su autoridad sobre la sublevación botánica. Había luz en las ventanas, una luz oscilante, seguramente la del fuego de una chimenea. Nos llegaba un olor de verduras hervidas, tal vez brécol o coliflor. Me invadieron el agotamiento, el hambre, la sed y el dolor de la cara y la garganta.

Abriste la verja con una llave que encontraste en el reverso del quicial de piedra. Una vez dentro, al final de una calle bajo las arcadas de ramas y hojas, a pesar de la oscuridad, pude distinguir una pequeña edificación de color blanco, de mármol o alabastro, parecida a un panteón.

—¡Estamos en un cementerio! —exclamé.

—Sacado de un relato de Poe —respondiste gozosa.

Nos acercamos a los muros de la casa neogótica de piedra y su puerta de madera. Dado el aire romántico de todo aquello, esperaba escuchar los golpes del picaporte, en lugar del timbre eléctrico, que tampoco sonó.

—Han cortado la luz —te lamentaste.

Así que golpeaste con la palma de la mano sobre la madera. El sol se había retirado hacía unos minutos. La inconstancia de aquella luz proveniente del interior parecía dotar de movimiento a los árboles, como si estuvieran danzando alrededor de un fuego. Volviste a llamar, con el puño esta vez. Me uní a ti.

—¿Quién es? —preguntó una voz de mujer al otro lado.

—¡Dorothea! —respondiste y me miraste—: Ahora ya sabes mi nombre.

La puerta se abrió. Dentro había más luz, aunque no mucha. Una mujer menuda, con el pelo recogido y un vestido que parecía un sari indio, sostenía una palmatoria con una vela encendida.

—¡Dios te bendiga! —exclamó y te dio un abrazo procurando no derramar la cera.

—Dios te bendiga a ti también —respondiste unida a ella—. Necesito que deis cobijo a este hombre.

—Claro —afirmó la mujer—. ¿Estás herido? —preguntó mirándome a través de la penumbra.

—No es nada —respondí—. Un corte en la cara.

—Pasad. No os quedéis ahí. Echaremos un vistazo a esa herida.

Recorrimos el zaguán y un pasillo ancho donde se amontonaban sacos y aperos de labranza. Había dos mulas mecánicas y varias bicis. A la izquierda una escalera de madera funcional, sin ornamento, ascendía hacia un segundo piso de entarimado que quedaba muy próximo a nuestras cabezas. Atravesamos una puerta vetusta como la de la entrada. La altura del techo creció enormemente. En el centro de la sala había una mesa alargada, para unos veinte comensales, junto al fuego de una chimenea. A la derecha, un hombre delgado trajinaba en el fogón de una cocina de carbón.

—Estáis de suerte —dijo en tono malhumorado aquel hombre de pelo blanco mientras asía una perola de aluminio—. La próxima vez que lleguéis tarde no habrá cena.

Se dio la vuelta para llevar la perola a la mesa. Entonces te vio y se detuvo en mitad de su trayectoria sin saber qué decir. La mujer, a la que pude entonces observar a la luz del fuego, corrió a ayudarle.

—Este guiso no es muy popular —intentó bromear ella.

Tú también permanecías inmóvil en mitad de la sala a la espera de que él se acercase. Cosa que hizo en cuanto se hubo limpiado las manos en el delantal.

—Estás más delgada —dijo.

—Necesito que deis cobijo a este hombre.

El anciano llevaba un jersey de punto grueso de cuello circular sobre una especie de hábito. Un cordón blanco atado a la cintura, cuyos extremos colgaban hasta las rodillas, brillaba como si estuviera trenzado con hilo de oro. Unos calcetines de lana gruesos bajo las sandalias completaban la estampa. Ella parecía oponerse a aquella sobriedad con colores azafrán y granate.

—Por aquí —me indicó ella en dirección al fuego.

Me senté en una de las sillas intentando no apartar la mirada de vosotros dos, algo imposible cuando alguien se empeña en afeitarte la barba y coser tres puntos en una herida. En cuanto aquellas manos hábiles comenzaron a extender tintura de yodo y la aguja empezó a doler, dejé de porfiar por el rabillo del ojo. Agudicé entonces el oído, pero la altura de aquel techo parecía tragarse todos los sonidos. Con los ojos cerrados y aquella aguja entrando y saliendo de mi carne no logré entender nada de lo que decíais. Tu voz parecía caer al suelo y derramarse por la superficie de aquellas losas como el agua de riego en busca de tierra; la de él subía al artesonado y en él quedaba enganchada en racimos de palabras.

—Ya falta poco —susurró mi enfermera—. Lo estás haciendo muy bien.

Por primera vez desde hacía una hora me dolía menos la garganta que la cara y me sentí capaz de beber agua. Aquella mujer de dientes tan blancos y ojeras tan negras me dio de beber. Algo debió de volver a encajarse en mi epiglotis o en mi laringe (o sabe Dios) cuando pasó el líquido a su través porque me provocó un pico de dolor que luego remitió dejando una molestia permanente pero mucho más leve.

—¿Cómo se os ocurre venir a estas horas y a pie? —me reprochó mientras cortaba el hilo sobrante con las tijeras.

—Íbamos en coche. Nos atacaron.

Levantó el pulgar de la mano izquierda y lo movió hacia un lado sin decir nada. De cerca me pareció más joven, a pesar del pelo gris y sus movimientos lentos. Transmitía serenidad y fe en el porvenir, fuerzas impulsoras muy debilitadas en aquel entonces. Empecé a sentirme bien. Había bebido. La herida ya no sangraba. Podía tragar y respirar. Íbamos a cenar. No hacía frío. La sensación de estar a cobijo de los peligros del mundo exterior y de mi propio inconsciente resultaba inspiradora.

—Yo soy Kamala —dijo, cuando hubo concluido.

—Y yo Jesús.

—Eres un forastero doblemente afortunado —interrumpió la voz del eremita desde atrás—. No solo vas a cenar una de mis especialidades, sino que has venido a parar al mejor ambulatorio del sur de Londres.

Me di la vuelta. Permanecíais los dos en el mismo lugar donde os había dejado. Me puse de pie y me acerqué tendiendo la mano a aquel hombre que la apretó sin vehemencia ni frialdad.

—José Ramón Torres —pronunció suavizando la jota y las erres.

—Jesús Bernal —respondí del mismo modo.

—¿Español?

Asentí con la cabeza.

—Te damos la bienvenida a la Comunidad del Camberwell Old Cemetery —dijo en español—. Yo soy de Portugalete.

Recuerdo aquella noche de descanso en mitad de la contienda: los muros de piedra, la ausencia de luz eléctrica, el rancho paupérrimo, el aire respirado por el fuego, la mezcla de acentos, español, indio y tu deliciosa manera de convertir en esdrújula la lengua inglesa. La sensación inicial de hogar fue aumentando durante toda la velada, que transcurrió en uno de los extremos de la mesa, después de que tú y yo hubiésemos deglutido aquel condumio que combinaba lo mejor del reino vegetal con lo peor del reino animal: un festín solo atenuado por el dolor en la mejilla y la garganta, un martirio durante toda la velada.

Los vivos y los muertos descansábamos en aquel cementerio mientras la conversación se entrelazaba con la música de unos discos de pizarra que habías tomado de una estantería y puesto en un gramófono antiguo —un gesto que delataba tu afinidad por aquel lugar— al que de tanto en tanto te ocupabas de dar cuerda. Recuerdo ritmos de ragtime y dixieland, la guitarra de Django Reinhardt y la voz de Carlos Gardel.

—¿Recordáis aquella película antigua, *It's a Wonderful Life*, *¡Qué bello es vivir!* —tradujo José Ramón Torres en deferencia a mí—, en la que James Stewart dirige una humilde cooperativa de crédito?

—El señor Potter sería hoy un ejemplo a seguir —interrumpiste, como quien ha escuchado la misma referencia muchas veces.

—La vi hace mucho —solicité algo de ayuda.

—La noche del *crash* de la bolsa de Nueva York —añadió Torres—, Potter se hace con todas las empresas del pueblo, menos con la pequeña cooperativa de crédito de los Bailey, gracias a que James Stewart y su mujer donan el dinero de su viaje de novios para afrontar el pánico.

—Potter habría hecho los deberes durante la bonanza —insististe— y durante el pánico habría corrido a rescatar los bancos con problemas. Un héroe de la paz social —apostillaste con ironía.

La conversación llevaba ya un rato centrada en el desastre económico. Había ido avanzando al inicio con prudencia, eludiendo el conflicto, en la intersección de vuestras respectivas patrias ideológicas.

—En mi país —me atreví a intervenir—, se tasaban los pisos por encima de su valor real. Y lo sabían todos. Lo sabía el tasador. Lo sabía el banco que concedía el crédito. Y, por supuesto, lo sabía la empresa constructora y el gobierno. El tasador trabajaba para una empresa que pertenecía a la entidad prestamista. El seguro que la entidad prestamista subscribía para protegerse de un posible impago también pertenecía a la entidad prestamista. A veces, hasta la constructora pertenecía a la entidad prestamista.

—¡Ni Groucho Marx lo habría explicado mejor! —exclamó Torres tras una sonora carcajada.

—Los gobiernos dejaron de regular y de auditar —completaste—. La auditoría misma se convirtió en un negocio. El *auditor*, ese adalid del buen gobierno contable, ese Atlas sosteniendo el mundo financiero, es un asalariado de otra empresa, la empresa auditora, que es a su vez contratada por la empresa auditada. Es decir, la relación entre el auditor y la empresa auditada es de cliente-proveedor, y por tanto el sueldo de aquél, en última instancia, lo paga la empresa sospechosa de delito, que es la empresa auditada.

—Los ladrones pagan el sueldo a los policías.

—En mi país decimos que la avaricia rompe el saco —lo traduje por *greed bursts the sack*.

—*If you're too greedy you end up with nothing* —repusiste—. ¡Ojalá fuese cierto!

—No te engañes —bromeó Torres—. Ese refrán es tan capital para las ciencias económicas como las leyes de Newton para la física.

—Con el permiso de Heisenberg —enmendaste, mientras me obsequiabas una sonrisa.

—Por otro lado, el saco también puede vaciarse —objetó Torres—. ¿Para qué voy a esforzarme, pensaban los obreros soviéticos, si mi vecino que trabaja la mitad que yo tendrá el mismo coche, el mismo apartamento y el mismo sueldo hasta que nos muramos?

—Lo mismo es aplicable a los nietos y bisnietos de los magnates del capitalismo. ¿En qué piensan cada mañana al despertarse? «¿Cómo me gasto los veinte mil dólares que acabo de ganar mientras me alivio en el baño?» Por eso he dicho que Potter sería hoy el bueno de la película. Estoy segura de que trabajaría catorce horas al día y no delegaría el gobierno de sus empresas en capataces salidos de escuelas de negocios.

—El día en el que las decisiones saltaron del *gemba* a los fondos de inversión —añadió Torres— empezó el capitalismo a irse por el retrete.

—¿Qué es el *gemba*? —pregunté.

Kamala, que había intervenido muy poco, lo hizo entonces:

—Es una palabra japonesa. Significa el lugar donde se crea el valor: la fábrica, la obra, el taller, la mesa de diseño, el quirófano...

—La convivencia entre las élites y las clases medias no es fácil —proseguiste—. Habla una experta. Esos directivos de escuela de negocio sirven de dique entre los herederos que han decidido dedicar su vida al disfrute de un patrimonio descomunal y los trabajadores de sus empresas. Por ello resulta imprescindible que los capataces no posean ningún talento, más allá de una aguda inteligencia emocional y una avaricia sin límites.

—La búsqueda de la felicidad —me atreví a decir— por medio de la acumulación de dinero es perfectamente cuantificable en un plan de negocio. ¿Te refieres a eso?

Asentiste con la cabeza, y añadiste:

—Ya que somos ricos y no estamos dispuestos a entender los detalles de nuestras empresas, tendremos que conseguir homogeneizar el pensamiento de nuestros directivos. Para ello, es condición necesaria que no sean creativos ni tengan vocación alguna o de lo contrario se desmotivarían y empezarían a perseguir otras quimeras, su propia empresa, por ejemplo, quién sabe, la justicia social.

Volvió a intervenir Kamala:

—Yo creo que el dinero solo sirve para hacer lo mismo que todo el mundo pero sin todo el mundo.

Su manera de mirar y de hablar, de mover las manos mientras lo hacía, resultaban sinceras pero no ingenuas. Me di cuenta enseguida de que para ella el lenguaje no era una estructura llena de eufemismos en la que ocultar el desconocimiento o la vacilación. Para ella, la palabra era la antesala de la acción.

—¿Os apetece un té? —ofreció tras su sentencia.

Los tres aceptamos de buena gana. Aprovechaste para ir a cambiar de disco. Yo me levanté para ayudarla.

—Nos apartamos de nuestros semejantes el día en que abandonamos el campo —me dijo mientras abría el grifo sobre la tetera que yo estaba sosteniendo.

—Es la enfermedad de la gran ciudad —me lamenté.

De vuelta a la mesa, con un tazón caliente entre las manos, volví a retomar la conversación en un punto que me había parecido interesante:

—Es curiosa esa comparación que habéis hecho de la desidia del proletariado comunista con la indolencia de la élite capitalista.

—Yo lo llamo el comunismo de los ricos —recogiste la invitación—. La amenaza del comunismo hizo que se constituyese en el mundo capitalista una clase media muy poblada; un equilibrio de poder sustentado en la fabricación en cadena, la televisión como agente homogeneizador, el anhelo de propiedad privada como fuerza motriz y el comunismo como amenaza permanente. Cuando estamos bien alimentados y entretenidos y se nos mantiene vivo un miedo o un odio nos volvemos muy dóciles. Pero en realidad, la clase media, una vez derrotado el comunismo, pierde su función estratégica y queda reducida a una masa de consumidores. Además, el desarrollo basado en el consumo y la competencia ha hecho que la creación de valor en la cadena productiva sea cada vez más difícil. Los negocios emergentes, la telefonía móvil, la red, los dispositivos para conectarse, crecen a costa de otros sectores. Pero el dinero quiere seguir reproduciéndose en progresión geométrica. Esa es la esencia del modelo económico. Entonces se relajan las buenas prácticas e, inevitablemente, se inflan burbujas tecnológicas, vivienda, alimentos, materias primas, el crédito, la deuda de los Estados. En esas circunstancias, y sin un enemigo enfrente, se da un paso más. La división entre Estado y mercado desaparece. Los grandiosos patrimonios empiezan a dictar leyes. Ya no es necesario aparentar que existen instituciones democráticas. Por encima de un nivel de patrimonio, la justicia ni se asoma.

—Estás intentando decir —traté de sintetizar— que el capitalismo productivo, el que trajo progreso y bienestar a la población occidental, no sobrevivió a la caída del muro de Berlín.

—A Dodo —al parecer Torres te llamaba así— le gusta decir que el comunismo era el único regulador eficaz del capitalismo.

La cohesión en el discurso que ambos habíais exhibido durante los primeros compases empezó a resquebrajarse. Kamala intentó reorientar el enfrentamiento hacia principios más elementales, pero las heridas mal cicatrizadas de ambos parecían haber empezado de nuevo a abrirse. Las réplicas fueron elevando el tono hasta que inevitablemente llegasteis al desencuentro. Estabas diciendo:

—Yo no tengo modo de elegir a los consejeros delegados ni a los presidentes de los grandes bancos ni empresas transnacionales, pero son ellos los que tutelan los Estados. ¿Qué democracia es ésa? Si no existe ningún partido político que vindique el reparto de riqueza y ensalce otros valores distintos del dinero, ¿qué democracia es ésa? En las elecciones vota menos de la mitad de la población. Muchos de los que no votan han quedado excluidos por una educación insuficiente o porque se les ha interpuesto tal cantidad de burocracia entre su realidad y el voto que han desistido. ¿Qué democracia es esa?

—La voz de los excluidos aún puede hacerse oír —aportó Torres—. En las instituciones sigue habiendo personas decentes.

—Personas sin capacidad de decisión.

—No podemos perder la fe. Incluso Roma se convirtió.

—A veces pienso que eres un cínico.

—Que se haya instrumentalizado el cristianismo no quiere decir que su mensaje no siga vigente.

—¿Y qué uso debería hacerse de él? Pon la otra mejilla; Dios te recompensará en la otra vida; a esos ricos que viven en la abundancia, Dios les tiene reservada la agonía más horrible por toda la eternidad.

—Una civilización del trabajo —proclamó Torres— que rechace la acumulación de capital como motor de la historia. Una civilización de la pobreza que haga de la satisfacción universal de las necesidades básicas el objetivo del desarrollo.

Comenzabas a acalorarte. Era la primera vez que resultaban evidentes algunas fracturas en tu siempre bien apoyado andamiaje exterior:

—¿Y cómo conseguiremos ese nuevo orden u-ni-ver-sal?

—Habrá que crear modelos económicos, políticos y sociales para una civilización del trabajo en lugar de una civilización del dinero.

—Esos modelos podrían encontrarse. Poner un límite a la propiedad privada, abolir las herencias, instaurar un sistema de méritos... Habría maneras. Pero ¿cómo ibas a convencer a los grandes patrimonios de semejante cosa?

—Por medio del diálogo.

—¿Y si te cierran la puerta en las narices?

—Por medio del martirio, como los primeros cristianos.

—¡No seas ridículo!

—Prefiero ser un viejo ridículo a no poder dormir por las noches.

—Yo duermo a pierna suelta.

—¿Desde cuándo?

—Desde que me fui de aquí —dijiste poniéndote en pie.

El rostro de Torres palideció. Kamala intentó mediar pero tú te adelantaste:

—¡No hay otra manera y lo sabes!

Tus ojos brillaban desde lo alto. Tus mejillas habían sido tomadas por un rojo desconocido.

—¿Por qué no lo dejamos estar? —logró intervenir Kamala—. Dodo, siéntate. Quédate a dormir. Prepararé dos camas.

Sin abandonar su palidez, Torres endureció el gesto y dijo, en un tono de voz admonitorio, como si fuera tu confesor al otro lado de la celosía:

—Estás tan llena de justicia que no te ha quedado hueco para la piedad.

El aguijonazo fue profundo. Tu invectiva no lo fue menos:

—Torres, tú eres un buen cristiano, un cristiano auténtico, un santo. Por eso te excomulgaron.

Aquella afirmación debió de remover un duelo sepultado pero no silenciado, porque recuerdo, como si los tuviera delante, los ojos de José Ramón Torres, primero encendidos como dos bolas de fuego y después, al cabo de unos segundos de silencio, hundidos, casi desaparecidos, como si las chispas iniciales hubiesen sido arrojadas a un pozo.

—Continúa con tu lucha si crees que es lo que debes hacer —exclamó un abatido Torres—. Pero te equivocas al llamarme santo. Yo no soy como Romero. Yo no oficiaré tu funeral.

Nos diste la espalda y marchaste hacia la puerta. Kamala echó a correr detrás de ti.

—¿Adónde vas? —te preguntó, pero no te detuviste—. ¡No salgas a estas horas!

Yo también me puse en pie para seguirte.

—No salgas —imploré.

Entonces, sin detener el paso, me dijiste:

—Aquí estarás a salvo. Mientras no lancen otro escarmiento, aquí estarás bien.

—¡Tú y los tuyos nos traéis los escarmientos! —gritó Torres desde atrás.

Entonces te detuviste en seco. Fuiste a decir algo, pero preferiste abrir la puerta de la calle. Gracias a aquella vacilación, Kamala y yo te dimos alcance.

—Quédate —dijo Kamala, ya en el zaguán—. Dormirás conmigo. No hace falta que vuelvas a hablar con ese cascarrabias.

La miraste desde la puerta abierta.

—Gracias. Solo he venido a pedir cobijo para este hombre.

Después me miraste y añadiste:

—Da gracias de compartir tiempo y espacio con Kamala y Torres.

—No —repuse sin elocuencia—, espera hasta mañana. No salgas ahora.

Dibujaste una sonrisa tan bella como la de la tarde anterior junto al río.

Fue como si mis pulmones se hubiesen contraído y al hacerlo se hubiesen quedado rígidos. Aquella puerta se cerró. Desapareciste. Tuve que apoyarme en la pared para lograr mantenerme en pie.

Kamala puso su mano sobre mi hombro.

—¿Estás bien?

—¿Volveré a verla?

Kamala asintió con la cabeza.

Recorro mis días pasados con la esperanza de encontrar en ellos razones suficientes para justificar mi esfuerzo por enumerarlos. Permanezco durante horas encerrado en una celda aún más angosta que esta en la que me nutro, aseo y duermo: la de mi memoria. Hace ya varias páginas que he comprendido la imposibilidad de ser preciso en la recreación de aquel tiempo. No podré nunca poner por escrito con total veracidad aquellas conversaciones ni conseguiré asomarme con palabras a la luz de aquel cementerio donde los vivos y los muertos convivíamos. No grabé aquellas veladas en torno al fuego. No fotografié aquellas puestas de sol. No regresan a mí los olores ni los sabores de aquella cocina ni el bullicio de mi primera clase como profesor de tecnología ni la fraternidad ni el amparo ni la fe que hallé en aquella isla de luz en mitad de un océano de sombras. No regresan en su totalidad. Solo la música y el olfato logran traer al presente sentimientos o deseos ya olvidados, pero en esta celda solo huelo la humedad, y la música dejó de sonar hace ya tiempo. La palabra es siempre incompleta y la palabra que proviene del recuerdo lo es aún más. ¿Por qué sigo insistiendo en algo que solo me produce dolor?

Me diluyo en las personalidades de aquellos que se cruzaron en mi camino. Incluso imito su manera de escribir. Me percato, en este preciso instante, mientras observo la punta temblorosa de mi bolígrafo, de la insignificancia de mi existencia y me doy cuenta de que no es mi vida la que en realidad estoy relatando —no merece la pena el esfuerzo— sino la de Dorothea Mitford, Dodo, como la llamaba su padre adoptivo, y también la de éste, José Ramón Torres, un santo sin nimbo. Encuentro en ellos y en la lectura de su cuaderno (de tu cuaderno) un alivio. Pero me estremezco de nuevo: ¿qué puedo yo aportar que no esté escrito ya de su puño y letra (de tu puño y letra)? También me doy cuenta en este instante de que llevo varias páginas nombrándote en segunda persona, como si estuviese escribiéndote una carta.

Llego a la súbita conclusión de que en realidad no constituye este texto un testamento o una biografía sino la primera y última carta que te escribo, para que así tu manuscrito y el mío descansen juntos para siempre, algo que tú y yo no podremos hacer.

Continúo entonces arrastrado por este (ahora consciente) móvil, dispuesto a decirte en este texto lo que no tuve ocasión de decirte mientras estuvimos juntos.

—¿Qué sabes hacer? —me preguntó el padre Torres antes del desayuno del día siguiente.

—¿Se refiere a qué sé hacer con las manos?

Asintió con la cabeza. Yo negué con la mía:

—A veces el marco de una puerta se abalanza sobre la bandeja que sostengo o el bordillo de una acera muerde la rueda de mi bici.

—¿A qué te dedicabas?

—Era profesor de física cuántica en la universidad.

Sacudió la cabeza con ironía:

—De momento, los leptones nos dejan tranquilos.

—Nunca se sabe. Deme un acelerador de partículas y verá de lo que soy capaz.

Tenía sentido del humor, además de un fuerte carácter y tendencia a la homilía. Conversar durante horas me había parecido la noche anterior su único espacio de recreo.

—Hay algo que puedes hacer —añadió tras la sonrisa—, aparte de llamarme de tú. Ven a verme a media mañana. Estaré en el comedor o en el huerto.

Desayuné gachas de avena con miel, con los brazos adheridos al cuerpo, como un acordeón plegado entre una mujer obesa y un joven en plenitud de su poderío muscular. No había tiempo para intimar en aquellos primeros compases del día. Al terminar, dejamos los cuencos de aluminio en un carro para las bandejas.

Salí a estirar las piernas. No había podido lavar la ropa ni cambiarme; así que el aire fresco me devolvió mis olores corporales. Necesitaba asearme.

Detrás del edificio de piedra y pizarra estaban construyendo una casa de madera. De momento habían erguido los entramados verticales y horizontales, y lo habían hecho, al parecer, sin ayuda de grúa. Cuatro hombres, dos arriba con arneses y dos abajo, estaban subiendo una viga para la techumbre con ayuda de una polea clavada en lo alto. Varios tablones aguardaban en el suelo junto a una sierra de banco y un poco más allá algunos troncos todavía sin desbastar. El olor de la madera recién cortada, tan evocador como el de la lluvia recién caída, me hizo sonreír. Resultaba estimulante contemplar aquella industria rudimentaria. Qué oficio tan fabuloso, me dije, y acto seguido me pregunté qué sería de mí en una economía de subsistencia como aquélla. Uno de los cuatro se dirigió a mí:

—¡Eh, amigo! —gritó desde el futuro tejado—. ¿Por qué no nos echas una mano? —La polea no parecía capaz de aguantar el peso de aquella viga y se estaban planteando la posibilidad de subirla a pulso con ayuda de un tercero desde arriba—. Si nos ayudas a empujar desde abajo, podremos subirla.

Me uní a un hombre cuyo peso desaconsejaba que trepase por aquellos bastidores de los que colgarían las paredes. Mediría casi dos metros. Su frente arrugada contrastaba con la aparente juventud de sus labios, rosados y pulposos. Me tendió la mano y dijo su nombre, Kwamie. Al que yo iba a sustituir le bastó con extender sus cuatro extremidades para llegar a la cima como hubiese hecho una salamandra gigante.

—Es mejor —volvió a ordenar el que parecía el jefe— que empujes desde abajo mientras Kwamie la guía hasta nosotros.

Me agaché y saqué a relucir toda mi potencia muscular. Estaba dispuesto a demostrarme a mí mismo que al menos para mula de carga o peón sí serviría. Entre los tres de arriba y el último empujón de Kwamie logramos dejarla en posición horizontal en lo más alto. Hubiese celebrado aquella hazaña alzando los brazos y dando saltos, pero la suficiencia con la que reaccionaron ellos y el tirón muscular que se apoderó de mi hombro izquierdo me disuadieron. Ya eran tres las fuentes de dolor. Si esto seguía así, podía no llegar vivo a la cena.

—Gracias, amigo —volvió a gritar el líder desde el futuro tejado.

Se presentó a sí mismo, Tim, y después a sus colegas, Amber, Das y el conocido Kwamie. Yo dije mi nombre según la pronunciación española, y ellos repitieron algo parecido a «Hesas». Hicieron gala de la distante cordialidad de los virtuosos y volvieron a lo suyo.

Proseguí a lo largo de aquel paseo central. Llegué hasta una bifurcación que al abrirse dejaba en medio una explanada en la que parecían residir las tumbas más antiguas, con el nicho de mármol blanco, que había divisado desde la verja la noche anterior, elevado sobre todas ellas. Continué por la derecha hacia el extremo norte. Quería estar solo unos minutos, ya que, en contra de lo que cabía esperar de un cementerio, el tránsito de gente era continuo. Algunos acarreaban aperos de labranza, azadas o tijeras de podar; otros, carretillas con verduras y hortalizas, coles y patatas principalmente. La idea de que hubiesen convertido aquella tierra en un huerto me causaba cierta desazón y a la vez optimismo. Que mis huesos llegasen a servir como abono para el alimento de generaciones futuras era una bella manera de permanecer en este mundo aun después de haberlo dejado.

Me adentré en una zona boscosa. Dejé el pavimento y caminé entre los árboles hasta un rincón solitario. Me detuve delante de una tumba. Era austera. Una hierba amarillenta le había salido. Un ancla y una condecoración hendidas en una losa blanca rendían homenaje a un marinero de diecinueve años caído en la primera guerra mundial. Volví a darme cuenta de lo ajeno que la violencia había sido para mí y los míos, y en el valor desmesurado que habíamos atribuido a la vida. Elegí aquella tumba como habría podido elegir cualquier otra y delante de ella entoné una oración pagana, una especie de cántico interior. Las ramas de un roble parecieron extenderse para abrazarme.

Volvía a empezar. Cuarenta y tres años después, volvía a empezar. Y estaba dispuesto a aprender todo lo necesario para subsistir en aquel nuevo equilibrio social. Sacudido por el par de fuerzas euforia-decepción, por la luz y la humedad de la mañana, el frío que empezaba a penetrar en mi cuerpo y la añoranza de tu cuerpo, tan próxima al dolor, y el dolor mismo, reparé en las escasas certezas de las que disponía. Habías llegado y te habías ido sin haber logrado saber nada de ti, salvo tu nombre, el tercero de los que habías usado. Resultaba evidente que pertenecías a una clase social muy superior a la mía. Tu desempeño, un espectáculo nuevo para mí, la cordial distancia con la que te dirigías a los demás, desde los empleados de las tiendas hasta los amigos íntimos, como el padre Torres, delataban una educación entre criadas; una ascendencia reñida con tu constante apología de la revolución, con la serena frialdad con la que apelabas a los baños de sangre como única cura cíclica de la injusticia humana. Pero ni aun con todo tu donaire lograbas disimular el odio profundo que profesabas hacia alguien o algo, una persona en concreto o una clase social de la que habías caído. ¿Qué martirio arrastrabas? ¿Contra quién iba dirigida tu beligerancia? Yo tardaría todavía varios meses en leer tu cuaderno —vehículo que elegiste para contarme lo que nunca me dijiste de palabra— y no tenía modo de intuir en aquella mañana el robo de tu infancia, la experiencia desde tan niña de la perversidad que puede entrañar el amor. Del mismo modo que a ti te resultaba imposible hablar de ello, a mí me resulta imposible escribir ahora sobre ello. Dejaré entonces que tú lo hagas, copiando aquí la descripción de una de tus pesadillas:

Tenía pánico a la noche. Mejor dicho, no a la noche en sí, sino al sueño, la maldita hegemonía del inconsciente. Últimamente las pesadillas me visitan con menor frecuencia, pero hay una que siempre regresa con particular insistencia. En ella estoy desnuda sobre una losa de mármol. Un intenso olor a humo de fábrica o a alquitrán abrasa mis pulmones. Mi cuerpo, que es el de una niña, está lleno de pústulas. Abro la boca con intención de gritar pero en lugar de un lamento brota de mí una hermosa canción que jamás he escuchado. Es la voz de mi madre que se acerca con los brazos abiertos. Las dos nos abrazamos y mi cuerpo se convierte en el de una mujer. Desaparecen las pústulas. Menstrúo. «Léeme otro cuento», le digo. Pero ella se limita a guiarme en silencio hacia una embarcación (flotamos en una especie de mar sulfuroso) en la que espera una multitud de hombres. «¡No!», grito. Pero mi madre sigue arrastrándome sin decir nada. «¡No!», grito con más fuerza. Logro liberarme y me echo al mar. Noto como mi piel empieza ser digerida por la salobridad. De pronto, una fuerza descomunal me eleva sobre las aguas y hace zozobrar la barca de los hombres. Algunos caen al mar y sus cuerpos se disuelven como terrones de azúcar en el café. Una sombra sin cuerpo me salva. Me sostiene mientras cura mis heridas. «Mi princesa», me susurra al oído.

Mientras intentaba adivinar sin indicios suficientes a quién odiabas tanto, estaba en realidad eludiendo la pregunta más escalofriante. ¿Serías en verdad prostituta? Hube de afrontar la cuestión que llevaba aplazando desde el día anterior, cuando así lo confesaste pistola en mano en el hotel de Brentwood. Bien mirado, era la única explicación verosímil a nuestro encuentro. Krzysztof Sobolewski habría contratado tus servicios y tú no habrías tenido motivo para sospechar del tipo que hallaste en el lugar de la cita a la hora convenida. Pero había algo más con relación a tu oficio. No te habías quedado conmigo solo para ganar dinero, algo a lo que al final habías renunciado. Tu objetivo al seducirme (al seducirlo a él) tenía que ver con aquella «lucha» por la que te había increpado el padre Torres y que era la causante de las represalias contra aquella comunidad por parte del gobierno. A juzgar por la reprimenda de Torres, tus apologías de la violencia no eran simple retórica. ¿Quién eras en realidad? Y en última instancia, ¿quién era yo lejos de ti?

Bajo la luz de la mañana, José Ramón Torres carecía del misterio que otorga el resplandor vacilante del fuego. Rodeado de otros hombres y mujeres, ofrecía una apariencia de oficinista en tránsito de una reunión a otra, raudo, como si quisiera disimular la desproporción entre sus hombros estrechos y su cráneo montuoso.

—Mira —dijo mostrándome una patata que rebosaba la palma de su mano.

—El fruto de una tierra abonada por la historia —dije intentando no resultar irreverente.

—Ésta es la parte más antigua del cementerio, de mediados del xix. Aquí no quedaba nada, solo polvo. Trasladamos las lápidas a la parte más nueva y empezamos a plantar.

—¿Dónde estoy exactamente?

Sonrió mientras dejaba la patata en una cesta que acarreaba un niño de unos diez años.

—En pleno siglo dieciocho. Aquí donde lo ves, Peckham era un lugar para el comercio de futas y hortalizas y también la última escala para las ovejas que iban a ser vendidas en los mercados de Londres. Los pastores, que venían desde muy lejos con sus rebaños, pasaban la noche en las posadas, mientras el ganado dormía a salvo en los rediles de alquiler. En la segunda mitad del diecinueve, con la llegada del tren, se instalaron en Peckham artesanos, funcionarios de la City y empleados de los muelles cercanos. Llegó a ser el centro comercial más importante del sur de Londres. Pero el siglo veinte lo sumió en la decadencia. Se convirtió en el tristemente célebre Peckham. En los años sesenta era uno de los barrios más peligrosos de Europa. Esta comunidad es la heredera de aquellos granjeros del dieciocho que trabajaban la tierra y ofrecían cobijo a pastores y rebaños.

—Hay muchas cosas que querría preguntarle. Pero no sé por dónde empezar.

—Dispongo de diez minutos, siempre que no te importe acompañarme.

Me uní a su tránsito veloz.

—¿Qué relación tienen con el ayuntamiento, el Estado, la policía, en fin, con el poder?

—Incierta.

—Quiere decir que no saben qué hacer con ustedes.

—Un día nos traen ropa usada y al día siguiente desalojan a una anciana de su piso. Somos su ruido de fondo. No sé si me explico.

Negué con la cabeza. Se había detenido ya dos veces a dar órdenes y hacer preguntas.

—Eres científico, ¿no? —Asentí con la cabeza—. Pues me refiero a que en su escala de amenazas contra la paz social, hay días en que salimos en positivo y otros en negativo. Y en cualquiera de los dos casos el valor absoluto suele ser tan pequeño con relación a todas las otras amenazas que les inquietan de verdad que terminamos siendo eso, ruido de fondo.

—Anoche habló de represalias.

—Si un hecho singular sucede, como por ejemplo cuando aquel muchacho, no sé si conocerás la historia, Freddie Pullum, se refugió en una comunidad de Tottenham, entonces no reparan en medios. Si la presa lo vale, nos dedican mucha atención.

—¿Dorothea lo vale?

Se detuvo en seco. Me miró incrédulo y siguió su camino.

—¿Quién es? —insistí—. ¿De qué la conoce?

—No sé qué ha visto en ti, pero tienes suerte de estar vivo.

—¿Eso es todo lo que va a decirme?

—Me he comprometido a darte refugio. No te contaré nada que pueda ponerte a ti o a la comunidad en peligro.

—¿Es prostituta?

—Nadie es o deja de ser esto o lo otro. Yo creo que las personas somos como los ríos subterráneos de Londres, siempre avanzando, aunque los demás no se den cuenta.

—Pero la profesión no se consigue ni se cambia de un día para otro.

Se detuvo delante de la casa de madera en construcción. Con un gesto de su mano y una sonrisa correspondió al saludo de Tim, Amber, Das y Kwamie.

—¿Y cuál es tu profesión ahora? —me preguntó sin mirarme.

—Esta mañana les he ayudado a subir aquella viga.

—No sé si confiaría la construcción de una escuela a tus manos.

—¿Es una escuela?

Asintió con evidente orgullo y añadió:

—Estamos reuniendo un grupo de maestros para dar clase a nuestros niños y jóvenes.

—¿Ya tienen profesor de ciencias?

—Se cobra en especias pero el salario emocional es altísimo. Después de cura, bombero y fisioterapeuta, la profesión de maestro es la que más felicidad proporciona.

—Para haber sido usted cura, tiene un peculiar sentido del humor.

Apretó los labios y frunció el ceño.

—La edad del alumnado —prosiguió sin atender a mi comentario— va de doce a dieciocho, todos los que quieran venir. Solo se les exige regularidad, higiene y esfuerzo. Y al docente, pasión por la materia, generosidad y disciplina.

—¿Y el temario?

—Libertad de cátedra. Pero por el bien de nuestra juventud, yo incidiría en los aspectos más prácticos de la ciencia.

—Entiendo. Necesitaré un ayudante. Alguien mañoso que sepa construir cacharros.

—Alguien encontraremos —dijo mirando a Kwamie—. Esta tarde te daré los estatutos de la comunidad. Leerás que las armas están estrictamente prohibidas.

—Creo que se confunde.

—No sé quién eres. Pero sé quién te ha traído.

—En realidad me trajo porque creía que yo era otra persona. Y yo aún no he llegado a saber quién es ella.

—¿Vas a quedarte?

—¿Quiere que me vaya?

—En primer lugar, nadie puede quedarse si no aporta algún trabajo. Por ello es importante que te proponga esta tarde en la asamblea. En segundo lugar has de renunciar a la violencia como instrumento para resolver conflictos.

—Si bien la violencia puede resultar rentable en determinadas circunstancias...

—¿En cuáles? —me interrumpió.

—En muchas: Estados Unidos tras la segunda guerra mundial, el expolio colonial de materias primas, el progreso de Francia tras la revolución... Creo que resulta evidente, ¿no?, la violencia combinada con otras cosas es la mejor manera de hacerse rico... No obstante, creo que es ilegítima y una traición al ser humano.

—Bonito discurso. Te rogaría que en el futuro lo reduzcas a las conclusiones. Ahora responde a mi primera pregunta.

—¿Cuál era?

—¿Por qué quieres quedarte con nosotros?

—Los hábitos adquiridos hasta la fecha no me servirán de mucho. He de dotarme de un conocimiento más práctico. Aquí parecen tener las ideas bastante claras.

Me lanzó una mirada benévola.

—Te ruego seas respetuoso con lo que aquí hemos construido, mientras estés entre nosotros, por ajeno que te resulte.

—Cuente usted con ello.

—Y, ¡Virgen Santa!, deja de llamarme de usted.

Durante aquella asamblea en la que se deliberó sobre la conveniencia de aceptarme como hermano de pleno derecho de la Comunidad del Camberwell Old Cemetery, lo cual habría equivalido, en mi precaria situación de entonces, a volver a ser ciudadano de algún lugar, hubo más resistencia de la esperada por parte del padre Torres.

Pero, antes de ahondar en ello, convine aclarar algunos aspectos de la organización interna de la comunidad y su cesión de soberanía. En las semanas posteriores a mi llegada, aprendí que estaban organizados en siete comisiones. A la Comisión de Obras y Canalizaciones pertenecían Tim, Amber, Das y Kwamie. La Comisión de Agricultura y Ganadería explotaba un pequeño rebaño de ovejas, además del huerto del cementerio y otro en el parque Rye. El nombre de la Comisión para el Barrio y la Ciudad sonaba eufemístico y no exento de cierta ironía ya que se ocupaba de las relaciones con las instituciones, es decir, negociar con el ayuntamiento y la policía, lo más parecido al ejército en una comunidad que había renunciado a la violencia. En la de Comedor y Camas solo se atendía temporalmente a aquellos que habían solicitado cobijo, como era mi caso, y a los invitados o huéspedes, ya que el resto vivían en pisos, en su mayoría compartidos. Infancia y Vejez se ocupaba de los más débiles. En la de Comercio Exterior y Logística seguían usando la libra como moneda para acudir a los mercados de Londres, en las transacciones con otras comunidades practicaban el trueque; únicamente en la compraventa de bienes de alto valor añadido, como maquinaria, empleaban el patrón oro. La de Salud contaba con tres enfermeras y dos médicos. Por último, la Comisión de Educación y Cultura se ocupaba de velar por la formación de los más jóvenes y era a ella a cuyos trabajos me incorporaría si era admitido.

Los hermanos de la comunidad (así se llamaban entre ellos, «hermanos» y «hermanas») delegaban cada año su soberanía en una junta formada por un presidente, un vicepresidente, un secretario, un tesorero y siete vocales, uno por cada comisión. Aprendí que el padre Torres, hermano fundador junto a su esposa Kamala, había sido elegido presidente en todas las asambleas desde la inicial, hacía más de diez años. La Junta era la responsable de legislar por medio de enmiendas o *addenda* al Reglamento Fundacional, que era, por llamarlo de alguna manera, la carta magna de aquella comunidad. La soberanía era cedida a la Junta parcialmente, ya que la aprobación de muchas de aquellas pequeñas «leyes» requería del sufragio universal, típicamente a mano alzada en asambleas ordinarias o extraordinarias. Aprendí que el padre Torres era partidario de convocar asambleas a menudo, principalmente como medida pedagógica, para asegurarse así la divulgación de las nuevas normas antes de su aprobación, pero también porque era un firme defensor de la soberanía popular.

Todas las asambleas comenzaban con un texto de Rousseau: «Cada uno de nosotros pone en común su persona y todo su poder bajo la suprema dirección de la voluntad general, recibiendo a cada miembro como parte indivisible del todo».

La Comunidad del Camberwell Old Cemetery era aconfesional, pero, al mismo tiempo, todas las creencias eran bienvenidas, a excepción de aquellas que hacían una interpretación sectaria o violenta de la espiritualidad. Uno de los pilares sobre los que se sostenía era precisamente la libertad de credo y también la libertad de no profesar ningún credo. Aquellas sentencias de Rousseau al empezar y terminar daban cierto aire de homilía laica. Otra cita que casi siempre se leía a modo de credo era: «En un Estado bien gobernado hay pocos castigos, no porque se concedan muchos indultos, sino porque hay pocos criminales; el gran número de crímenes asegura su impunidad cuando el Estado perece». La mejor manera de alcanzar la paz sin necesidad de la violencia era asegurar que todos participaban de la impartición de justicia, por medio de un jurado elegido por sorteo. Los juicios estaban presididos por un miembro de la Junta, generalmente su vicepresidenta, Kamala, que administraba los tiempos y las intervenciones y después exhortaba al jurado a deliberar y a votar.

Pronto pude detectar cierta mezcla de corrientes religiosas. Del confucionismo habían tomado la exigencia de la férrea moral del líder, llegando a considerar punible, por ejemplo, la desidia. Del cristianismo habían tomado el binomio pecado-perdón. A veces se empleaba la palabra «pecado», en lugar de delito o crimen, para aquellos actos individuales que iban en perjuicio de la voluntad general. Del islamismo habían tomado la prohibición de la usura. Del budismo, la idea de un mundo decreciente en el que, si no hacemos algo, todo irá a peor.

El preámbulo de la carta magna preconizaba que la avaricia había sido el mayor pecado cometido por la sociedad capitalista. Todos los demás pecados, considerados siempre como actos en contra de la voluntad popular, partían de la avaricia. Así pues, la propiedad era definida de la siguiente manera en aquel reglamento también de acuerdo a un párrafo de *El contrato social*: «Todo hombre tiene por naturaleza derecho a todo aquello que le es necesario; pero el acto positivo que le hace propietario de algún bien le excluye de los restantes. Establecida su parte, debe contentarse con ella, y no tiene ya ningún derecho sobre los bienes comunes». La aplicación práctica consistía en que a cada nuevo hermano se le entregaban sus bienes esenciales, como «primer ocupante» de los mismos, que venían a ser tres mudas completas de ropa, una habitación en un piso compartido y un poco de dinero. El nuevo hermano, admitido por medio de votación a mano alzada en asamblea, pasaba a ser el propietario de todo ello. La única condición exigida era que en caso de abandono voluntario o expulsión de la comunidad la habitación dejara de pertenecerle y volviera a la propiedad de la comunidad hasta ser entregada a otro nuevo ocupante.

Era preciso que un hermano de una antigüedad superior a tres años defendiera la candidatura. En mi caso fue el padre Torres. Tras el alegato, se abría el turno de preguntas y objeciones. La cosa fue más o menos como sigue:

—Jesús —el padre Torres empleó la pronunciación española para no levantar revuelos innecesarios a causa del significado de mi nombre— acude a nuestra comunidad, como otros muchos antes que él, con la esperanza de encontrar un nuevo hogar. Con anterioridad a la malaria de la depresión económica, ejercía de profesor de física en la universidad. Es un hombre de intelecto y no un artesano, pero, en mi opinión, eso no debería suscitar desconfianza. De entrada, nos sería de gran valor como profesor de tecnología en la nueva escuela. Por el bien de nuestros hijos, que harán de ésta una comunidad próspera, es necesario atender a sus necesidades intelectuales. Considero un deber de la comunidad y un derecho de nuestros jóvenes el acceso a la formación para que puedan comprender las causas que nos han empujado a este desastre del que intentamos resarcirnos y no caigan en la desesperanza. Mediante la formación del espíritu, aunque ello no tenga una aplicación práctica inmediata, nuestros jóvenes aprenderán a diferenciar, por ejemplo, entre fe y fanatismo, entre liderazgo y coacción, entre honestidad y pragmatismo. Ésta es mi propuesta, que someto a la opinión de la asamblea.

Un breve silencio dio paso a un murmullo de conversaciones cruzadas. Unas sesenta personas de diversas edades se arracimaban en la parte central del cementerio. El sol se batía en retirada y hacía ya más de una hora que la temperatura había comenzado a descender. Dos madres arropaban a sus bebés, que dormían o mamaban a cobijo en aquellos brazos inexpugnables. Los niños más mayores corrían entre las lápidas jugando al escondite y de vez en cuando recibían una reprimenda de sus padres. En general, predominaban los hombres de edad madura y, excepto un par de mujeres jóvenes, que llevaban unas túnicas de colores vivos y tocados en el pelo, todos vestían sobriamente.

Conforme el murmullo se fue prolongando, fui abrigando esperanzas, hasta que un muchacho joven, en torno a la veintena, se decidió a elevar la voz por encima de las conversaciones privadas:

—Es ésta una comunidad de artesanos —dijo—. Nosotros mismos enseñamos los oficios a los niños.

—No estoy diciendo que dejéis de enseñar los oficios —repuso Torres— pero sí que se completen esas enseñanzas con humanidades y ciencias.

—Los chavales aprenderán de sus padres —prorrumpió otro—. Así ha de ser.

—Será lo que decida la mayoría —gritó una vieja con voz de contralto sentada en una silla de tela de plástico plegable.

—Un poco de calma —concilió Torres—. Os ruego que pidáis turno y elaboréis vuestras intervenciones.

Un hombre en sus cincuenta con el pelo y la barba canos y vestido con una túnica blanca pidió la palabra. Torres se la concedió. Todos guardaron silencio.

—Hermano Torres —declamó sustituyendo «padre» por «hermano»— tú eres un hombre bueno y cabal. Por eso eres nuestro líder desde el comienzo y por eso atendemos a todas tus sugerencias. Los años nos han enseñado que tu juicio nos guía por buen camino. Pero interpreto que lo que estos muchachos intentan expresar es precisamente lo que tú has anticipado, sus reticencias hacia el trabajo intelectual, la sobrevaloración, si acaso ésta es la palabra adecuada, que se hizo en su día de la *gestión* —remarcó la palabra con cierta ironía—, en detrimento del trabajo artesanal y productivo. Lo que estos muchachos, deseosos de labrarse un porvenir con sus manos, quieren expresar son sus dudas acerca de aquella formación que no tenga una aplicación inmediata. Dicho de otra manera, lo que adivino que se están preguntando es si no resultaría demasiado oneroso mantener profesores en materias que no van a ayudarnos a salir de la situación de olvido en la que nos encontramos.

—Hablas bien, Jamie Hanafi —repuso la vieja—, pero lo que dices es siniestro. Solo los necios o los potentados tienen miedo de la cultura. Tú no tienes un pelo de tonto y resulta evidente que tampoco tienes un penique.

Las dos jóvenes de los tocados se echaron a reír.

—Hermana Clorinda —intervino Torres dirigiéndose a la vieja—, veneramos tu experiencia y tu sabiduría. Por ello apelo a ellas para pedirte que no acompañes tus argumentos con apreciaciones personales.

—Por el tono melindroso —replicó ella—, diría que es miedo y no veneración lo que me tienes.

—Ambas cosas van bien de la mano —respondió Torres.

—Soy vieja para medir mis palabras. Lo que quiero decir es que estos tiempos de barbarie no nos condenan necesariamente a la ignorancia. Me gusta tan poco la prepotencia del opresor como la del superviviente. Las dos muchachas y todas las mujeres en general asintieron con la cabeza. Los hombres reanudaron las conversaciones en voz baja.

—La naturaleza, hermano Jamie Hanafi —alzó la voz Torres dirigiéndose al hombre corpulento vestido de blanco— nos regala algo más que bienes materiales. Nos da, como tú conoces bien, un espíritu, religioso o laico, que es el motor de nuestra industria. Si nos empeñamos en transformar la naturaleza es para conseguir cierto bienestar que nos permita quedarnos a solas con nuestro espíritu y con los espíritus de aquellos a los que amamos o admiramos. Algunos emplean ese tiempo en diversión y borracheras y otros en música y lectura. Pero en realidad todo va a parar al mismo lugar: la certeza de que somos algo más que esclavos o animales.

—Resulta difícil hablar de esto con el postulante aquí presente —respondió Jamie Hanafi—, pero si así ha de ser... —Se encogió de hombros y dio un paso al frente—. La economía de nuestra comunidad es elemental. Subsistimos porque sabemos tejer, coser, plantar, recolectar, curtir, comerciar y otros oficios que hemos ido aprendiendo con los años. —El grupo de jóvenes apoyó las afirmaciones con asentimientos de cabeza—. Yo era empleado en una sucursal bancaria y tú, cura. Hemos tenido que aprender de nuevo. La economía del trabajo intelectual sigue existiendo, pero en las torres acristaladas de la City. Allí sí encontraréis doctores y licenciados, obreros cualificados que nos privan a los demás de lo necesario desde sus teclados y monitores de ordenador, artesanos, a fin de cuentas, de la injusticia, ingenieros de la codicia. —Los jaleos iban en aumento conforme el carácter mesiánico del discurso crecía—. Pero a ellos la formación intelectual no les ha servido para ensanchar su espíritu ni encontrar a Dios, si acaso lo buscaban. Al artesano que recibe de la comunidad tanto como aporta no le hace falta conspirar para mantener su posición. Pero aquel que solo posee y nada produce, o su capataz, consumen su tiempo urdiendo, mintiendo, manipulando, coaccionando y si es necesario hiriendo, torturando y matando. Desde que el mundo existe, desde que el hombre teme a la muerte, el poderoso ha necesitado hablarle al espíritu. El chamán existe desde las cavernas para embriagarnos con blasfemias. Por ello, siempre que escucho apelar al espíritu, hermano Torres, me recorre un escalofrío. Yo soy lo que mis manos producen y en mis obras encuentro a Dios, que es el autor de todas ellas porque me dio la vida.

La vieja Clorinda dio la réplica:

—Te contradices cada dos por tres, antiguo banquero. El chamán, como tú lo llamas, encuentra público en la ignorancia. Y os lo dice una vieja que no estudió cuando debió haberlo hecho. Por eso mismo puedo hablar, si así los demás me lo permitís. —Las mujeres la aclamaron imitando los gestos viriles de los chicos jóvenes—. Andaos con ojo, no vaya a ser Jamie Hanafi el nuevo chamán dispuesto a hacer lo contrario de lo que predica. O si no, ¿por qué tanto empeño en que nuestros chicos y chicas no aprendan trigonometría?

—Me atrevería a decir —intervino el padre Torres— que ambos tenéis razón en parte. Es cierto lo que dice Jamie Hanafi acerca del trabajo intelectual. Yo lo viví en mi iglesia. Los que allí escriben teologías y redactan encíclicas están muy alejados de los pobres y muy próximos al chamán, como él lo llama. Y sin embargo, los misioneros que se dejan la vida en países devastados por las guerras y el hambre son personas de acción, pero no poseen ni el bagaje intelectual ni el reposo necesarios para poner por escrito sus vivencias.

Las conversaciones privadas habían ido en aumento desde el inicio. La voz de una mujer joven se elevó por encima de las demás:

—Me gustaría escuchar al postulante.

Su belleza era abisinia, salida de una foto de una oficina de reclutamiento para animar a los jóvenes italianos a la conquista de Etiopía. La mayoría asintió con la cabeza.

—¿De dónde vienes? —me preguntó.

De pronto, sobrevino el silencio. Recuerdo las docenas de ojos fijas en mí y el vaho escapando de sus bocas. Era ya casi de noche y alguien había encendido un fuego en un viejo bidón.

—Soy español —respondí.

—¿Cómo has llegado hasta aquí?

—Cuando me echaron de la universidad donde daba clases, solo encontré trabajo en una contrata de mantenimiento de instalaciones nucleares. Hace dos semanas dejé el trabajo y no tengo adónde ir ni dinero para comprar un billete de vuelta ni para pagar la multa por abandono del puesto de trabajo ni para las dos hipotecas que debo.

—Aquí no encontrarás dinero.

—Lo sé.

—¿Quién te habló de esta comunidad?

—Una mujer a la que conocí en un hotel y que me trajo ayer hasta aquí.

—¿Quién es esa mujer?

Miré entonces al padre Torres, que con un leve gesto de cabeza y un estrechamiento de sus labios me dio a entender que me escabullera de aquella respuesta.

—Dijo llamarse Lorraine —revelé no obstante, incapaz de improvisar.

—¿Lorraine qué más? Lorraine es un nombre francés que se puso de moda hace tiempo.

—La tal Lorraine —intervino Torres— se marchó ayer y no ha pedido su ingreso en la comunidad.

Volvió a intervenir Jamie Hanafi sin amortiguar el poder intimidador de su voz:

—¿Había estado ella antes aquí?

—Como he dicho, no la había visto nunca.

—¿Habías mantenido relación mercantil con ella?

—No hubo transacción económica alguna.

—Sigo pensando —intervino Clorinda— que necesitamos educar a nuestros chicos y chicas. Si este hombre puede enseñarles tecnología, me importan poco sus amistades. Manfred Dawn no es precisamente un santo. Propongo que se quede a prueba durante unos meses.

—Por una vez estoy de acuerdo con la hermana Clorinda —apostilló, contra todo pronóstico, Jamie Hanafi. Esta última e inesperada intervención dio pie a cuchicheos y conversaciones privadas. Supuse que todos estaban interrogándose sobre un cambio de opinión tan repentino. Estuve a punto de preguntar por aquel asunto pero la voz de Clorinda se interpuso:

—Como bien sé, Jamie Hanafi, no eres tan terco como aparentas. Lo celebro por tu bien y por el de todos nosotros. Propongo que el postulante se quede a prueba seis meses.

No se añadió nada más. El padre Torres convocó la votación, que, al ser a mano alzada, se prolongó por espacio de varios minutos a causa de la poca luz.

—De acuerdo —exclamó Torres después de finalizado el recuento—. Se quedará con nosotros seis meses y después volveremos a deliberar. La Comisión de Educación y Cultura se encargará de cederle un piso compartido en usufructo, ya que no se le otorgan bienes de primer ocupante por estar a prueba. Si no hay más intervenciones con relación a este asunto, pasemos al siguiente punto del orden del día.

Encontré a Manfred Dawn sentado en una butaca que había perdido buena parte de su tapicería. Llevaba puesta una bata de raso estampado con aspecto de quimono que a todas luces parecía de mujer. Si bien en cualquier otro hombre fornido aquella prenda habría resultado ridícula, a él solo le infería cierto aire excéntrico. Estaba fumando un porro mientras leía con desinterés un libro viejo y mohoso. Reparó en mi presencia. Dio una calada y dijo su nombre. Además de la butaca despellejada, había en aquella habitación un viejo taquillón de madera y un jergón con un colchón encima. Un calefactor eléctrico de resistencia permanecía apagado. Hacía frío, pero Manfred Dawn no parecía darse cuenta. No tenía intención de levantarse. Así que me senté en el suelo a una distancia prudencial de él.

—Tú debes de ser el forastero de vida licenciosa —dijo tras el saludo distante.

—Veo que las noticias vuelan.

—Tu habitación está allí. —Señaló con la barbilla en dirección a la otra puerta distinta de aquella por la que yo había entrado—. También sirve de cocina. ¿Sabes cocinar?

Asentí con la cabeza.

—Lo digo en serio.

—Mi especialidad es la paella. Es un arroz cocido con el agua justa y medio frito al que...

—Todo el mundo sabe lo que es una paella —me interrumpió—. En árabe quiere decir «las sobras». Llevo un par de meses intranquilo porque la chica que viene por aquí no sabe ni hervir agua.

Su aspecto era rotundamente viril. Yo, que nunca me he tenido por un ejemplar de macho humano que merezca la pena mostrar a una civilización alienígena, imaginé que aquella emanación de virilidad era la que siglos antes había impulsado a hombres de tez pálida y ojos claros a cruzar el río Orange en busca de la jirafa o a pasar a cuchillo a cuantos bosquimanos fueran necesarios hasta conquistar las tierras sudafricanas. Manfred Dawn estaba sentado en aquella butaca con las piernas abiertas, como si fuera un granjero bóer a punto de beberse la sangre de un buey recién degollado para celebrar una nueva pila de cadáveres del Imperio británico. No era fiereza lo que trasmitía —la fiereza requiere acción— sino la quintaesencia de la bizarría. Desde mi observatorio en contrapicado podía ver sus genitales —no llevaba ropa interior ni ninguna otra prenda bajo el quimono— y sin embargo aquella visión no resultaba grotesca; nada más natural que contemplar el pene y los testículos de aquel ejemplar de macho humano. Es verdad que era un libro lo que sostenía entre sus manos, pero si hubiese sido un puñado de cabelleras zulúes no habría resultado menos armonioso. Como primer profesor de la nueva escuela, yo lo había imaginado reflexivo y consciente de lo que sucedía a su alrededor. Pero aquel hombre parecía no perder ni un segundo en observar ni intentar entender el mundo, ni por supuesto cambiarlo. Se limitaba a tomar de él lo que le convenía sin demasiados miramientos.

—Esa mujer que te trajo aquí, ¿quién demonios es?

—Torres la conoce. Parecen ambos poco interesados en airear su nombre.

Manfred Dawn arqueó las cejas como haría el bóer tras recibir una bayoneta británica en su vientre.

—No tienes aspecto de terrorista —dijo—. Los puntos de esa herida parecen postizos.

No cuestioné aquella ironía. En realidad —no valía la pena seguir engañándome a mí mismo— lo había sabido desde el día anterior, tras haber visto cómo te defendías de aquellos maleantes, pero no quería que aquel hombre dijese nada más acerca de tu «lucha». Cualquier otra revelación brotada de su boca me habría puesto furioso.

—Tengo dos opciones —añadió—: creer que de verdad no la conocías o dejar de hablarte.

—Escoge la que mejor ayude a compartir este cuchitril en razonable armonía.

Había logrado intranquilizarlo; todo lo intranquilo que puede estar un elefante antes de cruzar un río poco profundo. Se puso en pie. Aquel quimono no tenía botones. Dio un par de caladas mientras miraba por la ventana.

—¿Qué es ese jaleo de ahí abajo? —pregunté.

—Se preparan para un desalojo.

Al entrar había encontrado un grupo de gente con velas encendidas congregado delante de la puerta de la casa de al lado. En el tiempo que llevaba en aquel piso en compañía de Manfred Dawn, el murmullo de voces había ido en aumento.

—¿Y consiguen algo con eso?

—Mandíbulas rotas y cicatrices como la tuya. Después aparecen los primos y se arma el lío.

—¿Los primos?

—Aquí son todos hermanos. Yo llamo primos a los de fuera.

—Ayer tuve el placer de conocer a dos de esos primos.

—No se diferencian en mucho de vosotros. Secuestros, asesinatos, bombas... Vosotros decís hacerlo para restaurar la justicia social. Ellos, para pasearse al volante de un coche de gasolina y follarse a una zorra sin tener que pagar.

El tono de mi voz cambió de golpe. Brotó de mi deriva personal. De pronto, ante la oportunidad de volver a fingir ser quien no era, se enderezó. En aquel instante, mientras Manfred Dawn apuraba los últimos gramos de hierba, como Krzysztof Sobolewski había apurado mi cigarrillo, y me dejaba embriagar por el olor de la marihuana y la última luz del día, me di cuenta de que podía hacerme con una nueva defensa contra la hostilidad que me asediaba.

—Muy pronto —repetí tus palabras de aquella primera mañana— desde todos los confines de Europa, una legión de hombres y mujeres se elevará como una tormenta, un huracán imposible de detener.

—¡A la mierda! —gritó—. Prefiero mil veces follarme a la zorra del asiento de atrás. Creo que no me conviene hablar contigo o podría sucederme algo parecido a lo de Freddie Pullum.

—Algo he oído. —De hecho era la segunda vez que alguien nombraba a Freddie Pullum en las últimas veinticuatro horas.

—Era un durmiente. Decían que había asesinado a un miembro del consejo de dirección de una empresa,

BT, si no recuerdo mal. Se refugió en una comunidad de Tottenham, pero alguien lo delató.

—Espero que no fuera su compañero de piso.

No parecía un hombre cobarde pero obvió aquella ironía.

—Esta chica siempre llega tarde —farfulló.

—¿La cocinera?

Soltó una risa nerviosa:

—Sí, la cocinera.

—¿Y qué fue de Freddie Pullum? —insistí.

—Lo capturaron. Cogieron a los que lo habían escondido, una mujer y dos hombres, y dieron una estaca a cada uno. Les ordenaron golpearlo hasta matarlo. Después gritaron algo parecido a: «Se les declara culpables de asesinato en primer grado y en virtud de tal y cual ley queda dictada sentencia y se procede a ejecutar la pena». Dispararon a los tres. —Se echó a reír—. Cuando instauraron los juicios rápidos, nadie se imaginó de lo que estaban hablando. —Se giró de nuevo para mirar por la ventana. Terminó de fumar y se guardó los restos del porro en el bolsillo—. Después vinieron los suyos, maoístas, salafistas, fascistas, comunistas, lealistas, foquistas o cualquier otra mierda acabada en *ista* y mataron a otros tantos. Así que definitivamente no me conviene hablar contigo.

—Pues eso sí es un problema. Los dos trabajaremos en la escuela.

—Algo he oído.

—Según me han dicho das humanidades y arte.

Se dio la vuelta con los brazos en jarras:

—Te han informado bien. Hasta tu llegada, yo era la comisión de Educación y Cultura. Dos ojos, dos piernas, dos brazos, una polla... todo lo que ves. —Llamaron a la puerta—. Y ahora, si me disculpas, puedes quedarte en tu habitación con la puerta cerrada o ir a dar un paseo.

Opté por lo segundo.

—Dejaré la llave sobre el marco de la puerta —informó—. Procura no hacer ruido.

Al salir del apartamento —estaba en el último piso abuhardillado de una casa de tres plantas— me crucé con una muchacha joven, de caderas y pechos como cordilleras. Al pensar en Manfred Dawn, no lograba sacar de mi cabeza el cliché del colono al que los aborígenes toman por un semidiós. En aquel caso, el semidiós estaba sobre un trono de espuma verde que asomaba por los agujeros de la tapicería. La muchacha me miró sin demasiado interés y entró.

En la calle, casi toda la luz del sol había sido desplazada por el lento avance de la noche. Me acerqué al grupo. La puerta de la casa se erguía bajo un dintel blanco con tejadillo gris apoyado sobre dos columnas. A ellas se habían encadenado dos hombres y tres mujeres en sacos de dormir. El mirador de ventanas salientes junto a la entrada había sido cegado con tablas de aglomerado, como las que había visto desde el coche el día anterior. Un camino trazado por la luz titilante de más de veinte velas discurría sobre la hierba desde la calle hasta la puerta. En aquel jardín descuidado se congregaba aquel grupo de gente en torno a una mujer. Era Camila, mi defensora durante la asamblea. Tenía las manos juntas y los ojos cerrados. Murmuraba oraciones o salmos que los demás repetían mezclándose con el suave susurro del viento a través de las hojas de un chopo. Si yo hubiese estado observando aquella escena desde la visera protectora de un casco policial, habría vuelto a enfundar la porra y me habría dado media vuelta.

—He oído que te las han hecho pasar canutas en la asamblea —exclamó Kwamie, a la vez que me palmeaba la espalda.

—Parece que hay cierta desconfianza hacia el que no sabe hacer nada con las manos. ¿Qué va a pasar? —Señalé con la barbilla en dirección a los acampados.

Su frente arrugada se arrugó aún más y sus labios carnosos, como el interior de un erizo, se ocultaron.

—Nada bueno.

—¿Un desalojo? ¿Quién puede querer comprar una casa aquí?

—En realidad nada de lo que ves pertenece a la comunidad, ni siquiera el cementerio o el parque Rye, que siguen siendo del ayuntamiento. Nosotros tenemos nuestros estatutos y nuestras asambleas y nuestros bienes de primer ocupante y toda esa mierda, pero los propietarios auténticos son otros.

—¿Por qué no mandan al ejército y desalojan el barrio, nos meten en campos de refugiados y esperan a que nos muramos de hambre o frío?

—Eso acabaría con el desempleo, ¡seguro que sí! —Se le escapó una risa nerviosa—. Pegaron en la puerta la orden de desalojo hace dos semanas. Ese suele ser el ritual. A los catorce días exactos. Antes venían por la mañana, a plena luz del día, pero últimamente se han vuelto más madrugadores.

—¿Eligen los desalojos de manera arbitraria?

—¿*Arbitrarily*? —volvió a bromear—. No me extraña que se armase revuelo en la asamblea.

—¿Por qué han elegido esta casa y no otra? Estoy seguro de que casi todo el barrio debe de estar desahuciado.

Kwamie cambió bruscamente de tema:

—Pensaba montar un grupo. Yo soy contrabajista. Dios, Charles Mingus... y luego todo lo demás. ¿No sé si me entiendes? —Asentí por agradar—. Hasta dicen que me perezco. Mira.

Extendió sus manos como si fuese a cubrir con ellas un melón.

—Kwamie, ¿me haces un favor?

—Claro. ¿De qué se trata?

—No he comido desde el desayuno. ¿Dónde puedo conseguir una cena?

—En mi casa, si no te importa compartir mesa con un adolescente de trece años, una niña de seis y un bebé.

Regresé de casa de Kwamie pasada la medianoche, un poco mareado a causa de un vino elaborado con uvas de un viñedo plantado en el parque Rye. Allí seguían las velas encendidas, las cadenas y los sacos de dormir. Algunos habían caído presa de un sueño seguramente liviano. Otros conversaban en voz baja.

Entré en el edificio del apartamento compartido que me habían asignado y subí las escaleras. Ya en el último rellano, estiré el brazo para hacerme con la llave que aguardaba sobre el marco de la puerta. Manfred Dawn y la cocinera yacían amontonados sobre la cama, tapados por una manta. El quejido del entarimado despertó a la muchacha, que se incorporó para mirarme mientras procuraba sin éxito taparse los pechos con una mano.

Gracias al calor de una cocina de carbón aún humeante, en mi habitación la temperatura era un poco más benévola. Pero aquella calidez duraría poco. El frío ya había empezado a colarse por la chimenea. Sobre mi catre habían dejado una manta de lana. No era Manfred Dawn un tipo tan insensible, después de todo. O tal vez aquella amabilidad había sido cosa de la muchacha. Me descalcé, me tumbé en el catre y me cubrí con la manta para intentar aplacar una repentina tiritona. ¿Tendría fiebre?

De la bruma de mi borrachera emergió la mirada de Kwamie tras haberle preguntado por Jamie Hanafi y su cambio de actitud durante la asamblea. Aquello lo había abstraído unos minutos del griterío de los niños: «Yo estoy con vosotros —había dicho—, pero tenéis que entender que soy padre de familia. Si falto, ¿quién cuidará de ellos? Lo he hablado mil veces con mi mujer. Ella solo pide que sus hijos tengan un padre con quien jugar y no una tumba a la que llevar flores. Eso no se le puede reprochar». Yo había asentido comprensivamente con la cabeza y había cambiado de tema: «Enséñame esa obra de arte». Entonces la mirada de Kwamie había abandonado la impostura de la clandestinidad para recuperar su brillo habitual: «Lo he construido trayendo maderas de aquí y de allá». Tumbado en el suelo, apoyado contra la pared, dormía un contrabajo cubierto por una tela negra. «No encontré ébano, así que el mástil es de abeto, como la tabla», había dicho mientras lo erguía. «Pero el fondo sí es de arce. Ésta es la joya de la corona.» Había sacado de un cajón el arco «de palo de Pernambuco, que compré en un rastro hace más de diez años. El que lo vendía no tenía ni idea de su valor». Lo había devuelto a su cajón con veneración y después había empezado a pellizcar las cuatro cuerdas con su mano derecha y a caminar con los dedos de la izquierda sobre el diapasón para extraer esa envergadura sonora hecha de armonía y ritmo de los instrumentos graves. «Suena casi bien.» Había concluido entre los gritos de júbilo y aplausos de sus hijos.

Tras haber dado cuenta de dos botellas de vino, su tono había virado de nuevo a la clandestinidad. «La música y la violencia son dos caras de la misma moneda —había enfatizado mientras me estrechaba la mano, borracho como yo, bajo el dintel de la puerta de su piso, con los tres niños ya acostados en la misma cama con su madre y la paz que deja el silencio de la infancia dormida—, ambas requieren de instrumentos de distinto tonelaje, ambas necesitan una partitura y un director.» Aturdido por la resaca alcohólica, durante mi trayecto de vuelta, me preguntaba si se habría referido al espectáculo de ritmo y violencia que en pocas horas la policía iba a interpretar. ¿Sería la amistad contraída con un instrumento comparable a la que se contrae con un fusil? Pensé que sostener un arma consigue que los demás atribuyan al que lo hace valor y determinación. Pero la historia está llena de cobardes que se han hecho con el poder por medio de las armas. La violencia está tan alejada del buen gobierno como el orgasmo del amor —pensé, mecido por los efectos del alcohol—, palpita en el ser humano como el ideal de belleza. Son muy pocas las generaciones transcurridas desde la civilización mesopotámica. En esencia, seguimos siendo el mismo animal de hace cinco mil años. Si el estado de violencia es inevitable, ¿qué importa su justificación? ¿Es posible inhibirse de él o tarde o temprano hay que tomar partido, como hicieron Heisenberg y tantos otros hombres y mujeres excepcionales? ¿Y si tomar partido es inexorable, hasta cuándo es posible continuar inhibiéndose? El abandono de los principios democráticos en favor de la naturaleza animal precisa, en una mente sana, de una justificación más elevada que los mismos principios que el acto violento está traicionando. «Por mis hijos», «por mi Dios», «por mi patria», imaginé que eran los más habituales, pero todos ellos carentes de significado para mí. Yo también debía hallar mi propia justificación. Y ésta fue ir en tu busca y unirme a tu causa. Si todavía te servía para algo aquel polaco suicida o alguien que se hiciera pasar por él, estaba dispuesto a ayudarte a alcanzar tus objetivos, fueran los que fuesen. A fin de cuentas, aquellas dos semanas contigo habían sido las más felices en mucho tiempo. Pero no convenía precipitarse. Fijado el rumbo a seguir, la velocidad no era tan importante. Aquel objetivo logró aliviarme. Sucumbí al sueño. Debí de permanecer dormido durante al menos tres horas hasta que el jaleo me despertó.

A muchas millas de allí, aquella misma noche, tú estabas escribiendo este texto en tu cuaderno de tapas rojas y papel satinado:

No tengo ninguna misión en el horizonte y eso me hace sentir como una colegiala a la que han cerrado la escuela por culpa de la nieve. Me gustan estos días de soledad y descanso. Vivo en ellos la felicidad de ser forastera en todas partes y de no saber qué será de mí mañana.

Después de haberme despedido ayer para siempre (como cada vez), de mi padre adoptivo y del farsante encantador (¿seguirá mañana en mi recuerdo?), mientras contemplo desde mi habitación el atardecer sobre este otro cementerio de una pequeña aldea, me han entrado ganas de volcar en este cuaderno los recuerdos felices de mi infancia; aquella casa solariega donde pasábamos los veranos y en la que mi padre solía agasajar a socios y clientes. Tal vez contar esto a un papel le siente bien a mi espíritu.

Teníamos aquella casa en Hertfordshire, pronunciado con ímpetu esdrújulo, desde luego: lugar apacible, hermoso, deliciosamente moldeado en suaves vaivenes de colinas y prados, pastos para el ganado y bosques de hayedos, cercas blancas de madera en las lindes de las propiedades, verde en primavera, rojo y ocre en otoño, salpicado de granjas e iglesias medievales, un paisaje que inspiró a Jane Austen, Francis Bacon o Charles Dickens.

Era la nuestra una casa austeramente georgiana, de cuidadas proporciones, carpintería blanca y ladrillo rojo, tejado gris de pendiente pronunciada, ventanas abuhardilladas y chimeneas esbeltas. La recuerdo muy grande, infinita, como son las proporciones en la infancia. Podía perderme en ella durante horas sin que nadie me reclamase. Mi única obligación en aquellos meses de verano era comparecer bien vestida y peinada ante los socios o clientes de mi padre. Si se quedaban a almorzar o a cenar, la segunda obligación era no abrir la boca en toda la velada, salvo para pedir agua o sonreír. También podía suceder que, antes o después, tuviera que cantar una canción acompañada de mi madre al piano.

A mi hermano y a mí nos gustaban los invitados porque solían traernos regalos, pero sobre todo por la transformación prodigiosa que sufría mi padre, un hombre de carácter taciturno y trágico en su vida familiar, que se convertía de golpe y porrazo en un fabuloso comediante. En estado de gracia, su sonrisa resultaba irresistible. Los gestos con que acompañaba sus discursillos adquirían la elegancia de un prestidigitador y su voz, una entonación musical. Su temario cubría un amplio espectro. Podía hablar durante horas sobre viajes, deportes, literatura o cotilleos de la alta sociedad. Si el invitado era un hombre acompañado de una mujer poco inteligente, repasaba las últimas noticias de los tabloides; si detectaba pasión por algún deporte, era capaz de enumerar alineaciones enteras y resultados de eliminatorias sin apenas errores. También se atrevía con las subastas londinenses o las cacerías ilegales. Pero sus temas favoritos fueron siempre las relaciones internacionales y los choques culturales. En eso hacía buena pareja artística con mi madre, de ascendencia libanesa, cuya principal virtud resultaba evidente desde el primer instante. En contra de lo que les ocurre a muchas mujeres bellas, a ella la sátira le sentaba mejor que el drama. Como una pareja artística que se odia fuera del escenario pero que encaramada a él es capaz de arrastrar masas, actuaban durante horas para esparcimiento de sus invitados. La representación daba comienzo con el día en que se habían conocido. Mi padre había sido invitado a una recepción en casa del embajador de Reino Unido en Chile, país al que solía viajar por negocios. Allí había confundido a la hija del embajador, mi madre, con la criada a la que tirar los tejos. Ésta, sin ofenderse, le había seguido la corriente hasta hacerlo caer en un bochornoso ridículo.

Encadenaban una anécdota tras otra, como si su vida hasta la fecha hubiese sido una comedia de situación. Comprendí años después que aquellas interpretaciones con las que tanto nos hacían reír eran el único terreno común que les había quedado. Viéndolos brillar de aquella manera, viendo a papá besar la mano de mamá y el exagerado arrebol en las mejillas de ella, para después empezar a regañarse, me parecía que todo había vuelto a nacer de golpe, que nuestro piso de Londres ya no volvería nunca a ser un mausoleo donde las palabras morían en una densa bruma. Viéndolos con los ojos brillantes y las mejillas sonrosadas, incluso ahora en mi recuerdo, era imposible adivinar que toda aquella luz con la que nos iluminaban era una fabulosa mentira.

Pero cuando los invitados se habían marchado, todo volvía a la normalidad; mi madre, a sus adicciones y mi padre a sus largas ausencias, de tal modo que apenas les quedaban horas comunes en el día. Recuerdo a mi padre durante tardes enteras sentado en una mecedora que crujía de un modo característico mientras miraba el paisaje al otro lado de la ventana de la biblioteca. Permanecía allí, con el rostro vuelto para que no lo pudiéramos ver desde la entrada. Pero la luz del atardecer solía reflejarlo sobre el vidrio con bastante nitidez, sin que él se diera cuenta. Yo me acercaba a esa hora, descalza y de puntillas; me detenía bajo el dintel, apoyada en una pilastra para poder esconderme detrás de ella si se daba la vuelta. Las ojeras se habían vuelto profundas, el peso de los párpados superiores impedía la apertura completa de sus ojos, su bigote rubio parecía haber adelgazado sus labios. Yo solo deseaba correr a abrazarlo, acariciarle el pelo y besarle las mejillas, espantar con mi entusiasmo infantil todos sus temores. Quedaba poco para que él empezara a disponer de aquel entusiasmo a su antojo.

Durante toda su vida se había encomendado a su carisma, un brillo que emanaba de él de forma natural. Era lo que se dice un tipo simpático, pero además de eso, tenía el don de conseguir las más íntimas confesiones sin exponer su intimidad. La gente se sentía confiada en su presencia, cualidad innata y extremadamente valiosa, que yo creo haber heredado. Como todo manipulador, rehuía el enfrentamiento. «Siempre quiere quedar como el *boy scout*», recuerdo que decía a menudo mi madre tras alguna de sus peleas, cuando aún se querían lo bastante como para reencontrarse en ellas. Rehuía el enfrentamiento, es verdad, pero ¡ay! si alguna de las personas que había sido instrumentalizada durante años de pronto un buen día intentaba liberarse de su cautiverio. Entonces toda aquella cordialidad se volvía coacción. Para entonces, el otro ya había desvelado demasiado de sí mismo y sabía demasiado poco de mi padre. Si el otro no se amilanaba y continuaba con sus reivindicaciones, entonces la coacción derivaba en violencia verbal.

Yo misma presencié aquella transformación cuando empecé a manifestar reservas sobre nuestros pasatiempos. El hombre seductor, divertido y cálido se transformó, sin más, en una máquina de verbosidad hiriente.

Ahora ya no me cuesta hablar de ello pero me aturde y me irrita que lo que iban a ser unos recuerdos felices de mi infancia hayan vuelto a verse manchados por su presencia siniestra y brutal. No merece la pena seguir escribiendo.

El texto se interrumpe bruscamente. La página siguiente ha quedado en blanco, salvo por una frase en letra diminuta en su centro:

Farsante encantador: hoy sigues en mi recuerdo.

Me despertó el motor de un vehículo pesado y una luz pendular a través de las ventanas. Su limpia oscilación evidenció el yeso muerto de las paredes, la mugre de la vieja cocina y el miserable catre donde yacía, del mismo modo que la luz de un quirófano reduce la vida a vísceras. Abajo, en la calle, derraparon sobre la grava las ruedas de otro vehículo. Un martilleo inicialmente anárquico de botas al pisar el suelo fue superponiéndose a la respiración profunda de los vehículos. Tras el caos inicial, todas aquellas suelas interpretaron al unísono dieciséis corcheas sobre las ocho negras del ralentí de los motores; los dos compases de una obertura brillantemente compuesta e interpretada con el propósito de disuadir a los mirones. Como no podía ser de otra manera, corrí a la ventana de la otra habitación, tropezando con la estufa eléctrica a causa de los efectos persistentes de aquel vino de fabricación casera.

De la ventana junto a la cama, donde permanecía dormido un impertérrito Manfred Dawn, colgaban unos visillos a través de los cuales estaba mirando la muchacha. Llevaba puesto el quimono. Su mano derecha cerraba la tela sin botones. En su cuerpo la prenda adquiría pleno significado. Me acerqué a la ventana del mismo modo que ella me miró, con indecisión.

A través del vidrio pude ver una tanqueta, parecida a la de la alambrada de hacía dos días, atravesada en mitad de la calle. El foco de la torreta que me había despertado seguía amedrentando con su oscilación constante y, mezclado con mi borrachera, acrecentaba la sensación de irrealidad. El otro vehículo era un furgón para el transporte de un cuerpo antidisturbios. Ambos exhibían los distintivos de la policía, más amables que los del ejército. Una veintena de agentes equipados con cascos, escudos y chalecos habían entrado en el jardín y se cubrían los unos a los otros en formación circular. Sus botas habían apagado algunas velas y esparcido otras que ahora ardían sobre la hierba como lágrimas de fuego.

Las tres mujeres, Clorinda entre ellas, y los dos hombres, encadenados a las columnas, estaban separados de los policías por un muro formado por otros hombres y mujeres con sus brazos entrelazados. Se apretaban unos contra otros, hombro con hombro. El foco dejó de pavonearse y cubrió de luz a todos ellos. Uno de los agentes llevaba un papel que leyó en alto con ayuda de una linterna. Como respuesta, Clorinda empezó a cantar. La cocinera abrió la ventana para poder escucharla: «*There's a great camp meeting in the promised land*», mientras los demás susurraban: «*Walk together children, don't you get weary, walk together children, don't you get weary*»... Empezaron a dolerme las entrañas como si me las estuvieran vaciando. El preludio de aquella ópera había sido brutal. Me entraron ganas de vomitar. El escepticismo que me había servido de escudo hasta aquel instante, cedió de golpe, como la voz de aquella anciana con el segundo golpe de porra (no habían logrado hacerla callar con el primero). «*Walk together children, don't you get weary, walk together children, don't you get weary*», siguieron susurrando unas pocas voces sueltas y desacompasadas hasta que también fueron silenciadas.

De algún modo extrasensorial noté la mirada de Manfred Dawn clavada en mi cogote. Por un momento, me vi a través de sus ojos: un escarabajo insertado en un alfiler, todavía vivo pero a punto de perecer. Alcé la vista y no hallé comprensión en los ojos de la chica ni en su frente arrugada. El vino ingerido unas horas antes y aquella banda sonora se mezclaron en un cóctel indigerible. Comprendí en aquel instante que las palabras de Kwamie sobre la música y la violencia habían sido en realidad un preludio.

Eché a correr hacia la puerta. Me lancé escaleras abajo. Me detuve en el segundo piso. Vomité en el rellano.

Ya en la calle, mi heroica acción duró unos pocos segundos, hasta el primer golpe en la espalda que me derribó. El segundo, en la cabeza, me dejó sin sentido. Pero antes de que todo ello sucediera, pude encaramarme a la espalda de uno de aquellos agentes, doblemente corpulento, por su fortaleza y su chaleco. El forcejeo fue desigual y mi acción completamente estéril, pero la sensación de vitalidad que dejó en mí, una vez hube recuperado el conocimiento, fue inspiradora. Tiempo habrá de hablar de ello. Por el momento, me encuentro, armado tan solo de la palabra, sobre la espalda de aquel agente: «¿Por qué?», recuerdo que grito antes del primer golpe. Aquel hombre no debió de escuchar nada. Seguramente llevaba un telón sonoro de *Death Metal* dentro del casco, la banda sonora que convierte en ficción las imágenes que veía desde su visera. «¿Por qué?», vuelvo a gritar. Caigo al suelo vencido por un dolor parecido al del hielo sobre la piel, pero mucho más profundo, como si hubiesen extraído la fascia entre dos músculos y en su lugar hubiesen metido una plancha de acero. El segundo golpe tarda décimas de segundo en caer, pero aún tengo tiempo de ver dos cosas que todavía hoy se reproducen en mis sueños: una mujer con un bebé en brazos y una niña de unos dos años agarrada a su mano son empujadas por dos agentes hasta el interior de aquel vehículo blindado, al mismo tiempo que un resplandor, que nada tiene que ver con el amanecer, cae en forma de llamas derramándose sobre la parte superior de la tanqueta. Entonces sí, mi cerebro es desconectado.

—¿Alguien sabe cuántos años tiene? —fueron las primeras palabras que escuché cuando recobré la consciencia.

—Ni idea —exclamó una voz de mujer más alejada.

—Cuarenta y tres —respondí.

—Tiene cuarenta y tres —gritó la voz cercana.

—Demasiado viejo para mí —dijo la voz lejana.

—¿Cuántos dedos hay aquí?

Mi sistema nervioso estaba demasiado ocupado en clasificar y cuantificar los abundantes focos de dolor. En pocos segundos elaboró un buen informe. Me resultaba imposible mover las extremidades superiores o el cuello sin chillar de dolor. El cráneo había duplicado su diámetro para alojar en su interior también el corazón, a juzgar por las palpitaciones de las sienes y de una herida que notaba en cada milímetro de su extensión. Me dolía la mejilla sana como si me la hubiesen quemado. Tenía los dos pies dormidos. Aquello me produjo terror.

—¡No puedo moverme! —empecé a gritar—. ¿Qué me sucede?

—¡Llama a Kamala! —gritó la voz cercana—. *Hesas*, escúchame bien, no intentes moverte. ¿Me has oído? No te muevas. Enseguida vendrá Kamala a echarte un vistazo.

—¡No tengo sensibilidad en los pies! —seguí gritando.

De pronto noté un aguijonazo en la planta del pie derecho.

—¿Qué es eso?

—La planta de tu pie derecho —dijo Kamala con su voz llena de futuro.

Noté otro pinchazo en el izquierdo y varios más en ambas piernas.

—Deja de torturarme —refunfuñé—. Hay cuatro.

—¿Cuatro qué?

—Los dedos de la muchacha.

—Y mira —aprovechó para intervenir ella—, ninguno lleva anillo.

—Ya basta, Sarah —la increpó Kamala—. Queda mucho por hacer.

Fui sometido a reconocimiento con grandes dolores en espalda y cabeza. Tragar saliva se convirtió en un acto placentero comparado con aquello. Me vendaron la cabeza y concluyeron, Kamala y el otro médico, un anciano llamado Jack Dreyfuss, que era probable que tuviese rota una costilla pero que poco se podía hacer salvo tener paciencia y aguantar el dolor hasta que soldara. Por lo demás, tres puntos en la brecha de la cabeza, que, junto a los de la mejilla derecha, y rasguños a causa de la grava del suelo, que, todo sumado, debían de conferirme una apariencia de veterano de guerra.

Por fin me dejaron en paz. En aquella habitación no había ventanas pero mi reloj de plástico aseguraba que eran casi las once de la mañana.

—¿Estás bien? —preguntó el padre Torres minutos después.

—Sí. Vi cómo se llevaban a una mujer y a sus dos hijos y después una catarata de fuego cayó sobre la tanqueta.

—Era la familia desalojada. A la madre la separarán de sus hijos. La retendrán unas semanas. Después, un juez le retirará la custodia y darán los niños en adopción.

Todos los dolores cesaron de golpe. Mi cuerpo adquirió la densidad del plomo. Creí traspasar las maderas del somier, las losas del suelo y hundirme en la tierra.

—¿Y el padre?

—Está en la cárcel.

—¿Esa madre volverá aquí sola y sin sus hijos?

—Nos turnaremos día y noche para evitar que se haga daño. Recurriremos la sentencia en todos los tribunales de este país. Agotaremos todas las vías legales. Escribiremos al *Children's commissioner*, al *Ombudsman*, al rey de Inglaterra, al papa de Roma, a los tribunales de Bruselas, a la ONU. Inundaremos la red con su caso.

—Le daréis una esperanza.

Torres negó con la cabeza:

—Más que eso. Hemos conseguido recuperar a algunos niños. Es imposible acabar con todos los hombres y mujeres buenos en las instituciones.

Me sentía ridículo tumbado en aquella cama. Quise ponerme de pie, ayudar en lo posible, pero el dolor en la espalda me disuadía.

—Ya se los han llevado —dijo Torres contrarrestando con su mano en mi hombro mis esfuerzos por erguirme—. Ahora es mejor que descanses y recuperes fuerzas.

—¿Y el fuego?

—Lanzaron varios cócteles incendiarios desde una de las ventanas.

—Creía que la violencia estaba prohibida aquí.

—Cada día es más difícil, sobre todo para los jóvenes. —Sacudió la cabeza. No especulaba. No hacía proselitismo. Evidenciaba, eso sí, una determinación personal e íntima que no anhelaba ser comprendida ni auxiliada—. A Dios rezo todas las noches. Yo también estoy hecho de carne.

Lo miré conmovido. Le di mi mano y enseguida siguió su periplo de camas y bancos ocupados por heridos.

La muchacha joven de dedos sin anillos seguía pululando entre todos nosotros con bastante buen humor. Levanté la mano para llamarla y en cuanto pudo se acercó sonriente. Era una de las dos mujeres jóvenes con túnicas y tocados llamativos que habían secundado las intervenciones de Clorinda durante la asamblea.

—¿Ya te encuentras mejor, profesor? —Asentí con la cabeza—. Será una boda preciosa —bromeó—. Tendrás que ponerte pieles de leopardo y llevar un escudo tradicional. Espero que no te importe. Nos traerán *umbondo*, que son ofrendas...

—Lamento comunicarte que ya estoy casado.

—Eso no es impedimento si tienes cabezas de ganado.

Negué con la cabeza.

—Entonces siento decirte que mi padre no verá con buenos ojos nuestra unión.

—Me rompes el corazón.

—Pues ten cuidado de no romperte más cosas.

Asentí como un alumno obediente y lamenté profundamente no poseer una docena de ovejas.

—En el incidente de esta madrugada —pregunté antes de que se fuese a compartir su buen humor con los demás—, la mujer que lideraba al grupo me pareció Clorinda.

Asintió con la cabeza.

—¿Cómo está?

—Hace falta algo más que una porra para acabar con Clorinda.

—Me gustaría hablar con ella.

—La encontrarás en el comedor.

Logré incorporarme con bastante dificultad. El dolor de la espalda aumentaba en extensión e intensidad cuando estaba erguido. Una vez de pie, todo el tórax se contagió de los quejidos de aquella costilla rota. En otra cama yacía un muchacho con las manos vendadas y un poco más allá una mujer tenía el pelo y parte de la frente quemados. Yo no había salido tan mal parado después de todo. Fui arrastrando los pies hasta la puerta del comedor. La chimenea estaba encendida. Dos mujeres y un hombre preparaban algo de comer en una gran cacerola sobre la cocina de carbón. Olía a lo mismo de la primera noche. Junto al fuego, sentada en un banco de madera, con una manta sobre las piernas, descansaba Clorinda. Me senté a su lado.

—Helo ahí —dijo saliendo de su pensamientos o, mejor dicho, metiéndome a mí en ellos—, las otras bestias aún lo temen.

—El fuego y el idioma son los mayores avances de la humanidad.

—Energía y conocimiento.

—O violencia y mentira.

Se volvió para mirarme.

—Quédate, hermano *Hesas*. Enseña a nuestros chicos.

—La ciencia no hace mejor a nadie. Es petulante y narcisista.

—No te creo.

—Lo que tú has hecho esta noche sí es importante.

—Yo solo quiero que nuestros muchachos aprendan matemáticas.

—Haré lo posible.

Giró un poco la cabeza para que pudiera ver su sonrisa. No le habían dejado señales en la cara pero, en la media hora que estuve sentado a su lado, no volvió a moverse.

Durante la semana posterior al desalojo, mientras mis heridas cicatrizaban y la costilla encontraba su nueva ubicación, estuve trabajando con Kwamie en una serie de artefactos que deberían haber despertado el interés de mis nuevos alumnos. Me visitaba a eso de las cinco de la tarde con el cargamento de materiales que había conseguido encontrar: barras de acero, maderas, chapas, algunos disolventes y compuestos químicos que le había pedido, acetona, sodio, óxidos de cobre y cobalto, arcilla para construir vasijas, un mechero Bunsen, una bombona de butano y muchos otros trastos que convirtieron mi estrecho cuarto-cocina en un improvisado laboratorio. Kwamie mostraba mucho interés por los experimentos que me ayudaba a preparar con su precisión natural para el trabajo manual.

Al principio, la cocinera soportó aquella intromisión como una madre contempla los juguetes de sus hijos esparcidos por toda la casa. Por suerte, Manfred Dawn, como ya había podido comprobar durante el desalojo, tenía un sueño inmune al martillo y a la taladradora. No era ése el caso de la muchacha, que, harta de no poder dormir, se unió a nosotros durante la segunda noche, exhibiendo más destreza con el soplete que con la cuchara de madera.

Todo aquel trabajo extra al concluir las jornadas de construcción de la escuela ocasionó a Kwamie algún que otro conflicto doméstico. Su mujer no acababa de creerse que pudiera gastar tantas horas en compañía de un presunto terrorista y una presunta cocinera, con el único fin de mejorar el equipamiento del laboratorio de la escuela. Tenía la certeza de que todos aquellos disolventes, mecheros, productos químicos y demás solo tenían su explicación como precursores de una bomba. Si además sumamos a toda aquella clandestinidad un libertino aficionado a la hierba, entonces las trifulcas en casa de Kwamie duraban hasta el amanecer. Él me contaba que solía explicar a su mujer lo que había aprendido cada noche. Pero conceptos como el sólido-rígido o el coeficiente de penetración aerodinámico no ayudaban a mitigar sus celos. Una noche me contó la siguiente conversación con su esposa:

—No sé por qué estás celosa de esa cocinera —exclamó Kwamie tras un estallido de celos—. El profesor *Hesas* dice que más del setenta por ciento del cuerpo humano es agua.

—¡Pero menuda tensión superficial!

«Has visto, profesor —había añadido a su relato Kwamie entre carcajadas—, aprende más aprisa que yo y eso que yo le cuento lo que tú me cuentas después de haber entendido menos de la mitad.»

Mi intención era dedicar las primeras clases a aquellos conceptos de la dinámica clásica, los campos electromagnéticos, las reacciones químicas, los estados de la materia y demás océanos del conocimiento científico más intuitivos y que pudiesen ser entendidos sin necesidad de fórmulas y demostraciones áridas. Quería hacer exactamente lo contrario de lo que habían hecho conmigo, despertar la curiosidad de los muchachos para que ésta les empujase más adelante a intentar comprender los fundamentos.

Para ilustrar la conservación del momento lineal engrasamos las tres ruedas de una vieja silla giratoria de oficina y le quitamos los reposabrazos. Daría al chaval que se sentase en ella una bola de jugar a los bolos. Cuando la lanzase, sin tocar con los pies en el suelo, la muy pesada bola haría que el muchacho saliese impulsado en sentido contrario.

Para la conservación del momento angular, concepto mucho menos intuitivo, Kwamie trajo la escotilla circular que desmontó de la tanqueta incendiada; perforamos un agujero en su centro que atravesamos con una barra de hierro macizo en cuyos extremos soldamos sendas empuñaduras del manillar de una bici. Engrasamos la barra para minimizar la fuerza de rozamiento de la escotilla al girar sobre el eje. El muchacho se sentaría en la silla sujetando con fuerza las dos empuñaduras con la escotilla en posición vertical. Un ayudante sujetaría a su vez el respaldo de la silla mientras yo impulsaría el giro de la escotilla. Después se soltaría el respaldo y, ¡oh maravilla!... no sucedería nada. Pero hete aquí que cuando el chico sentado, siguiendo mis instrucciones, diese la vuelta a la escotilla hasta ponerla en posición horizontal, la silla giraría misteriosamente. Y cuando hiciese el movimiento contrario, la silla volvería a girar, pero esta vez en sentido inverso. Entonces sí se escucharían vítores y aplausos, imaginaba yo con ingenuidad.

La química daría comienzo disolviendo un volumen enorme de poliestireno expandido (el corcho blanco de los embalajes) en un vasito con acetona. Observar cómo en pocos minutos aquella mole blanca en la que cabía un horno microondas desaparecía en tan poco líquido despertaría la curiosidad por las disoluciones. ¿Cuánto sólido *cabe* en un líquido? Después, planeaba arrojar sodio a un cubo de agua. La explosión despertaría el interés por las reacciones químicas. La bomba de reducción de óxido de cobre en una vasija de barro para obtener el brillante metal tras una deflagración despertaría su interés por la metalurgia.

La noche en la que la preparamos, Kwamie hubo de explicar a su mujer que estaba en lo cierto con respecto a la bomba, pero que no era del tipo de bomba que ella imaginaba.

Llegados al capítulo de ondas y modos normales de vibración, haría venir a Kwamie con su contrabajo y le pediría que hiciese sonar los armónicos de sus cuatro cuerdas, esos sonidos agudos que nadie diría pueden brotar de un instrumento tan grave. Después espolvorearíamos arena sobre una placa cuadrada y fina de acero fijada en su centro por una pata que se apoyaría en el suelo. Kwamie frotaría con su arco de palo de Pernambuco un lado de la placa. La arena se agruparía en formas rectas y curvas que guardarían simetría, parecidas a patrones de encaje, y que arrancarían una exclamación de admiración, no muy distinta de la que provoca un mago descuartizando a su ayudante. Los modos de vibración habrían sido así revelados por los granos de arena que se concentrarían en aquellos puntos de la superficie donde la vibración fuese mínima o nula. Aprovecharía la admiración general para ensalzar al hombre detrás de aquel descubrimiento, Ernst Chladni, un físico eslovaco de comienzos del siglo XIX cuyo padre le obligó a estudiar derecho.

Dedicaría tiempo a suscitar interés hacia las personas que se esconden detrás de cada descubrimiento, sus inseguridades, penurias e incomprensiones. Intentaría ensalzar su voluntad, perseverancia e intuición.

A pesar de los dolores y de tener que permanecer postrado en cama dando órdenes a mis dos ayudantes, me sentía dichoso. Por primera vez en mucho tiempo, desde los primeros años en la universidad, me movía un propósito pedagógico. Yo no había sido un investigador obligado a dar clases, espécimen muy habitual en el ambiente universitario, sino un educador vocacional, una de las mayores desgracias de la vida, la vocación.

—¿Qué es el fuego? —preguntó Shakib, un niño de doce años, menudo incluso para su edad—. El fuego. —Se encogió de hombros ante mi silencio—. ¿Es un gas? ¿Un líquido? ¿Qué es? ¿Por qué tiene esas formas y esos colores?

Aquella pregunta me estaba bien empleada por haber concluido mi primera clase, ante unos veinte niños de doce a dieciséis años, con una invitación a preguntar lo que les viniera en gana.

Había echado mano de aquella improvisación tras una hora de abulia por parte de mi alumnado, ya que, en contra de mis suposiciones, me había resultado difícil conseguir voluntarios para lo que yo creía iban a ser unos experimentos apasionantes. Finalmente, ante la timidez o la indiferencia, había ordenado a una muchacha, Nora, que se sentara en la silla de oficina sosteniendo en posición horizontal, sujeta por las empuñaduras, la escotilla perforada. Como toda respuesta a mi presentación de la demostración empírica de la conservación del momento angular, había obtenido un jocoso «¡Que Dios te conserve los ángulos!», dirigido a Nora por uno de los muchachos mayores, Jamal, en alusión a las más que evidentes formas adultas de la muchacha. Una carcajada general había prorrumpido después. En aquel instante había detenido la clase para increparlos —lo peor era la sonrisa de boba que se le había quedado a ella— y les había desafiado a usar el músculo más importante del cuerpo humano: la curiosidad. Solo Shakib, el flacucho de ojos vivos y pelo enmarañado, hermano del ocurrente Jamal, había levantado la mano y había pedido una explicación para las formas y colores del fuego.

—La pregunta no es ninguna tontería —corrí a atajar las risas y los codazos—. Hallar la respuesta le llevó muchos siglos a la humanidad. Hasta finales del dieciocho se pensaba que los materiales que arden, como el carbón o la cera de las velas, tenían en su interior una especie de sustancia, elemento o alma llamada *flogisto* que era la que en contacto con el aire se desprendía del material para conformar el fuego. Hubo que esperar hasta los experimentos de Lavoisier en el siglo dieciocho para olvidarse del flogisto. ¿Sabéis quién era Lavoisier? —Todos me miraron como se mira a una señal de tráfico—. Fue el padre de la química moderna. El primero en describir de manera científica fenómenos que hasta entonces eran casi mágicos. Él demostró que el flogisto era una fábula que la ciencia arrastraba desde la Antigua Grecia. Lo que sucede en realidad es que el oxígeno del aire reacciona con el carbono y el hidrógeno del material combustible para dar agua y dióxido de carbono. Algo que hoy sabe todo el mundo.

Me detuve a la espera de una aseveración que no llegó. Seguían más interesados en sus uñas o en la techumbre de madera sobre la que todavía trabajaban para taponar goteras. Aquel primer día estaba resultando mucho más duro de lo que había imaginado. Escribí en la pizarra la reacción de combustión del metano mientras iba recitando:

—Una molécula de metano necesitas dos moléculas de oxígeno para formar una de dióxido de carbono y dos de agua. El metano es el principal componente del gas natural. ¿Alguien sabe lo que es el gas natural?

—Eso que había antes en casa —respondió una chica. Por fin una respuesta que no intentaba ser un chiste.

—Muy bien. Lo único que nos hace falta entonces es algo que haga que las moléculas de oxígeno y metano empiecen a reaccionar. Un mechero o una cerilla. Tras la chispa, la propia reacción se autoalimenta desprendiendo una enorme cantidad de calor.

—¿De qué color es el dióxido de carbono? —insistió Shakib.

—No tiene color. Es transparente.

—Si el vapor es blanco y el dióxido de carbono transparente, ¿por qué el fuego es azul y naranja?

La cosa se iba animando.

—La apariencia del fuego se debe a las radiaciones electromagnéticas visibles emitidas por las moléculas de los gases de la combustión. La temperatura en una llama pueda alcanzar los dos mil grados centígrados. Eso hace que las moléculas se exciten para irradiar colores.

Una reacción exotérmica en cadena, el hollín comportándose como un cuerpo oscuro, las emisiones azules a partir de los electrones excitados de los enlaces moleculares... En fin, como a menudo sucede con aquello a lo que nos hemos acostumbrado desde que tenemos recuerdos, y por ello creemos comprender, no tiene una explicación sencilla.

Eso sí, la palabra «excitar» los había devuelto a las risitas y a los codazos. Solo Shakib parecía querer llegar al final del asunto.

—¿Qué es una radiación electromagnética?

—La luz visible, por ejemplo, o las microondas de los hornos.

—Las miras láser de los fusiles de la bofia —bromeó uno de los mayores.

Ignoré el comentario:

—Solo una pequeña porción de las radiaciones electromagnéticas es visible.

—Tenemos suerte —replicó Jamal, el chico de los ángulos, el hermano mayor de Shakib.

—¿A qué te refieres?

—Vaya putada si el fuego fuera invisible.

Suele ocurrir que cuando alguien contempla la realidad cotidiana desde un nuevo ángulo es víctima, en el mejor de los casos, de la incomprensión y, en el peor, de la burla. No podía ser de otra manera en aquella ocasión. Todos empezaron a hablar en alto y a reírse como lo que eran, adolescentes o preadolescentes, tan inexpertos en el uso de su nuevo cuerpo como en el uso de su nuevo cerebro.

—¿De qué os reís? —increpé—. No está diciendo ninguna tontería. En un reactor nuclear no hay llamas. Y creedme, tenéis más posibilidades de sobrevivir a un incendio que a un reactor nuclear.

—¿Por qué las explosiones de las bombas tienen esa forma? —preguntó una chica más joven.

—Las bombas convencionales están hechas de trinitrotolueno que se descompone de manera casi instantánea a la vez que libera una enorme cantidad de energía.

Si aquello era un asunto de su interés habría que explorarlo. Escribí la fórmula del trinitrotolueno en la pizarra.

—Veis que en este compuesto, además de carbono e hidrógeno hay también oxígeno y nitrógeno. En su estado cristalino es muy estable. Se puede incluso licuar. Pero cuando es golpeado con fuerza, explota. Por eso las bombas necesitan un detonador.

—¿Nos enseñarás a fabricar trinitrotolueno? —preguntó Jamal.

Se hizo el silencio. Sin duda él, aunque ofreciera un aspecto de hijo mayor ejemplar, era el de más alto rango de todos ellos.

—Soy doctor en ciencias físicas pero no sé fabricar una bomba —respondí en un tono de voz suave pero enérgico.

La voz de Manfred Dawn acudió en mi ayuda con su habitual estruendo. Su clase empezaba después de la mía y había estado escuchando el final de la conversación.

—¿No fue Lavoisier uno de los guillotinados por la Revolución francesa?

Asentí con la cabeza:

—Además de un científico brillante era un recaudador de impuestos implacable.

—Buena idea. Hoy hablaremos de la Revolución francesa.

Y así concluyó mi primera clase.

En ocasiones, nuestras actuaciones pasadas inician una onda expansiva a través del tiempo, ajena a la significación que aquellos actos tuvieron para nosotros o les hemos atribuido desde entonces, y llegan a alcanzarnos, desfigurando nuestro presente e incluso coaccionándonos para volver a ser quienes fuimos durante un instante o acaso un intervalo más largo de tiempo pero del que ya nos habíamos emancipado. A causa de ese fenómeno, mi atolondramiento durante el desalojo había ido de boca en boca convirtiendo mi estupidez en acto heroico. Yo había decidido aplazar mi reencuentro contigo, pero ellos habían visto en mí, mejor dicho, en mi relación contigo, una esperanza de rebelarse contra el martirio al que las creencias del padre Torres los abocaba. Empecé a tomar conciencia de ello en aquella primera clase y durante la celebración posterior.

En la última semana, Brianna, como así se llamaba la cocinera, había ido haciendo acopio de ingredientes para cocinar una paella. Desde el inicio, descartamos el pescado y el azafrán por utópicos, pero la muchacha aseguró conocer los resortes para hacerse con arroz, pollo, aceite, pimientos, cebollas y tomates. Y así fue. Kwamie trajo una de sus botellas de vino de fabricación casera y Manfred Dawn, contra todo pronóstico, se unió a nuestra pequeña celebración a última hora, cuando ya habíamos dado buena cuenta de la cena.

—Va de boca en boca —irrumpió con su mejor retórica— que un hombre de proporciones ciclópeas, con la fuerza de un toro y la velocidad de un antílope, en defensa de la comunidad y de la justicia y sin temor por la propia vida, se enfrentó a la policía sin más ayuda que la de sus manos y su voz. Derribó, según testigos de su hazaña, a dos agentes, a los que se les escuchó cobardemente implorar clemencia desde el suelo, antes de que el hércules corriera la misma suerte, a porrazos, con la necesaria participación de más de diez enemigos, sobreviviendo, por milagroso que parezca, a tamaño vapuleo.

—Yo lo vi —dijo Brianna—. Fue muy valiente —no pudo contener una sonrisa—, pero no fue así. Fue un poco loco.

—Tenía entendido que la diferencia entre valor y temeridad es conocer o no los riesgos —apuntilló Dawn.

La chica se encogió de hombros y bebió más vino. La mirada desafiante de aquel elefante herido buscaba donde posarse y encontró la mía.

—No fue algo premeditado —repuse—, si es a eso a lo que te refieres.

—Oye, Manfred —intervino Kwamie—, ¿por qué no te sientas a tomar un poco de vino con nosotros y lías uno de esos canutos?

Le hizo caso. Se sentó en su sofá-trono y empezó a rebuscar en sus bolsillos.

—Un humilde servidor, que no ha poco tuvo por primera vez ante sus ojos al hércules y no supo reconocerlo, que ha dormido bajo su mismo techo y no se ha percatado de quién era, ahora que sus ojos han sido abiertos por la relumbre de su valor, humildemente implora su perdón. ¡Oh nata y flor de los andantes caballeros! ¡Dios os dé la victoria, pues lleváis la razón de vuestra parte!

Encendió el porro con un mechero de gasolina. Inhaló el primer humo con satisfacción, dispuesto a disfrutar del efecto de sus palabras en nosotros o simplemente satisfecho de su ingenio, con ese toque decadente de aquellos que en otro tiempo disfrutaron de los favores de una amplia audiencia.

Aquellas dos últimas frases se habían quedado cascabeleando en el interior de mi memoria. Era la segunda vez que las escuchaba en poco tiempo.

—¡Eras tú! —exclamé—. ¡Tú eras el mendigo de la gasolinera!

—Bien merecido téngome ser tomado por menesteroso.

—Hace un mes estabas en la gasolinera de Northampton. Leías un libro grueso. Te vi primero en el aparcamiento y luego en el vestíbulo.

—Muchas vidas he vivido antes de ésta. Muchas vuesa merced ha debido de vivir también.

Aquel hombre de los zapatos de goma y la ropa hecha jirones, que olía a vertedero y a cloaca, era Manfred Dawn, mi compañero de piso y de trabajo. Aquel hombre enfrascado en la lectura de aquel libro tan grueso pertenecía a mi pasado. Mi nueva vida no era, después de todo, tan nueva.

—Manfred llegó a la comunidad una semana antes que tú —intervino Kwamie—, en un estado parecido al que acabas de describir.

—Servicial escudero sois —prosiguió Dawn con su manía de hablar como Alonso Quijano—, pero yo mismo puedo relatar a vuestro señor mis andanzas y desventuras.

Resultaba evidente que a Kwamie no le caía bien Manfred Dawn y a éste le sobraba el contrabajista en aquella habitación.

—Es tarde —dijo Kwamie, tras ponerse de pie, lejos de sentirse divertido con lo que estaba sucediendo—. Suerte mañana —me deseó en relación con mi segunda clase y se marchó.

Manfred Dawn hizo un gesto a Brianna, a la que conocía desde hacía menos de un mes, pero sobre la que parecía ejercer una autoridad más antigua, para que siguiera la misma senda.

Nos quedamos los dos solos, frente a frente. Él había

casi consumido el porro sin abandonar su pose de rey albino de los zulúes.

—Si te gusta la chica, no tengo inconveniente en compartirla —dijo cambiando su registro interpretativo.

Solo minutos después interioricé el significado brutal de aquellas palabras, pero en aquel instante tenía frente a mí un misterio que resolver.

—Dime tan solo si eras o no el mendigo de la gasolinera y qué te trajo hasta aquí.

No respondió enseguida. Permaneció callado un largo rato, inspirando el humo y reteniéndolo como si fuese a incorporarlo a sus tejidos. Todo su cuerpo parecía formado por pistones, émbolos y bielas, una suerte de mecanismos internos parecidos a los de un autómata. Tras haber hinchado el fuelle de sus pulmones con el humo de la marihuana, su colosal cabeza se reclinó levemente.

—El nombre en aquella tarjeta de crédito no era Jesús sino un nombre polaco, Krzysztof, creo recordar.

—Enhorabuena. Tienes una memoria excelente.

Los engranajes internos de su cuello le hicieron asentir. Me ofreció una calada. Yo no había vuelto a fumar desde el encuentro en el puente transbordador. En aquella ocasión solo tabaco, vicio anterior a mi época de profesor universitario. El baño narcótico me indujo cierta calma.

—Creo que debo comenzar yo —resolví mientras el humo salía de mis pulmones—. Andaba huyendo de mi trabajo, de mi familia y de mí mismo cuando presencié el suicidio de un hombre. Antes de tirarse al río, dejó la puerta abierta de su coche y el navegador encendido. En rigor yo no decidí suplantarlo. Yo no decidí nada, salvo abandonar mi existencia. Esa era mi única voluntad, como fuera, dejar de ser yo mismo. En aquel estado de ánimo, las luces encendidas del coche me resultaron tan incitantes como a un ludópata las de un casino. Tú también pareces haber sufrido transformaciones severas últimamente. Has de entender que no tenga justificación para lo que hice y que a la vez no quiera volver a mi vida de antes.

Con un gesto por primera vez amable, Manfred Dawn volvió a ofrecerme una calada, que yo agradecí.

—En eso no nos parecemos. Yo sí volvería a mi vida de hace seis meses. Pero razones poderosas me lo impiden.

—¿Qué razones son esas?

Negó con la cabeza mientras recibía de vuelta el cigarrillo.

—Tú primero. ¿Ese hombre polaco iba al encuentro de la mujer que te ha traído hasta aquí?

—Así es —respondí sin meditarlo, cohibido por lo certero de la pregunta.

—Descríbela. ¿Qué aspecto tenía?

Procuré moderar mi exaltación con relación a tus rasgos físicos. Sus preguntas me ayudaron a disimular mi ardor, ya que iban más encaminadas hacia detalles concretos, como cicatrices, marcas de varicela o lunares. Fue particularmente insistente en los detalles, hasta que dio con algo que reclamó su atención: un tatuaje en la parte interior de tu muñeca derecha, que representaba un león rampante, típico de algún escudo, al que yo no había prestado demasiada atención, pero que sí recordaba y pude describirle.

Elevó una ceja: el gesto de mayor sorpresa que le recuerdo.

—¿La conoces? —le pregunté.

—Tal vez a alguien a quien pueda parecerse.

Mi excitación creció enormemente. ¿Querría decir algo aquel tatuaje? Mucha gente lleva tatuajes.

—¿De qué la conoces? —insistí.

—No sé si la conozco.

—¿De qué conoces a la mujer que se parece a la mujer que me ha traído hasta aquí?

—¿Cómo sé que puedo confiar en ti? —Aquella pregunta denotaba debilidad. Aquel hombre estaba tan acobardado como yo, pero su armadura le prestaba mejor servicio—. Cuesta creer que no matases al polaco.

—¿Por qué debería haberlo hecho?

—Tal vez fuera un objetivo.

—¿De quién?

—Eso dímelo tú.

—¿Crees que si hubiera sido un objetivo me habría dedicado a pagar con sus tarjetás de crédito?

Se acercó y me dio otra calada. Después tomó el porro y se recreó más de lo habitual en el humo.

—¿Has oído hablar del Club de los inocentes? —preguntó.

Negué con la cabeza:

—¿Tienen algo que ver con esa mujer o mujeres?

—En cierta medida. ¿Sabes quién era Willi Münzenberg?

—Conozco algo de su vida por la biografía de Einstein. Pero, ¿qué tiene que ver Willi Münzenberg en esto?

Manfred Dawn asintió complacido:

—Einstein fue uno de los cerebros a los que sedujo. Pero hubo muchos más: Bertolt Brecht, Fritz Lang, T. S. Eliot, George Grosz... El Club de los inocentes, como el señor *Montañademonedas* los llamaba. Eso quiere decir Münzenberg en alemán. Su objetivo era captar la simpatía de los intelectuales occidentales para la causa comunista en la Alemania de entreguerras.

En aquel punto comprendí que mi impaciencia no se vería satisfecha inmediatamente. Aquel hombre no iba a contarme quién eras tú. Ni quién era él. No de una manera directa. Opté por zambullirme en el relato. Lo que no sospechaba al dar comienzo aquella velada era que mi propia historia también encontraría su explicación en aquella parábola.

—Con el dinero del Komintern, Münzernberg fundó editoriales, periódicos, ligas, teatros y distribuidoras de cine. Lenin estaba convencido de que sin la simpatía de los intelectuales occidentales la revolución global no triunfaría. Para ello, el señor *Montañademonedas* necesitaba llevar un tren de vida burgués acorde con los gustos exquisitos de la intelectualidad: noches de ópera, cenas con champán, grandes fiestas... Pero él era hijo de un tabernero borracho y por ello poco creíble como aristócrata. —Se detuvo para dar una calada—. El hombre elegido por Münzenberg para lidiar con el mundo artístico fue Otto Katz, un checo seis años más joven que él, un *bon vivant* de porte distinguido que se desenvolvía mejor que él en los ambientes internacionales. Al contrario que aquél, Otto Katz provenía de una familia acaudalada y tenía facilidad para los idiomas. Se había nutrido de la intelectualidad praguense, en tertulias con escritores como Kafka o Werfel, y de la depravación berlinesa con fulanas como Marlene Dietrich.

—Tenía entendido que Marlene Dietrich era una gran artista.

—Que follaba con tres personas distintas al día, según su propio testimonio. Es igual. En ese contexto, el joven Otto Katz asiste por primera vez al discurso de un tal Adolf Hitler, que acaba de salir de la cárcel. Camuflado entre la multitud, observa estupefacto el aplauso enfervorecido, las manos en alto, el desfile de las camisas marrones... Comunistas y judíos son declarados enemigos de la patria. Otto Katz, con el brazo en alto para no levantar sospechas, era ambas cosas, comunista y judío.

»Lenin no se cansaba de repetir que el cine era la más importante de las artes. Pero los comunistas no disponían de suficiente película para filmar, no sabían fabricarla y resultaba muy caro importarla.

»En Estados Unidos, en cambio, el cine se estaba convirtiendo en un fenómeno de masas. La gente quería ver caritas como la de Mary Pickford o portes como el de Rodolfo Valentino, y no gusanos en el rancho de un buque de guerra. Los abusos de terratenientes y empresarios eran un empacho de realidad que no parecía interesar al proletariado occidental.

»Así pues, si la montaña no viene a Mahoma... Otto Katz y su esposa Ilse viajaron a Hollywood en el otoño de 1935. El objetivo de sus actividades allí sería doble, de un lado promover y alentar movimientos antifascistas, en realidad prosoviéticos, y de otro recaudar donativos que posteriormente serían enviados a Moscú. Para todo ello contaría con un gran embajador: el director de cine Fritz Lang, que acababa de exiliarse a Estado Unidos.

»Para el asalto a los corazones de los artistas del cine, Otto Katz había creado un personaje, que le otorgaba un aire romántico de luchador antifascista, llamado Rudolph Breda. Frizt Lang quedó maravillado por su chic burgués envuelto en un aura de héroe perseguido por su lucha antifascista. Otto Katz, disfrazado de Rudolph Breda, dio varias charlas para alertar de la amenaza nazi y recaudó fondos para los otros luchadores como él, perseguidos y masacrados en Europa por el odio criminal de Hitler. El impacto fue tal que durante meses se convirtió en el hombre de moda al que todos querían tener en sus fiestas. Billy Wilder, Greta Garbo, Charlie Chaplin, David O. Selznik, Sam Goldwyn o Groucho Marx entraron en su área de influencia. Se paseaba con su gabardina de cuello alto, su sombrero y su cigarro siempre encendido; en guardia, cauteloso, preparado para salir huyendo en cualquier momento. Ni el Bogart de la gran pantalla resultaba tan creíble. Una cicatriz debajo de la nariz y una bella esposa junto a él, fiel y comprometida con la lucha antifascista, redondeaban una caracterización a la altura de los filmes en los que todos aquellos *inocentes* trabajaban.

»Durante aquellos meses, los Katz consiguieron de los artistas y productores de Beverly Hills cuantiosas sumas que fueron enviadas a Moscú para financiar otro delirio, el de Stalin. Pero el mayor logro de aquellas estancias de los Katz en Hollywood, lo verdaderamente meritorio, fue el material creativo que proporcionó a guionistas y productores. En 1942 se estrenaron tres películas con la huella reconocible de Rudolph Breda: *Alarma en el Rin*, *Por quién doblan las campanas* y *Casablanca*.

—¡Me tomas el pelo! ¿Qué tiene *Casablanca* de filo-comunista?

—Se empezó a rodar en mayo de 1942, cinco meses después del ataque japonés a Pearl Harbour, y se estrenaría en diciembre de ese mismo año, un año y medio antes del desembarco de Normandía. Todo empezó cuando Irene Diamond, una analista de guion de la Warner Bros., convenció al productor Hal Wallis para hacerse con los derechos de una obra de teatro sin estrenar titulada *Everybody Comes to Rick's*. La acción transcurría en un burdel de París. Rick era un abogado, Ilsa una mujer de la vida. El terror nazi ya estaba en la obra original, pero la calidad del texto era solo adecuada para una película de serie B. Por ello se pensó inicialmente para el papel de Rick en un actor mediocre como Ronald Reagan. Willis, sin embargo, ante la inevitable intervención de Estados Unidos en Europa, contrató a tres guionistas de enorme talento, los mellizos Epstein y Howard E. Koch, para reescribir la obra de arriba abajo. Su intención era elevar el guion a pieza de arte y conseguir así estrellas para que lo interpretaran.

»Todos, absolutamente todos los que acabo de nombrar, menos Reagan —soltó una carcajada breve—, eran judíos: Irene Diamond, Hal Wallis, Julius J. Epstein, Philip G. Epstein, Howard E. Koch y el director Michael Curtiz. Años después, el guionista Howard E. Koch sería uno de los represaliados por la Comisión de Actividades Antiamericanas de McCarthy. Se le prohibiría trabajar y tendría que emigrar a Inglaterra. Los Epstein serían igualmente investigados y a la pregunta de si pertenecían a alguna organización subversiva responderían: «Sí, a Warner Brothers».

Los Epstein me hicieron reír a mí también.

—Empecemos por el título: *Casablanca*. Una de las fábulas que Katz había contado a sus amistades hollywoodienses consistía en sus esfuerzos por hacer llegar a México barcos de refugiados europeos que zarpaban desde Casablanca. ¡Qué maravilla!, debieron de especular la analista de guion Irene Diamond y el productor Hal Wallis: lugar fronterizo, exotismo oriental, el último rincón de la Francia libre... Pero piensa en el nombre en sí, *Casablanca*, en inglés *White House*, la casa del presidente, un mensaje muy claro para un título de entrada muy poco comercial. *Everybody comes to Rick's* tenía mucho más gancho, sobre todo porque el americano medio no tenía ni la más remota idea de qué era Casablanca.

»El título fue la primera cosa que Hal Wallis cambió de la obra original. Si te fijas, al comienzo de la película, tras el asesinato de un disidente a sangre fría, muestran un plano medio de la figura de Pétain, pintada en el paredón. Inmediatamente funden a *Liberté, Égalité e Fraternité*, escrito sobre la entrada del Palacio de Justicia. Ese encadenado es absolutamente gratuito. El Palacio de Justicia no vuelve a salir en toda la película. Solo está ahí para mostrar la consigna revolucionaria.

—Hilas fino.

—Un plano que no está en el guion es el del avión al que todos los refugiados anhelan subirse. Sobrevuela el letrero luminoso de RICK'S CAFÉ AMERICAIN. *A-me-ri-cai-ne...* —se burló del acento francés—. Todos en aquel café les sacan los cuartos a los refugiados de un modo u otro, el primero Rick: ruleta, tasadores de joyas, ladrones. «Esperar, esperar, esperar», se lamentan.

—Creo recordar que Rick no había sido siempre un cínico.

—En 1936 envió armas a Etiopía. En 1937 luchó con los republicanos en España. En 1940 colaboraba en París con la resistencia francesa. Sin embargo el Rick de Casablanca ya «no se juega el cuello por nadie». En contraposición, el personaje de Victor Laszlo se presenta como un activista checo, editor de periódicos antifascistas en Praga, Berlín y París, cabeza de una red clandestina de héroes que luchan por la libertad; elegante, distinguido, pero sin espacio para el hedonismo en su atormentada vida de luchador contra el nazismo. Hasta lleva una cicatriz en la ceja derecha.

—¡Como la de Otto Katz debajo de la nariz!

—¿Recuerdas la secuencia en la que Laszlo muestra su valor enfrentándose a los militares alemanes que están cantando una canción patriótica?

—La recuerdo.

—¿Recuerdas qué hace Victor Laszlo cuando escucha el cántico alemán?

—Ordena a la orquesta de músicos que interpreten *La Marsellesa*.

—¿Y qué sucede entonces?

—Rick asiente y todos los clientes se ponen en pie y la cantan con una sola voz hasta que logran acallar a los nazis.

—¿Qué coño hace toda esa gente de otras nacionalidades, búlgaros, italianos, españoles, rusos, holandeses, entonando el himno francés? El mismo Laszlo es checo. No creo que aquellas naciones simpatizasen con Francia en aquella fase de la guerra, unos porque habían sido invadidos por su inacción y otros por su incompetencia militar posterior. ¿Qué hacen cantando *La Mar-sei-llaise*? —volvió a burlarse del acento francés.

—¿Sugieres que los Epstein y compañía pusieron *La Marsellesa* en lugar de *La Internacional* para que no fuera censurada?

Manfred Dawn se echó hacia atrás. Abrió aún más las piernas. Fumó reposadamente, lleno de satisfacción, y añadió:

—Vamos directamente al final: Rick ya ha desvelado su acto de valor renunciando a la mujer que ama por más altos ideales. Ilsa, que no Ilse, nombre de la mujer de Katz, mira conmovida a Rick, porque sabe que aquel es el único camino posible, el que ella siempre ha defendido, pero le duele en lo más profundo. Una lágrima rueda por su mejilla mientras la niebla se les echa encima. «Yo también tengo mi labor que cumplir», le dice Rick. «Los problemas de tres pequeños seres no cuentan nada en este loco mundo», insiste. Ella de sobra lo sabe, pero no soporta volver a perder el amor de su vida. Ahora es consciente de que nunca amará a Laszlo como amó a Rick en París. Y aun así acepta su papel. Laszlo, consciente del desenlace, se acerca y da la mano a Rick. La música, hasta entonces muy dramática, se detiene en seco y Laszlo dice: «Bienvenido a la lucha. Esta vez sé que seremos los vencedores». Inmediatamente rugen los motores del avión que los va a sacar de allí. El tiempo apremia. La incertidumbre es mucha. Pero ahora el mundo empieza a estar a salvo. Los americanos se subirán a sus barcos y aviones. Las americanas trabajarán sin descanso en fábricas y hospitales. Comprarán bonos de guerra. Enarbolarán millones de banderas. Y quién sabe, tal vez, abrazarán la Internacional Socialista.

Apagó el porro sobre el brazo del sillón y me miró fijamente, satisfecho, como cualquier provocador, del efecto de sus palabras.

—Si estás en lo cierto, medio mundo se tragó el sapo.

—Y todo gracias a una historia de amor.

Se detuvo de nuevo, cansado, distraído.

—Cuéntame cómo cayó Münzenberg, el mentor de Otto Katz, en desgracia.

—En 1936, deprimido por las purgas de Stalin, envió una carta al gobierno francés para declararse antiestalinista. Regresó a la actividad en 1938 con un nuevo periódico alemán que tenía como objetivo promover el socialismo. Fue expulsado del partido comunista alemán, del que era cofundador. En agosto de 1939 se anunció el pacto de no agresión entre Alemania y Rusia y el señor *Montañademonedas*, antifascista y ahora también antiestalinista, quedó definitivamente en tierra de nadie.

Como tú bien expresaste aquella tarde junto al río, los hombres excepcionales están obligados a elegir bando cuando «este loco mundo» decide marchar al campo de batalla. Pero Münzenberg no lo hizo. Fue valiente o vehemente o ambas cosas a la vez.

—Y su discípulo, Otto Katz ¿qué posición adoptó? —insistí intrigado.

—Mentor y aprendiz se vieron por última vez a finales de 1939 en un café de Montparnasse. Willi Münzenberg trató de sumar a Otto Katz a su nueva causa. «¿Seguirás luchando del lado de Stalin —debió de decirle—, ahora que ha traicionado la República española y acaba de convertirse en aliado de Hitler? Tú, que, por añadidura, eres judío.»

Los veo sentados frente a frente, en una mesa alejada de los ventanales de invernadero del café parisino, sin dar la espalda a la puerta por si acaso el otro no ha acudido solo. En cualquier momento una sombra a plena luz del día o unos pasos sobre el adoquinado de una calle de madrugada pueden convertirse en puñal o pistola, cable alrededor del cuello o pañuelo envenenado. Willi Münzenberg gesticula, dibuja su futuro con las manos; un futuro independiente del Komintern, libre de la paranoia de Stalin, un futuro del lado de la justicia social, donde siempre ha estado su «lucha». Los cigarrillos no le duran entre los dedos. Otto Katz fuma en cambio reposadamente. Münzenberg siempre tiene la impresión de que la vida se le escapa. Katz parece esperar la muerte cada noche. A ratos la voz del mentor se exalta perdiendo el tono discreto y el alumno lo reprende. Esa es toda la respuesta que logrará de él. Nada de lo que escucha altera la rigidez de su rostro ni el frío azul de sus ojos.

Héroes del Ejército Rojo como Tukhachevsky son acusados de traición y ejecutados. Artistas de la propaganda como Klucis o escritores como Pilniak son fusilados cada mes. Padres de la revolución como Bujarin o Krestinsky son condenados a muerte en juicios-ficción. Se planea asesinar a Trotsky, exiliado en México, como se asesinó a Lenin. Katz le pide que mida sus palabras.

Münzenberg le relata la supuesta gestación del envenenamiento de Lenin por parte de la NKVD. Katz se irrita por primera vez. Se revuelve en su silla. De todas las teorías majaderas sobre la muerte de Lenin solo acepta la sífilis, lo demás es simple paranoia. «¡En la que nos ha sumergido Stalin!», grita Münzenberg sin poder contenerse. Los dos se quedan en silencio. No es la primera vez que tienen la misma discusión. Es preciso encontrar un terreno común.

Münzenberg engrandece, como ya ha hecho más veces, el relato de las tardes junto a Lenin en su casa de Zúrich, sus conversaciones reposadas sobre el nuevo orden mundial que habría traído el Frente Popular. Otto Katz le cuenta anécdotas de las estrellas de Hollywood caídas en desgracia con la llegada del cine sonoro o de la depravación occidental encarnada en Fritz Lang y sus adicciones. Ambos se mofan por última vez de su Club de los inocentes, lo aburrido que es Hemingway cuando está sobrio, la candidez de Einstein cuando se sumó a *El libro marrón* y lo puta que era Marlene en los cabarets de Berlín. Alguien debería hacer películas sobre todos ellos. Otto Katz le confiesa que tiene ideados algunos guiones que no se decide a escribir. Münzenberg le anima a que lo haga. Pero aquél ha acudido al encuentro con la única intención de hacer lo que mejor sabe hacer: resultar simpático. No está en disposición de interceder por su antiguo mentor. Bastante se ha arriesgado ya. El número de llamadas con relación a Münzenberg se ha multiplicado en los últimos meses. «¿Estás con nosotros o con él?», subyace en todas ellas. Todos los teleobjetivos apuntan al señor *Montañademonedas* y alguna de aquellas balas puede desviarse hasta el cráneo rubio de Katz si no se distancia lo suficiente. No le cuesta urdir planes contra traidores. Diría que hasta le resulta relajante, como embaucar a artistas. Pero es la primera vez que ha de intervenir en relación con su propio maestro. Münzenberg sigue gesticulando y hablando de sus nuevas utopías. Lo admira.

Lo compadece. Aunque Katz ha tomado una decisión hace ya meses, se congratula de haber tenido la oportunidad de despedirse de él. Nadie podrá reprocharle nunca que haya elegido seguir viviendo.

—Seis meses después de aquel encuentro —retomó Manfred Dawn—, invadida Francia, con la excusa de protegerlos de los agentes estalinistas, el gobierno de Vichy internó al matrimonio Münzenberg en sendos campos de concentración. Días después Willi Münzenberg lograba escapar en compañía de un supuesto militante comunista. No volvió a saberse nada de él durante más de cinco meses. En octubre, unos cazadores hallaron un cadáver a los pies de un roble en un bosque cerca de Lyon. Costó semanas identificarlo.

—¿Y Katz?

—Siguió con su vida de trotamundos. Durante la segunda guerra mundial volvió a Estados Unidos y a Hollywood, estuvo en México. Editó algunos libros más. Se le llegó a conocer como el «Göbbels rojo». Tras la victoria aliada, los Katz regresaron a su añorada Praga, donde dirigió un periódico comunista.

—Se ganó una buena jubilación.

La sonrisa entre cínica y sombría de Dawn evidenció mi ingenuidad.

—Durante su retiro dorado en Praga, algunos de sus antiguos colaboradores comenzaron a desaparecer. Él e Ilse pidieron el traslado de su residencia al Berlín oriental, donde algunos familiares habían sobrevivido al exterminio. Pero nunca obtuvieron respuesta. Su vida se convirtió en una confortable y angustiosa espera hasta que en el verano de 1952 Otto Katz fue arrestado. Tras varios meses en prisión y brutales interrogatorios, firmó una declaración en la que confesaba haber colaborado con los servicios de inteligencia británicos, estadounidenses y franceses. En su última carta afirmó, no obstante, no haber traicionado nunca al partido comunista ni a su país ni a la Unión Soviética. Otto Katz fue declarado culpable de alta traición y colgado por el cuello hasta la muerte, junto a otros trece. En el invierno de ese mismo año, fallecía Stalin. Me dolía la costilla rota y la brecha de la cabeza. Necesitaba cambiar de postura. Ponerme de pie resultaría beneficioso para la primera pero perjudicial para la segunda. Tumbarme en la cama tendría el efecto contrario. Opté por abandonar la silla y acercarme hasta la ventana. En el exterior, la tanqueta calcinada obraba de sumidero sonoro reduciendo la noche al más denso silencio. Destellos de la luna se reflejaban en las esquinas de su chapa blindada. Allí seguía una semana después, con algunas piezas menos que la gente había ido llevándose. Desprovista de vida, transmitía una fuerte sensación de soledad.

—¿Te importa si me tumbo en la cama? Esta costilla ya no puede más.

—Adelante. La chica está sana y yo es probable que también.

Me tendí, no sin padecimiento, en las sábanas ebrias de sudor de días.

—Entonces... ¿qué hacemos con la chica? —preguntó.

—No tengo interés en ella.

—¿Te la has tirado?

—Tampoco se ha ofrecido.

—No me juzgues.

—Te juro que tu conducta moral es el menor de mis problemas.

—Ella necesita protección y yo... —Por primera vez la elocuencia le abandonó.

—Y tú, una buena cocinera.

Se echó a reír. La carcajada brotó espontáneamente sin sarcasmo ni tormento, una risotada de las que desembozan la mente y sosiegan los músculos.

—Ahora, si no te importa —aproveché su buen humor—, cuéntame qué hacías en la gasolinera de Northampton convertido en mendigo hace apenas un mes.

—Aún no sé si puedo fiarme de ti.

—¿Eres escritor o artista?

—Yo he formado parte del Club de los inocentes del que tanto se mofaba Münzenberg. No del de hace un siglo, pero sí de algo parecido que lleva sucediendo algunos años. Por el momento, es todo lo que puedo contarte.

En aquellos días, me levantaba temprano. Desayunaba en la casa de piedra con el primer turno. Hasta el segundo sorbo de leche caliente no lograba quitarme el frío; un frío que he recordado siempre con agrado. Durante aquellas semanas, al concluir el día, generalmente con una cena horrible, caía en el catre como un niño de cinco años tras su fiesta de cumpleaños: aquel somier de muelles y la espuma anémica del colchón se me antojaban comodidades propias de un rey.

El dolor en el costado cesaba en cuanto me ponía de pie. Por ello permanecía la mayor parte del tiempo en esa posición. Daba clase de pie. Almorzaba de pie. Emprendía grandes paseos antes de cenar. La luz del día empezaba a robarle tiempo a la noche y antes de que el sol se retirase del todo, solía acercarme hasta el Peckham Rye Park para ver anochecer en compañía de árboles y pájaros, particularmente animados por la primavera.

La mitad de las explanadas al sur habían sido habilitadas para el cultivo. El terreno era muy llano; por ello el necesario desnivel para que el agua de riego bajase por gravedad había sido solventado con la construcción de una colina de roca sobre la que habían encumbrado una piscina. En la otra mitad, los muchachos de la escuela se reunían todas las tardes para jugar al fútbol. Algunas parejas y almas solitarias paseaban en compañía de sus perros: se daba aquella miseria sobrevenida sin haber tenido tiempo de abandonar las costumbres de clase media, como cuidar de un animal de compañía.

Me acercaba primero a interesarme por el estado de las zanahorias, nabos, brécoles, patatas y demás. Después entraba en el invernadero para robar una fresa o un pimiento. En la esquina donde más incidía el sol, luchaba contra el clima inglés el pequeño viñedo del que Kwamie sacaba las uvas para elaborar su vino. Solía encontrarme con Kamala y a veces con Torres, pero aún me dolía demasiado el costado para echarles una mano. Kwamie insistía en que me enseñaría a trabajar la madera si le servía de ayudante en alguno de sus encargos pendientes, como la restauración de los arcos de madera en uno de los caminos, para los que nunca encontraba tiempo.

Por el día, en la escuela, el escepticismo inicial no remitía fácilmente. Pronto me di cuenta de que el grupo era demasiado heterogéneo en edades y propuse a Manfred dividirlo en dos grupos. Así, mientras él enseñaba geografía a los pequeños, yo enseñaría mecánica a los mayores, y viceversa, mientras yo enseñaba cálculo a los pequeños, él intentaría estimular el gusto de los mayores por la literatura. Aquello nos obligaba a trabajar el doble pero convertía nuestro trabajo en una experiencia más gratificante.

Su recelo inicial hacia mí se había ido disipando con el paso de las semanas. Mi negativa a ayudar a los muchachos en sus aspiraciones violentas dio más credibilidad a mi versión sobre las causas que me habían empujado a aquella precaria existencia. Seguí insistiendo en saber algo más de su pasado. Pero no obtenía respuesta. Se evadía de aquel asunto. Al tercer o cuarto día claudiqué y así empecé a disfrutar de su conversación. Yo aún no sabía quién era en realidad, pero resultaban evidentes dos cosas: había tenido cierta relevancia pública, pues más que contertulios parecía buscar público, y sus conocimientos eran inmensos.

Una tarde, durante mi paseo por el parque Rye, el padre Torres me cogió del brazo y me condujo hacia la parte arbolada.

—He oído cosas buenas sobre ti —me dijo.

—A pesar de que no consigo despertar su interés.

—Son adolescentes. No esperes vítores.

La luz comenzaba a escasear. Llegamos hasta uno de los pocos caminos de tierra despejados. Discurría hasta el centro del parque bajo los arcos de madera que algún día Kawmie restauraría. Algunos estaban consumidos por la carcoma, otros derribados por el viento. Clorinda llevaba tiempo reclamándolos para enroscar en ellos rosales.

—Necesito tu apoyo —dijo sin dejar de caminar—. Temo un estallido de violencia.

—El desalojo de aquella mujer y sus hijos fue una brutalidad.

—Hace tiempo que las intervenciones policiales en este barrio no se corresponden con los principios de congruencia y proporcionalidad.

—No saben qué hacer con la pobreza.

—Preferirían desórdenes, caos, bombas. Eso les daría la excusa para crear campos de refugiados o de reeducación. Es una vieja manera de esconder la pobreza.

—Pero precisamente la comunidad cumple con esa función.

—Preferirían que les rindiéramos más obediencia. Hemos mantenido una vía de negociación permanente con el municipio. Pero no sé si sabes que de resultas del último desalojo, además de la tanqueta, perdieron a un hombre.

—¿Un policía?

—Alguien se las ingenió para acuchillarlo en el vientre, alguien muy hábil, alguien adiestrado.

—Tal vez no era de la comunidad.

—Tal vez, pero desde entonces han cambiado el interlocutor con el que solíamos negociar. Éste no escucha. Busca la confrontación. Ahora se le ha ocurrido que quiere venir a recuperar los restos de la tanqueta incendiada.

—Eso es una provocación.

—Pide que entreguemos a los asesinos y a los que lanzaron las bombas incendiarias. A cambio nos proporcionarán generadores eléctricos y un montón de cosas valiosas.

—¿Y qué vais a hacer?

—Necesito que expliques a los muchachos que el caos y la muerte no traen fortuna al que sobrevive.

—Muchos quieren vengarse.

—Son jóvenes. Si se enfrentan a ellos, la policía ha amenazado con abrir fuego.

—¿Lo harán?

Se encogió de hombros y añadió:

—La renuncia a la violencia es lo que nos hace fuertes. Si fuéramos violentos, haría tiempo que nos habrían disgregado.

—¿Qué te hace pensar que no nos disgregarán igualmente? Tú mismo has dicho que el negociador nuevo viene con otra actitud.

—Incluso si tenemos que aceptar una mayor tutela por parte del gobierno, estoy seguro de poder mantener nuestra autonomía si no nos consideran violentos.

—Entonces es una cuestión de pragmatismo, no de principios.

—Lo valiente no es empuñar una pistola —exclamó con cierta exaltación—. Lo valiente es empuñar la azada.

Emprendimos el camino de regreso hacia la entrada sur del parque. Los chavales seguían jugando al fútbol a pesar de que apenas podían ver. Algunas chicas los miraban de reojo mientras hablaban entre ellas, fingiendo que no les interesaban sus alardes físicos; mientras ellos alardeaban fingiendo que no estaban exhibiéndose para ellas. Nora, Shakib, Mathew, Zohra, Jamal, Anjali, Inderjit, Nila, Sebastian, Reema, nombres que por aquel entonces a duras penas lograba recordar y que el tiempo ha grabado en mi memoria.

Las diferentes parcelas, separadas por sus márgenes aromáticos, reposaban tras el largo día de trabajos. Un grupo de ocas había sido devuelto a un corral después de pasarse toda la tarde de parranda. Las ventanas de las casas empezaban a iluminarse para la cena. Aquellas luces tenues, decimonónicas, oscilaban a través de los visillos.

De vuelta a casa, encontré a Manfred Dawn en su postura preferida, sentado en su sofá-trono, pero en esta ocasión no tenía un cigarrillo entre sus dedos, ya que éstos estaban entretenidos en arrancar, poquito a poco, la espuma que asomaba por los agujeros de la tapicería. Tenía la mirada levemente perdida, pero no lo suficiente como para adivinar su decepción. Su rostro, como la cara de un dril macho, era capaz de enmascarar cualquier estado de ánimo. La mesa no estaba puesta para la cena, la cama estaba sin hacer y la ropa de Brianna no se encontraba esparcida por todas partes, como solía. No olía a coles con sebo, nuestra dieta habitual, ni al perfume de jengibre que elaboraba Clorinda y vendía a las mujeres jóvenes. Brianna no estaba allí, seguramente desde después del desayuno.

—¿Nos hemos quedado sin cocinera? —pregunté.

—No tengo hambre —respondió.

Cerré la puerta de mi habitación y me tumbé en la cama. No tardé en quedarme dormido.

El zarandeo en mi hombro me despertó en mitad de la noche. No se me estaba privando del sueño caprichosamente sino con determinación, como un soldado despertaría a otro antes de unas maniobras nocturnas. Junto a mi cama estaba sentado Manfred Dawn. Su cráneo sin pelo reflejaba una luz misteriosa y su perfil era digno de una película de terror expresionista. En aquel tránsito repentino de los sueños a la realidad, cuando el inconsciente aún nos gobierna, caí en la cuenta de a quién pertenecía ese cráneo hercúleo.

—Yo te conozco —exclamé.

—Manfred Dawn resultaba blando como nombre artístico —respondió.

—Leí alguno de tus microrrelatos en el metro. Eran formidables.

—Gracias.

—Recuerdo el de Dios, los ángeles y los asesinos.

—Ese pegó fuerte.

—A mí me recordabas a Borges.

—Te agradezco el cumplido. No sé en el caso de Borges, pero en el mío, aquellas memeces eran fruto del alcohol y de un buen número de sustancias.

Manfred Papadama firmaba siempre sus textos con el perfil de su cara, como Hitchcock hacía en aquellos episodios de suspense televisivo. Nunca había visto una foto suya, pero aquel perfil, percibido aún como algo onírico, trajo su nombre artístico a mis labios, Papadama. Aquellos microrrelatos se reproducían de forma viral en cuestión de horas, de Buenos Aires a Kuala Lumpur; aparecían traducciones, blogs donde se desmenuzaba sesudamente el sentido de los textos, imitadores, nuevos blogs que trataban de desenmascarar a los imitadores por medio de nuevos análisis sesudos. Se convirtió en un fenómeno de masas.

—¿Qué es tan urgente? —pregunté ya completamente despejado.

—Mi idiotez. Y tal vez la tuya.

Me senté sobre la cama en actitud de escucha. Eran más de las tres de la madrugada. Si quería saber cómo un escritor de éxito había terminado convertido en mendigo de gasolinera tenía que ser en aquel instante. El vapor que movía sus bielas había comenzado a acumularse y necesitaba aliviar presión. No había aplazamiento posible.

—Hace unos tres años —dijo—, yo me ganaba la vida en Londres como guardia en una sala de fiestas para billonarios detrás del palacio de Buckingham. Vivía en un cuchitril al sur de Tottenham sin calefacción ni aire acondicionado. Pero no siempre había sido así. No sé si recuerdas mis dos primeras novelas.

Negué con la cabeza.

—La primera, *Pandemonium*, vendió más de veinte mil ejemplares. Se estima que fue descargada ilegalmente más de cien mil veces. La segunda, *Seewackamano,* vendió menos de diez mil y sin embargo fue descargada ilegalmente más de un millón de veces. Por entonces la editorial ya había quebrado. Los autores dejamos de percibir ingresos apreciables incluso por novelas que eran éxitos de lectura.

—Lo llamaron *la muerte del autor*.

—Yo, como muchos artistas, había vivido siempre de mis novias y cuando peor me estaban empezando a ir las cosas me quedé sin la última. Terminé viviendo en el cuartucho de Tottenham, no muy distinto de éste. Mi editora, una rubia entallada llamada Raffaella Watkinson, se interesó por mí un año después del cierre de la editorial. Me propuso, tal vez por remordimiento, un empleo provisional, hasta que repuntasen las ventas, dijo. Gracias a las buenas referencias que dio Raffaella, que era clienta asidua, y a mi envergadura, me contrataron en aquel club. Ella no era rica, solo mona, pero su marido sí, paradójicamente, accionista de una de las mayores empresas operadoras de la red. Y digo paradójicamente porque eran las empresas operadoras las que habían destruido el negocio editorial.

—Mi madre trabajaba en una de esas empresas.

—Entonces sabrás de lo que te hablo.

—En realidad no. Nunca me habló de su trabajo y me mantuvo siempre alejado de la red.

—Sabía lo que hacía. Aquellos meses en la sala de fiestas no estuvieron mal del todo. Las camareras eran guapas y a veces, no siempre, cariñosas. La mierda nos la pasaba a precio de saldo el camello del club. Solo tenía un inconveniente. Si trabajas de noche y te cuesta dormir de día, tienes un serio problema. Empecé a matar mi insomnio diurno escribiendo todas aquellas memeces en la red.

—Eres injusto con tu obra. Tus microrrelatos tienen una estética nueva y difícil de catalogar.

—¡No me jodas! Pero he aprendido que se puede llegar muy lejos solo con énfasis, como unas tetas caídas en un buen sostén. En el club había dado mi nombre real, Manfred Dawn; así que nadie sabía quién era yo, salvo el matrimonio Watkinson, que se mostró a partir de entonces más distante. El tiempo que no estaba trabajando me lo tiraba ciego en el catre o con las pestañas pegadas a la pantalla. Llevaba varios meses escribiendo lo primero que se me pasaba por la cabeza cuando una mañana de noviembre, lo recuerdo bien, después de haber sido rechazado por Amy, una bailarina excepcional, no solo por su constitución física, sino por su fortaleza mental y su optimismo, se me ocurrió escribir: «En mi nada, nada pasa. En tu todo, todo pasa como si nada».

—¿Aquella fue la chispa?

—Fue lo primero que viajó por todo el mundo anglosajón. Se me ocurrió firmarlo con mi nombre artístico, Manfred Papadama, y toda la multitud que esperaba descargarse gratis mi tercera novela lo tomó por el título. Al inicio, encontré el filón en asuntos amatorios. Algo nuevo para mí, ya que mis dos novelas habían pasado de largo por aquel tema. La primera, *Pandemonium*, iba sobre un joven muy dotado para la música, un tipo incapaz de percibir sin escuchar hasta el último sonido, el más minúsculo y recóndito. Su cerebro enhebraba todo ese guirigay, sin mediar razón, en composiciones que rara vez se atrevía a escribir por atribuirles origen demoniaco. Era una especie de Fausto pero al revés. Tenía mucho humor, que no sé si fue del todo comprendido. La segunda, *Seewackamano*, era un paseo cronológico por los asentamientos de los primeros colonos holandeses en la desembocadura del río Hudson. La crítica vio en ella una metáfora de Sudáfrica y demás. Creo que tampoco se entendió. Ése ha sido mi sino. He tenido éxito con textos que han recibido las interpretaciones más dispares.

Como la suya de *Casablanca*, pensé, pero me ahorré la opinión.

—El número de seguidores fue aumentando. Aquél de la confabulación de los ángeles contra Dios alcanzó fama mundial. La semana misma de haberlo colgado, Raffaella abandonó su distanciamiento y me dirigió la palabra en la entrada del club: «He leído tus apotegmas», dijo como si conociera el significado de esa palabra, «y me agrada ver que sigues en forma». «No pasan de ser meros adagios», repuse para no desmerecer. «Mi marido quiere conocerte.» «Entonces tendremos que extremar las precauciones para que no sospeche.» Sonrió halagada, como cada vez, pero, como cada vez, cerró la puerta: «Soy una mujer tan recta como la costura de mis medias». Quedamos en vernos los tres al día siguiente en una cafetería de Covent Garden.

»La cosa resultó como sigue: el señor Robert Watkinson, Bob para todos menos para su mujer, tenía un buen negocio que proponerme. Los departamentos de marketing de las grandes operadoras telefónicas, incluida la suya, se habían dado cuenta de que la red no sigue una lógica causal y sin embargo los usuarios sí buscan en ella emociones con significado. Para ello, era preciso coser de algún modo imperceptible para el usuario aventuras que encauzasen un propósito narrativo. El apetito de ficción es tan voraz como el sexual, decía Bob, y, al igual que en el sexo, la ficción precisa de cierto artificio implícito. Lo describió de la siguiente manera: «A todos nos gusta que nos seduzcan pero a nadie nos gusta sentirnos seducidos». No pude evitar mirar a su mujer, que aquel día no llevaba costuras en las medias. «He leído tus dos novelas. De hecho yo animé a Ella —para él no era Raffaella sino Ella— a publicarlas. Tus microrrelatos corren como la pólvora. Tienes una cualidad que te eleva por encima de los demás autores.» El halago siempre es una buena manera de empezar con un escritor: «Leerte es como recorrer un palacio lleno de obras de arte. Vas pasando de un salón a otro en un puro embeleso...». Era un poquito cursi pero se podía tolerar. La cosa se torció al final: «... hasta que llegas a la última habitación y descubres que todo ha sido un fabuloso decorado». La mirada de Ella se tornó mordaz y compasiva a un tiempo. Juraría que mi rostro adquirió el color de un baño de sol de cuarenta horas. No tuve tiempo de gritar ni de partirle la cara porque enseguida añadió: «Si estás dispuesto a aceptar eso, te propongo un sueldo anual de medio millón de libras más una casa en el lugar del mundo que elijas». La policromía de mi rostro viró hacia la palidez. Aquello era mucho dinero. Estamos hablando del año anterior a la hiperinflación. De inmediato mi mente comenzó a volar. Regresaría a Ciudad del Cabo para que mis colegas de universidad vieran que las cosas me iban de rechupete. O mejor, viviría en una de aquellas islas artificiales de Dubái. Pensé también en un apartamento en Nueva York o en un bungaló en las Maldivas. Pero en cuestión de décimas de segundo llegué a una conclusión tan clara como mi repentina palidez: con dinero en el bolsillo, el mejor lugar del mundo seguía siendo Londres. No había necesidad de alardear. Una casa en Richmond o un condominio en May Fair serían suficientes. Procuré borrar la sonrisa de mi rostro. A fin de cuentas, Bob acababa de decir una impertinencia sobre mi obra literaria.

»Me contrataría una fundación mantenida gracias a los fondos aportados por las cinco operadoras de la red más importantes. Había una especie de código deontológico que estaba obligado a jurar antes de aceptar el trabajo y que en esencia me obligaba a despojar todos mis argumentos de ideologías y creencias, ya fueran políticas o religiosas. Solo había una excepción a ese código: recibir órdenes contrarias. En tal caso, pondría todo mi talento y capacidad al servicio de la difusión no explícita de lo que se me ordenase, ya fuese un hábito de consumo o una opinión sobre un tema en concreto. Dije que sí a todo. Como todo trabajo que se acepta por dinero, muchísimo en aquel caso, conviene revestirlo de cierta dignidad. En ese sentido Bob estuvo muy atento. Me dijo que no debía pensar solo en el dinero. Desde un punto de vista creativo, dispondría de materia prima abundante: los deseos, miedos, rencores, fobias, amores, vicios y virtudes de muchísima gente. Nuestro trabajo, el mío y el de un centenar de otros *autores*, consistiría en hilvanar aventuras que guiasen de manera más o menos masiva a los usuarios. Dar con las claves de lo que la gente deseaba o lo que a la gente le producía pánico y explotarlo con el único fin de conseguir la evasión por medio de la ficción.

»Me decidí por una casa georgiana de dos plantas, con jardín independiente, en lo alto de la colina de Richmond Upon Thames. La decoración no era de mi agrado y había un exceso de plantas trepadoras en la fachada norte, pero, por lo demás, se ajustaba a mi idea de opulencia. Con mi primer sueldo pedí un crédito para comprar un coche biplaza de gasolina, y unos cuantos muebles. Escondí los cuadros, estatuillas y adornos horteras en el sótano y me adapté a todo lo demás.

»Recibí formación sobre diferentes sistemas y jerarquías de seguridad de manera telemática. Las primeras órdenes llegaron por ese mismo medio. Mi trabajo iba a ser solitario. Al haberme convertido en esbirro de las grandes operadoras, disponía de todas las películas, libros y álbumes de música que existen en formato digital, así como de una pequeña sala de visualización, las mejores tabletas y un buen equipo de sonido. El servicio doméstico era excepcional: catering a domicilio tres veces al día y dos profesionales varones de la limpieza. Todas mis necesidades estaban siendo colmadas a excepción de un tibio ímpetu semanal. Yo siempre había abrazado la misantropía. En ese sentido no me diferencio en nada de un oso. Pero con la primavera el oso solitario hace un esfuerzo y se pone a buscar una hembra. Mis primaveras venían a darse un par de veces a la semana.

»Empecé por hacerme el encontradizo en la puerta

para empleados de la sala de fiestas donde había trabajado durante casi un año. Para ello dejé el descapotable a la vista de todos. En este tipo de asuntos nunca he tenido dignidad. Digamos que los códigos son muy elementales. Basta con conocerlos y cumplirlos escrupulosamente. Buscaba a Amy, la bailarina vital y escurridiza que me había dado calabazas, pero en su lugar me topé con Bob, que aquella noche había acudido sin Ella y había decidido volver a casa dando un rodeo. No parecía alegrarse de verme. «Si todas tus necesidades no están bien cubiertas, dímelo y yo me ocupo», me dijo. «Gracias Bob —respondí—, pero hay cosas que un hombre ha de hacer por sí mismo.» Nos dimos la mano y se fue sacudiendo la cabeza. Según me informó el camello al que compré un poco de mierda, Amy ya no trabajaba allí. La habían echado de un día para otro sin dar explicaciones. «Dile, si la ves, que me van bien las cosas», le dije después de haberle dado una propina y mi nueva dirección para que me mandase los encargos. Aquella noche, la casa, el dormitorio, el pequeño cine y el jardín se me antojaron, como a Bob mi literatura, un decorado. Añoré el cuartucho de Tottenham en el que no era posible dar una vuelta con los brazos extendido sin tocar alguna pared. Me metí aquella mierda en el cuerpo, me vi tres o cuatro pelis antiguas y me fui a dormir.

»El encuentro con Bob me había dejado un poco intranquilo. A la mañana siguiente, hice algo que debería haber hecho un mes antes. Leí de cabo a rabo el pliego de términos y condiciones de mi contrato y aquel dichoso código de comportamiento. El lenguaje jurídico es algo que siempre me ha superado. Pero aun así pude llevarme una idea clara de lo que había firmado. En caso de incumplimiento de la más estricta confidencialidad sobre mi trabajo, la indemnización que yo tendría que pagar a la fundación era de cinco millones de libras, es decir, diez años de mi sueldo. Si ésta me denunciaba, el proceso judicial sería monitorio, es decir, en cuestión de horas. En caso de insolvencia por mi parte, no podría declararme en quiebra y por tanto la deuda sería de por vida y hereditaria. Se me permitía llevar una vida normal, siempre que no hablase nunca, ni de pasada, de mis actividades profesionales. Aquello no me preocupó. Apenas había hecho amigos durante los casi cuatro años que llevaba viviendo en Londres. Necesitaba tan solo encontrar a Amy y contarle una trola sobre mi nueva vida.

—Esa mujer... ¿tiene un tatuaje en el envés de su muñeca?

—No te precipites. Todo a su debido tiempo. Aquel trabajo era un gran juego que debía permanecer oculto para los usuarios. A mí me asignaron el colectivo de angloparlantes expatriados. La mayor parte eran empleados de multinacionales residentes en Asia, Oriente Medio y Latinoamérica.

—¿Disponías de los datos privados de los usuarios?

—Desde luego. Pero mi herramienta principal eran las estadísticas de capas relacionales de tercer nivel.

—Haber empezado por ahí —bromeé.

—Ya sabes: si una mujer busca en la misma semana recetas para adelgazar e instrucciones para cultivar lechugas en su balcón, con una probabilidad del setenta y tres por ciento, está siguiendo una dieta de adelgazamiento. Esa es una relación de primer nivel: consciente y pública. Si a ella sumamos que su marido ha buscado en el diccionario en esa misma semana el significado de la palabra «tautology» y varios anuncios de empleo, podemos asegurar, al cuarenta y uno por ciento, que no mantienen relaciones sexuales desde hace por lo menos un mes. Esa es una relación de segundo nivel: consciente pero privada. Si a ello sumamos que el padre de ella ha buscado importadores de iconos rusos y la madre de él un informe sobre la solvencia de la empresa en la que trabaja su segundo marido, hay una probabilidad nada despreciable, treinta y dos por ciento, de que la mujer aficionada a los huertos urbanos esté deseando una aventura extramatrimonial pero no se atreva a dar el paso. Esta sería una relación de tercer nivel: una pulsión inconsciente.

—Un momento. Estoy seguro de que una de cada tres mujeres casadas desea una relación extramatrimonial.

—Tienes razón. Las empresas que desarrollan esos algoritmos son muy opacas en cuanto a los métodos que emplean. Manejan indicadores porcentuales de aproximadamente un centenar de pulsiones conscientes e inconscientes, los KCI y KUI respectivamente. Yo me enganché enseguida a los segundos, *Key Unconscious Indicators*. Los sistemas me ayudaban a agrupar a los usuarios según sus indicadores y yo solía actuar según ciertas reglas, por ejemplo un KUI individual superior al treinta y tres coma treinta y tres por ciento en un grupo superior a mil usuarios. No todas las experiencias de ficción que confeccionaba daban sus frutos, pero con aquella metodología me aseguraba que al menos una de cada tres sí lo daría.

—Sigo sin comprender.

—Mi principal trabajo era crear personajes y situaciones de apariencia realista que fueran singulares.

—¿Por ejemplo?

—Siguiendo con las pulsiones adúlteras, agrupaba a aquellas mujeres que habían rebasado el treinta y tres coma treinta y tres por ciento en sus deseos adúlteros en subgrupos con los demás indicadores muy parecidos. Posteriormente hacía lo propio con hombres en busca de aventuras. Como he dicho, cada usuario tenía unos cien indicadores, fobias, deseos, represiones, adicciones, miedos, ideales, trastornos de la conducta, etc., que el *software* me ayudaba a relacionar. Uno de mis trabajos era crear un incidente inductor para los emparejamientos, por ejemplo, vincularlos a través de una red social o en los juegos para adultos más visitados. A partir de ahí, cada pareja escribía su propia historia.

»Los casos que requerían más atención por mi parte

eran aquellos en los que el extraño que entablaba contacto con la mujer potencialmente adúltera era pura invención. Aquellos galanes, diseñados para las usuarias más refractarias a la red, era un superdotado de la seducción, diseñado a la medida de aquel centenar de indicadores.

—¿Cómo entablabas relación si ellas no usaban habitualmente la red?

—Esa era la parte más complicada. Generalmente el galán creado por mí era un antiguo compañero de universidad al que ella no había visto en años y cuyo nombre ella no recordaba pero que siempre había estado enamorado de ella. También podía ser un excompañero de trabajo cuyo nombre prefería mantener en secreto o un colega de su marido o un perfecto desconocido que compartía sus mismos gustos musicales.

—¿Y ellas cómo reaccionaban?

—El KUI de los deseos adúlteros crecía en el cuarenta y seis por ciento de las usuarias. A partir de ese instante saltaban cada día de la cama con la excitación de adivinar quién era el pretendiente misterioso que tenía o había tenido un vínculo con ella en la vida real.

—¿Y el otro cincuenta y cuatro por ciento?

—Cortaban la comunicación. Me concentraba en el cuarenta y seis por ciento más proclive. El treinta y nueve por ciento de ese grupo, de modo más o menos veloz, comenzaban a sincerarse con el admirador misterioso. Tras varios de aquellos encuentros, el treinta y dos por ciento entablaban relaciones sexuales telemáticas. Pero al poco el amante perfecto desaparecía. Ellas intentaban volver a entablar comunicación, sin éxito. Entonces las incluía en el grupo masivo y las cruzaba con usuarios reales compatibles con ellas y, de nuevo, cada pareja escribía su propia historia. Tenía un centenar de aquellos procesos siempre abiertos. Así, cuando uno terminaba, estaba obligado a iniciar otro. Al cabo de unos meses recibía los informes en los que se detallaban los porcentajes de mujeres que, a un tiempo complacidas y frustradas por la experiencia con el primer amante, el ficticio desaparecido, habían iniciado relaciones con otro amante, esta vez real, y, dentro de este grupo, aquéllas que habían decidido dar el paso para mantener encuentros presenciales, y finalmente aquellas que se habían divorciado.

—¿Y cuántas eran?

—De todas las mujeres a las que yo sumergía en la ficción mediante el amante sobrehumano, aproximadamente el cincuenta y ocho por ciento volvían a buscar amantes telemáticos, el veintiuno por ciento consumaban el encuentro presencial y el catorce por ciento se divorciaban.

—¿Y todo ese esfuerzo y sofisticación solo para conseguir divorcios?

—Las infidelidades y los divorcios contribuyen a incrementar el producto interior bruto. Entre los objetivos de aquella fundación figuraban, como pude saber después, la atenuación del pensamiento profundo, el consumo como único medio para conseguir la felicidad, la disparidad de hábitos, por ejemplo nutricionales y sexuales, la banalización del ocio, la reducción de la violencia a mera estética, la erradicación de las ideologías políticas, el menoscabo del conocimiento en favor de la búsqueda de información, la merma de la memoria a largo plazo... Estos eran algunos. Había muchos más.

—La sedación general.

—En esencia, sí.

—Y dime, ¿todas las aventuras eran sexuales?

—Ni mucho menos. He de reconocer que un alto porcentaje sí. La red y el sexo están muy vinculados. Pero no todas. Algunos otros géneros consistían en aventuras en las que resolver algún misterio; inmersión en situaciones de conflicto; mágicas, relacionadas con espíritus, vida extraterrestre y demás; terror, psicópatas y aparecidos principalmente; y de solidaridad, como ayudar a un usuario a superar una dificultad. Estaban terminantemente prohibidas las tramas de corrupción, de redención, didácticas, costumbristas, éticas y todas aquéllas que comportasen una moraleja.

—¿Cuánto tiempo estuviste en aquel trabajo?

—Más de dos años. Tras el primero, me integraron en un grupo de más altos vuelos en el que se analizaban tendencias y se proponían estrategias de actuación. Los ejemplos que te he contado suponían, por lo general, una experiencia placentera para el usuario que le llevaba a pasar más tiempo de su ocio en la red. Pero también se daban los casos más peliagudos que requerían de un trato especial por parte de un grupo reducido de autores. Así nos llamaban en la fundación, *autores*.

—Supongo que no todos los usuarios pasaban por el aro.

Asintió con la cabeza:

—La fundación prestaba mucha atención a las corrientes de opinión que se oponían a sus objetivos. Eran sometidas a vigilancia y, si se consideraba necesario, interveníamos.

—¿De qué manera?

—Intentábamos ganar a los líderes de opinión para la causa. Si eso resultaba imposible, se empleaba la ficción con ellos.

—¿Se les extorsionaba?

—Mejor no utilizar esa palabra. Se les sometía a ficciones, nada más. Si aquello tampoco funcionaba, si un usuario o grupo de usuarios resultaba refractario o incluso rebelde, los autores lo notificábamos al consejo de dirección y nos desentendíamos. Nosotros nunca abandonábamos el terreno de la ficción. Todo era un gran juego.

—Imagino que esa era la coartada que te repetías a menudo.

—Nunca he padecido la enfermedad de la ética. Sin embargo, uno de aquellos líderes de opinión, un chaval de veintidós años, capaz de usar con todo el descaro expresiones como «Frente Popular» o «lucha de clases», apareció muerto en una cuneta a los dos años de haber empezado yo mi trabajo allí. Se había encargado otro autor, no yo, de acorralarlo, pero ante su vehemencia no le había quedado más remedio que notificar sus actividades al consejo de dirección. Su alias en la red era «@ottokatz».

—¿Cómo te enteraste de su muerte?

Se puso de pie tras más de una hora sentado. Su cuerpo parecía el casco de un buque mercante zarpando del puerto. Rodeó la cama para echar un vistazo por la ventana trasera. Su corpulencia envejecida despertó mi ternura. Papadama aguardó unos segundos hasta que de nuevo tomó la palabra.

—Te cuento todo esto porque intuyo que entre tú y yo hay un vínculo. Es indigno de mí, pero estoy intentando resultar edificante.

—Seré discreto —ironicé—. Jamás dañaría de semejante manera tu reputación.

Aceptó mi broma como una invitación a continuar:

—Durante aquellos dos años, viví engullido por el trabajo, sin una noción clara del tiempo. Tan pronto era de día como de noche. Tan pronto devoraba un kilo de ternera y bebía dos litros de cerveza como ayunaba durante días. Perdí los hábitos higiénicos. Adelgacé mucho. Mi barba creció como estas plantas trepadoras. —Las había en la fachada norte—. En aquellas condiciones, el problema femenino tenía difícil arreglo. Hice alguna que otra excursión nocturna sin éxito. A mi regreso me miré delante del espejo de la entrada y pensé que ninguna mujer iba a interesarse por un tipo con aquel aspecto. Dejé de recorrer discotecas y clubes. El mundo exterior se volvió inabarcable. La vida real era agotadora. Recurrí hasta en tres ocasiones a servicios especializados de acompañantes. No sé si has hecho uso de ellos alguna vez, pero resulta muy deprimente, aún más que la masturbación. Así que tomé una decisión drástica. Engañé al software para que me diera mis KCI y KUI. Los crucé con los de todas las usuarias que residían a menos de dos millas del centro de Londres y más jóvenes que yo. Reduje las tolerancias permitidas hasta que el sistema arrojó tres de ellas. Allí estaban. Tres mujeres perfectamente compatibles conmigo. Comencé mi juego de seducción. Dos no quisieron saber nada y cortaron la comunicación. Nada raro: dentro de la estadística habitual. En una semana logré contacto sexual telemático con la tercera. Pero una cosa es follar sin amor y otra muy distinta sin su cuerpo. Finalmente, ante mi insistencia para vernos, me desveló que en realidad era un hombre que buscaba contactos en la red con hombres heterosexuales haciéndose pasar por mujer. Los sistemas no eran perfectos. Obviamente me ahorré la solicitud de mejora.

»Un buen día, era abril, mi tercer mes de abril en aquella casa, llamaron a la puerta. Era Amy, la bailarina, más delgada y pálida que la de mi recuerdo. Estaba allí, delante de mis ojos, como una dulce aparición. Me entraron ganas de tocarla para comprobar que era real; una titánide, vestida con tejanos y jersey, obligada a ocuparse de los asuntos de los hombres. Me aclaró que el camello, que regularmente había seguido mandándome la mierda a casa, le había dado mi dirección. Buscaba un lugar en el que esconderse durante unos días. Al parecer, habían empezado a acosarla en la red. A juzgar por los detalles íntimos que su acosador conocía de ella, temía incluso por su vida. Yo era la persona más indicada para creerla, aunque no le di explicaciones sobre mis ocupaciones. Al contrario, le conté que trabajaba para un banco haciendo análisis de tendencias de mercado y que por ello pasaba muchas horas en casa. La invité a quedarse todo el tiempo que considerase necesario. No estaría sola. La casa era grande. Así que podríamos pasar juntos días enteros sin ni tan siquiera vernos. Llevaba una bolsa con lo imprescindible. Se compraría algo de ropa y haría la colada todos los días. Le aclaré que tenía servicio doméstico.

»Aquella noche, después de que ella se hubiese acostado, volví a mirarme en el espejo de la entrada. Lo que vi era más o menos idéntico a lo que había encontrado la última noche de mi vida social, pero esta vez no me pareció excéntrico sino patético. Antes de meterme en la cama me duché, me afeité y elegí la ropa para el día siguiente: unos pantalones y una camisa nuevos que habían permanecido durante meses en sus bolsas. Algo había cambiado en la casa. Recorrí todas las habitaciones menos aquella en la que ella dormía. Pegué la oreja a su puerta tratando de escuchar algún sonido. No era aquello. La novedad en la casa era su olor.

»Durante el desayuno, se enteró de que me nutría por medio de un catering profesional. Aquella misma mañana fue a comprar alimentos frescos y preparó un suculento almuerzo y una deliciosa cena. Me propuso dar vacaciones al servicio doméstico. Ella se encargaría de la limpieza y de comprar y cocinar para los dos. Dijo no tener otra manera de corresponder mi generosidad. Acepté, pero solo en parte. Como no sé cocinar, yo me encargaría de la limpieza. Sellamos nuestro contrato con un apretón de manos. Clausuramos todas las habitaciones de la casa que no íbamos a usar y despedí al servicio de catering y al de limpieza.

»El trabajo doméstico empezó a sentarme bien. Salíamos de compras varias tardes a la semana. Me ayudó a adecentar mi aspecto y yo le regalé varios vestidos. Hacía mucho deporte. Así que me preparó un calendario para rehabilitar mis músculos y limpiar mis pulmones. Discurseaba constantemente sobre el golpe de Estado global y la medievalización de la sociedad occidental. Yo le decía a todo que sí con tal de seguir escuchándola. Empecé a tomar menos mierda.

En aquel instante no pude aguantar más: te vi entrando y saliendo de las tiendas de Regent Street cargada con bolsas y después sentada en la cafetería del hotel Ritz llevando una taza de té a tus labios y perorando sobre Cromwell y sus huestes.

—¿Cómo es Amy? —pregunté con cierta impaciencia.

—Menuda y fuerte a la vez. Perfectamente construida. Hermosa como la vida.

—No me entiendes —opuse con irritación—. Necesito una descripción física precisa. Estatura, color del pelo... todo eso.

Papadama sonrió victorioso ante mi inquietud.

—Cinco pies de alto, ojos oscuros...

—¿Cómo de oscuros?

—Como la noche.

Su sonrisa era ya muy aparente a pesar de las sombras. Me tranquilicé. Tú medías por lo menos cinco pies y medio y tus ojos eran, bueno, de un color cambiante en función de la luz, pero desde luego no «negros como la noche».

—¿Tenía un león tatuado en el envés de su muñeca?

—No. Tenía una lira irlandesa tatuada en un lugar mucho más íntimo.

¿Quería decir algo aquello? ¿Había alguna relación entre tu león y su lira? Muchas veces decidimos aferrarnos a un indicio peregrino y muchas otras expulsar de nosotros otro más plausible por el tormento que pueda llegar a causarnos si nos conduce a la verdad. Yo adopté esta segunda actitud.

—¿Qué fue del acosador? —pregunté.

—Me contó que un amigo suyo al que habían estado acechando en la red durante meses había aparecido muerto en una cuneta. Días después, habían empezado a comunicarse con ella personas que no conocía por los motivos más extravagantes. Uno decía ser un antiguo compañero del instituto al que habían diagnosticado un cáncer terminal. Otro aseguraba haber presenciado un ritual de exorcismo y la animaba a unirse a su secta. Otro decía haberla visto bailar en un club y quería casarse con ella. Este último conocía sus itinerarios, dónde compraba, con quién quedaba. El caso tenía muchas similitudes con el de su amigo y por ello había decidido desaparecer un tiempo, no solo de la red, sino de la vida real.

»Como habrás adivinado, todo lo que me contaba me resultaba familiar. Eso no evitó que aquel asunto del cadáver me impidiera dormir en varias noches. ¿Era posible que nuestros informes acabasen en manos de sicarios? Se me había pasado por la cabeza en más de una ocasión, cuando los elevaba al comité de dirección, pero siempre había rehuido aquel interrogante. Le pedí los alias de su amigo en la red. Usaba unos veinte, entre ellos «@ottokatz». No me costó conseguir la lista de todos los usuarios que habían sido inseridos en aquel programa de ficción más minucioso, por llamarlo de alguna manera, durante el último año. Me asombró la cantidad. Eran más de mil. Efectivamente había un «@ottokatz». Respiré aliviado al comprobar que yo no había llevado aquella incidencia. Pero no por ello mi curiosidad cesó.

»Pedí una reunión presencial con Bob, pero dijo estar muy ocupado. Llamé a Raffaella, que sí estaba disponible para verme. Pasaron varios días antes de la cita, durante los cuales Amy hizo un repaso minucioso de todas las revoluciones ocurridas a lo largo de la historia y las claves de sus fracasos. Ya por entonces, sin necesidad del creciente remordimiento, habría hecho todo lo que ella me hubiese pedido. Le dije que no podía desvelarle mucho, pero que había concertado una cita con una persona que podía arrojar algo de luz sobre el cadáver de su amigo. He repasado mentalmente muchas veces desde entonces la información que pude darle. No estoy del todo seguro, pero entra dentro de lo probable que le dijera el lugar, la hora y con quién había quedado.

»Raffaella acudió puntual a la cita en la misma cafetería de Covent Garden donde había dado comienzo todo. Llevaba un traje beis de una tela brillante. Estaba deslumbrante. Me encantaba cómo me hacía sufrir. Fui directo al asunto, sin rodeos: «¿Ahora matamos a la gente?», pero no tuvo tiempo de responder. Sonaron dos disparos. Tres encapuchados armados le sellaron la boca con cinta gris, le pusieron una capucha negra, la esposaron de las muñecas y se la llevaron. Todo ocurrió en cuestión de segundos. Como podrás adivinar, no me hice el héroe. Me limité a observar lo que estaba sucediendo al otro lado de la mesa como si fuera una película. Tuvieron que transcurrir unos minutos hasta darme cuenta de que lo que había visto era real. Llegó la policía. Me esposaron. Me metieron en un furgón blindado. Llegamos a comisaría. Me hicieron un sinfín de preguntas que a mí me parecían todas iguales. Apareció Bob por allí, despeinado, sudoroso, en chándal. No me dio tiempo de preguntarme qué coño hacía campando por sus anchas en los dominios policiales. «¿Has desvelado algún detalle de tu trabajo a alguien?», preguntó. Respondí que no. «¿Por qué intentaste quedar conmigo?» «Para pedir una aumento de sueldo», inventé. «¿Y se lo ibas a pedir a Ella?», insistió. «Es cruel que te enteres en estas circunstancias, pero Raffaella y yo mantenemos encuentros desde hace años, no de manera asidua, pero sí de vez en cuando.» Ni se inmutó. «¿Por qué te diste de baja de los servicios de limpieza y comida?», contraatacó. «Me he metido en gastos excesivos. Apuestas por la red. Tengo problemas para llegar a fin de mes.» Me dio un puñetazo en el estómago, un puñetazo duro, seco. Salió dando un portazo. Pensé que le había hecho un favor. Si Rafaella terminaba también en una cuneta le resultaría más fácil olvidarla gracias a mi calumnia, que, a juzgar por el puñetazo, había resultado creíble. Volvieron los agentes. El interrogatorio se prolongó durante doce horas más. Cada pregunta era una variación de alguna pregunta anterior. O los polis eran tontos o tenían muy mala memoria. Resultó extenuante. Soy capaz de creerme mis propias fabulaciones. Deformación profesional. Así que mis declaraciones resultaron muy coherentes. Me extendí todo lo que pude en la descripción de mis encuentros con Raffaella. Di todo género de detalles, que no parecieron disgustar a los agentes. Al contrario, volvían a ellos una y otra vez con pericial interés. Era la única arma que tenía para devolver aquel puñetazo cobarde, contar a toda aquella gente los inventados gustos sexuales de su mujer «¿Es delito el adulterio?», pregunté.

»De vuelta a casa, encontré indicios inequívocos de un registro. Amy no estaba. O bien se la habían llevado, o bien había huido sin esperar a mi regreso. No me quedé a averiguarlo. Metí en una bolsa algo de ropa, todo el dinero en efectivo que quedaba en la caja fuerte y algo de comida y salí de allí. No cogí el coche. Llevan todo tipo de localizadores. Eché a caminar. Mi intuición me decía que debía caminar y caminar sin descanso. Cada zancada era una gran improvisación. Anduve durante dos días hacia el norte. Las provisiones se terminaron pronto. Unos negratas me robaron el dinero y las tarjetas. No soy valiente, solo bocazas. Empecé a mendigar. Pero incluso en las catacumbas de la sociedad hay leyes y jerarquías. No era tan sencillo como plantarse delante de una boca de metro y extender la mano. La miseria también tiene dueños. Seguí huyendo hacia el norte. Una semana después del secuestro de Raffaella había recorrido unas cien millas. Estaba hambriento, exhausto. Caí desplomado en un cruce de caminos a la altura de Northampton.

»Me despertó la luz del sol horas más tarde. Tenía hambre y sed. Llegué hasta el centro de una localidad llamada Wellingborough. Allí los mendigos parecían mejor alimentados y más limpios. A la caída de la tarde seguí a uno de ellos. Northamptonshire no anda escaso de bosques. De hecho es un condado de ciudades pequeñas y expuestas a la naturaleza. Aquel hombrecillo entró en un hayedo. Anduvo durante media hora hasta llegar a una casa antigua en cuyo jardín, completamente descuidado, se congregaban otros pordioseros. Me echaron el guante y me llevaron en presencia de su jefe, un tal Farebrother, que decía haber sido corredor de seguros. Aquello era una especie de Corte de los Milagros. Los ciegos recuperaban la vista y los cojos volvían a caminar. Para ser admitido en aquella comunidad era necesario superar una serie de pruebas. Se concedía entonces una licencia para ejercer la mendicidad. Farebrother proporcionaba la seguridad por medio de un grupo de mercenarios armados a cambio de la mitad de los ingresos de cada mendicante. Una de aquellas pruebas consistía en colarse en un edificio lujoso y llevar a cabo una misión, por ejemplo, enseñar los genitales a las damas o recitar un verso en mitad del vestíbulo. A mí me tocó la gasolinera. Además de declamar un fragmento de un libro antiguo, tenía que hacerme con una tarjeta de algún miembro de la fundación. La casa tenía una gran biblioteca. Elegí *El Quijote*. Me colé por las alcantarillas, tal y como me habían indicado. Te vi dormido plácidamente en aquella butaca en mitad del vestíbulo y decidí sustraerte la cartera, pero la psicópata del perro vino a por mí cuando ya casi la tenía. Logré escapar. A mi regreso, no fui muy bien acogido por Farebrother y los suyos. Había fracasado y debía irme.

»Entablé conversación con el sicario que me acompañó hasta la frontera de aquella comunidad. Le revelé quién era. Resultó haber leído mi primera novela y me estuvo haciendo preguntas sobre su significado. Le había gustado mucho, pero no había entendido nada. «No hay nada que entender —le dije—. Solo es un bonito decorado.» Se apiadó de mí y me habló de la Comunidad del Camberwell Old Cemetery, de Torres, un antiguo cura católico, y de la organización que habían creado, bastante más humana que la de Farebrother. Hacia allí encaminé mis pasos. Anduve durante otra semana. Fui aceptado, a pesar de las objeciones de los partidarios de los trabajos manuales, que ya has tenido el gusto de conocer.

»No he vuelto a saber de Ella ni de su marido ni por supuesto de Amy, pero adivino que viviré en la indigencia hasta que alguien, no sé quién, acabe conmigo. Por el bien de mis hijos, procuraré no tenerlos.

Concluían así dos horas de relato en la oscuridad. Como una disolución salina de mis ejercicios de la escuela, el aire de la habitación se había saturado de palabras y en aquel instante, si hubiésemos pronunciada una más, todas habrían precipitado sobre nosotros como sal. Permanecí en silencio. Él miraba por la ventana en busca de alguna señal que le permitiese anticiparse a la brisa nocturna que algún día se convertiría en proyectil o a las manos amigas que una tarde lo empujarían desde una ventana, tal vez las mías, un señor *Montañademonedas* sin ideología ni deseos de transformación, pero igualmente caído entre dos bandos, por dinero primero y a causa de una mujer después; un mujeriego Otto Katz que había pasado información al enemigo a cambio del amor de una artista del escenario.

Edificante, había dicho que estaba intentando resultar edificante. Si juntaba la historia de Otto Katz y la suya, eran como una parábola dentro de otra parábola. La historia de la *agitprop* hablaba de él mismo, pero su propia historia hablaba en realidad de mí. Papadama había formado parte de una nueva *agitprop*, aquella que procuraba la banalización de las relaciones humanas y la pérdida de toda ideología y memoria, y después había formado parte del nuevo Club de los inocentes, captado por una bailarina que sin embargo, a juzgar por la alteración del tono de su voz cuando decía su nombre, era lo más puro y noble que había sentido. Se había enamorado profundamente de aquella chica. Hasta ahí sus dos relatos concéntricos servían al propósito para el que habían sido relatados: edificarme. Pero en mi caso, el esfuerzo de captación no iba dirigido hacia mi persona, sino hacia aquella otra que se arrojara a las aguas del río Tees. Papadama había acertado en todas sus suposiciones salvo en la de pensar que yo tenía algo de valor para una organización revolucionaria.

Edificante. En verdad lo fue para mí. Certificar tu pertenencia a una organización clandestina, violenta, me trajo el efecto contrario, la calma. En mi caso, la ansiedad nace de la creencia, cierta o ilusa, de que mis decisiones pueden influir en mi futuro. Pero nada puede hacerse contra los imponderables y aquella revelación, oculta en un fractal de relatos, te convertía en una fuerza de la naturaleza a la que más valía no intentar detener. Tus arengas revolucionarias, la armonía de tu mano y el arma, el profundo odio revestido de ideales... Habías seducido a un potentado de la industria nuclear para obtener valiosos secretos, pero en su lugar habías encontrado a un impostor. En los primeros compases, no habrías estado segura de la suplantación. Pero una vez vencido el desconcierto inicial, habrías decidido quedarte hasta averiguar quién era yo y para quién trabajaba. O tal vez solo habrías estado esperando órdenes que tardaron en llegar y poco a poco (quise creer) te habías ido encaprichando de mí, incluso enamorándote, y, una vez recibidas, habrías ido aplazando la ejecución de las mismas, dándote una tregua de paseos por la ribera del Támesis. Sonreí aliviado. La explicación que no había tenido valor de afrontar hasta aquella misma noche descansaba ahora serenamente en mi interior. Gracias a las parábolas de Papadama aceptaba sosegadamente tu «lucha».

Jamal, el muchacho interesado en el trinitrotolueno, tenía dieciséis años. Un disparo le atravesó el cuello. Antes siquiera de caer derrumbado, un segundo disparo le perforó el cráneo. Yo no estuve allí. El padre Torres me lo contó mientras intentaba inútilmente lavarse las manos y las uñas en el fregadero de la cocina; antebrazo, manos, pila, toalla, suelo, todo teñido del mismo rojo, más próximo a la frambuesa que al vino, un borbollón que parece no haber estado dentro del cuerpo cuando sale a salpicar la tierra y las piedras de la calle; el cerebro aún regado por la cada vez menos abundante sangre no puede impedir que el corazón siga bombeándola a través de las heridas; células que se apagan lentamente mientras aquel río sigue naciendo y desembocando en los socavones de lo que en otro tiempo fue una calle asfaltada.

«Algunos se criaron en este barrio. Podrían haber disparado contra sus propios vecinos, contra sus primos o hermanos. Es la primera vez que emplean armas de fuego. En esta comunidad, es la primera vez», balbuceaba el padre Torres procurando, sin conseguirlo, aparentar templanza. Los brochazos habían pintado de rojo su cara, su pelo y su raído jersey de punto. La seda blanca y brillante del cordón alrededor de su cintura, último vestigio de una fe ortodoxa, se había teñido del mismo color. A punto de llorar, pero sin lágrimas, me miró un instante con los ojos enrojecidos por su propia sangre, impaciente por unirse a la otra derramada, y dijo aquellas palabras. «Han disparado contra Dios.» Se miraba las manos. Cerraba los puños con impotencia y enseguida volvía a abrirlos. Murmuraba una oración: «Soy Romero delante del cadáver de Rutilo Grande». Se arrodilló allí mismo, junto al fregadero, con las manos juntas. «He conocido a Dios porque he conocido a mi pueblo», prorrumpió en español, con los ojos cerrados. «Mi pueblo es mi profeta.» Yo me arrodillé junto a él, sobre las losas del suelo. Un grupo de mujeres y ancianos se nos unió.

Jamal Hanafi, hijo de Jamie Hanafi, había esperado, encaramado en lo alto de la tanqueta con una piedra en la mano, a las tropas policiales; líder de todos los demás, unos treinta, alrededor de él en el suelo. El ejercicio de puntería policial había anticipado la descarga posterior de ráfagas de subfusil. No habían empleado fuego disuasorio previo. Tras la desbandada, además del cuerpo de Jamal, otros tres, los de una chica y dos chicos, habían quedado tendidos en el suelo.

Yo nunca antes había rezado. A mi madre se le olvidó enseñarme y las manifestaciones religiosas habían resultado siempre incomprensibles para mí. Pero me arrodillé y repetí la oración de Torres, con los ojos abiertos y las manos como péndulos detenidos, mientras contemplaba los rostros devotos de aquellas mujeres y ancianos confiando su porvenir a una plegaria. «Contempla a tu pueblo crucificado —había proseguido Torres en inglés sin abrir los ojos—, con la sangre de tus hijos derramada que brota de tu mismo corazón. Descansen por siempre en tu Reino de luz y amor.»

Jamal había muerto mientras apretaba fuertemente una piedra contra su mano. Mientras implorábamos a Dios por su alma y la de los otros caídos, pensé que si en lugar de una piedra hubiese llevado una bomba, el resultado habría sido el mismo: la rigidez de la muerte le habría impedido lanzarla, y las fuerzas del Estado habrían, una vez despejado el enjambre, enganchado igualmente los restos de la tanqueta calcinada a un camión grúa para llevarse de allí aquel símbolo de su retirada precipitada de hacía dos meses. Pero enseguida reparé en mi error. Si Jamal hubiese llevado una bomba, otro habría podido recogerla y lanzarla al centro de la masa policial.

Volvimos a ponernos de pie. Algunas mujeres fueron a abrazar al padre Torres. Otras le besaron las manos. Cuando todo parece derrumbarse, puede que lo más sensato sea arrodillarse y confiar.

Estábamos cenando en la casa de piedra cuando habían sonado los primeros disparos. En cuestión de décimas de segundo, Torres había salido a la calle y Kamala me había ordenado que me quedase en el comedor para tranquilizar a los que fuesen llegando en busca de refugio. Poco después, la casa de piedra se fue llenando de ancianos y niños. Kamala comenzó a organizar la enfermería. Al poco llegó el doctor Dreyfuss y, tras el cese de los disparos, los tres heridos y el cadáver a hombros. La gente permanecía en silencio. Yo pedía a todos los que no estuvieran heridos que esperasen en el pasillo y en el zaguán. Poco después, la sangre había comenzado a encharcar las losas del suelo, y pronto prorrumpieron los gritos de dolor y rabia. Torres, recién llegado de la calle con el último herido, había intentado quitarse la sangre con agua y después se había arrodillado para entonar aquella plegaria que había logrado disipar momentáneamente el pánico.

—¡Acompáñame! —me ordenó tras volver a ponerse de pie.

Salimos a la calle. Atardecía. Una lluvia insignificante caía sobre las lápidas, las hojas de los árboles y la hierba, pero yo no tuve la sensación de estar mojándome. Nuestro avance decidido generaba a nuestro alrededor una capa límite que nos mantenía secos. Cruzamos la calle Forest Hill. Doblamos la misma esquina que yo llevaba doblando todos los días de los últimos dos meses y proseguimos calle abajo por Mundania Road. No nos cruzamos con nadie. Los que no habían corrido a refugiarse en el cementerio lo habían hecho en sus casas. Las piernas del padre Torres parecían más largas que las mías. Me costaba seguirle.

—¡Deprisa! —gritaba.

Estábamos muy cerca de la última esquina de un recorrido que nos llevaba a Scutari Road, ubicación donde había reposado durante dos meses la tanqueta incendiada por las bombas caseras. Ya escuchábamos las voces de los policías y el motor de petróleo de un vehículo pesado.

—¡Espera! —imploré.

Torres se detuvo a unos metros de mí.

—Lo primero es impedir que nos maten —ordenó— y lo segundo conseguir bolsas de concentrado de sangre. Suelen llevar una enfermería portátil.

—¿Para qué me necesitas?

—Eres su profesor.

Me miró de un modo muy distinto al de hacía unos minutos junto al fregadero. Próximo al martirio, volvía a ser el mismo hombre pacífico y seguro de sí mismo. Apreté las mandíbulas, di un paso al frente y torcí por aquella esquina a su lado.

No nos dispararon con balas sino con luz, la misma luz de la tarde en el puesto de control delante de la alambrada. Tal vez aquella tanqueta, desde la que un agente joven nos había lanzado una mirada de leopardo adormilado en las ramas de una acacia, era la misma que ahora aquellos policías, indiferentes como sepultureros, estaban enganchando al camión grúa de gran tonelaje. El sentido del oído se agudizó instintivamente. Pude escuchar cada piedrecita del suelo que se hincaba en el dibujo de las suelas de sus botas, cada chasquido de sus armas, cada engranaje de sus piezas de Kevlar™.

—¡Al suelo! —gritó uno de ellos.

—¡Boca abajo! ¡Con las manos en la nuca! —gritó otro.

—No vamos armados —imploró el padre Torres.

—Nosotros sí —dijo un tercero.

Obedecimos. Quedamos completamente tumbados boca abajo con las manos en la nuca. A pocos metros de donde yo estaba había sangrado un cuerpo.

—Hay heridos —gritó Torres—. Necesitamos bolsas de sangre.

—Llamad a una ambulancia.

Uno de ellos soltó una risa que nada tenía que ver con el buen humor.

—¿Qué pasa aquí? —irrumpió un cuarto.

—Estos dos...

—Oficial... —imploró Torres.

—¡Al suelo! —gritaron todos muy nerviosos al unísono—. ¡Al suelo!

Sonó un disparo. Cambié de mejilla en busca de Torres. Lo hallé arrodillado. Afortunadamente no parecía herido. Tenía las manos extendidas.

—Hacedlo por caridad cristiana —decía.

—Yo soy budista mahayana —ironizó uno.

—Y yo mapuche.

Uno de ellos soltó una risotada auténtica.

—¿Y tú, Ronnie? —preguntaron al oficial.

Lo reconocí al instante. Se hallaba iluminado por la misma luz blanca y desproporcionada. Llevaba la misma indumentaria: casco, chaleco y subfusil, y seguía mirando a su alrededor con cierto desdén o indulgencia. Una idea descabellada cruzó mi mente y nadie la detuvo:

—¿Qué tal está tu tía Asha? —pregunté a Ronnie, el oficial que nos había detenido en el control de la alambrada hacía más de dos meses.

Regresaron a mí aquel nombre y vuestra breve conversación sobre el barrio de Peckham, muy probablemente gracias a la repetición exacta de aquella luz y de la intimidación de las armas.

—¿Qué sabes tú de mi tía Asha? —respondió con desconfianza.

Torres me miró sin comprender. Los tres policías dirigieron miradas parecidas a su jefe. Me arrodillé como había hecho Torres.

—Me hablaste de ella una vez. ¿No te acuerdas?

—No.

—Yo estaba en una situación difícil y tú me ayudaste. —Era verdad en parte.

—Ayudamos a mucha gente a lo largo del día.

—¡Quién lo diría! —se me escapó sin mucho meditarlo.

El que había disparado al aire para intimidarnos aún empuñaba su pistola. Se acercó y me apuntó con ella.

—No hacemos esto por gusto —bramó con salpicaduras de saliva que alcanzaron mi cara.

—Claro que no...

—¡Cierra la boca! —gritó el mapuche.

—... También hay que pensar en la familia —apuntillé.

El golpe de la culata de la pistola cayó sobre la brecha ya cicatrizada de mi mejilla.

—Esa cicatriz no quiere cerrarse, ¿eh? —añadió antes de propinarme una patada en la boca del estómago.

—¡Alto! —ordenó Ronnie.

Me incorporé con los dos focos nuevos de dolor y la cara ensangrentada. Miré al padre Torres que no alcanzaba a comprender.

—¿Qué te conté exactamente sobre mi tía?

—Que vivía en Peckham y que Peckham ya no es un buen sitio para vivir.

—Murió la semana pasada.

Noté como sus tres subordinados giraban la cabeza para mirarlo: tantas horas al día encerrados en un furgón o en la caseta de un puesto de control hacen inevitable compartir la intimidad incluso con gente que no lo merece. Pero, en aquella ocasión, parecían no saber nada sobre el fallecimiento de la tía de Ronnie.

Deduje que la tía Asha había tenido en la vida de

aquel oficial de policía barbilampiño un papel destacado. Imaginé que Ronnie era huérfano y que su tía lo había criado y sacado adelante. No tenía modo de comprobar aquella suposición pero me aferré a ella.

—Lo lamento —añadí—. Evita que muera más gente. Danos, por favor, esas bolsas de concentrado de sangre.

Su gesto fue imperceptible. Al menos yo no lo distinguí. Pero algo debió de hacer, porque el budista mahayana se puso en movimiento como un caballo en un desfile. El de la pistola, todavía muy cerca, me observaba como un cirujano obligado a salvar la vida de un asesino. El otro regresó con una nevera de color metálico que dejó delante de mí. No dijeron nada. No nos dieron instrucciones. No mostraron ningún arrepentimiento. Ronnie asintió con la cabeza y Torres y yo nos pusimos nuevamente en pie.

—Gracias —dije—. Dios os bendiga.

Cogí la nevera del asa. Nos dimos la vuelta y caminamos todo lo aprisa que pudimos. Nunca había dado la espalda a cuatro hombres armados que acababan de abrir fuego contra una multitud indefensa. Los pocos segundos transcurridos hasta desaparecer de su vista tras la esquina se me hicieron eternos. Mundania Road se me antojó la Gran Vía de Madrid cuando todavía quedaban cines y teatros. El dolor de la mejilla y el de la costilla me aguijonearon con fuerza cuando me senté a la mesa de la cocina de la casa de piedra. Mi sistema nervioso se estaba acostumbrando al dolor. Mi cuerpo se estaba acostumbrando al hambre y al frío.

Los heridos eran dos chicos y una chica menores de edad. La mejor parte se la había llevado Mathew, el más joven. La bala había entrado y salido limpiamente de su hombro izquierdo sin rozar siquiera el hueso. La hemorragia se pudo taponar con relativa facilidad y no perdió mucha sangre. Los otros dos no ofrecían tan buen pronóstico. El muchacho, Zaid, había recibido el balazo en la pierna y se le había aplicado un torniquete. La chica, Nora, tenía el vientre ensangrentado. El agujero parecía muy profundo. Ambos necesitaban una intervención quirúrgica urgente. Pero, aun asumiendo que el quirófano de campaña habilitado en la bodega reuniera las condiciones higiénicas mínimas y se dispusiera de anestesia y del instrumental necesarios, algo dudoso ya que solo se habían acometido intervenciones de cirugía menor, el problema de la luz parecía insalvable. Las familias y los amigos se agolpaban alrededor de las camas en las que se desangraban Zaid y Nora. Las bolsas de concentrado sanguíneo no se podían emplear hasta que cesase la hemorragia. Mathew y Zaid permanecían conscientes. El que más se lamentaba de su suerte era aquél, aunque se encontraba fuera de peligro. Zaid, en cambio, no decía nada. No preguntaba nada. Solo miraba los rostros desfigurados a su alrededor. Dreyfuss, Kamala, Torres, Sarah y las otras muchachas jóvenes de los tocados multiplicaban sus esfuerzos por observar, preguntar, paliar y reconfortar. Muchos eran los que se agolpaban junto a los heridos. El cadáver de Jamal Hanafi, no estaba allí. Su familia se lo había llevado.

Torres me encargó que resolviera el problema de la luz. Para ello, volví a salir a la calle. La lluvia arreciaba. Esta vez sí la noté caer sobre mis hombros con indiferencia, casi con burla. Eché a correr. Corrí todo lo que pude sin meditar un segundo. Giré por una esquina y después por la siguiente. Mis pies se enfangaban en el barro y chapoteaban en los charcos. En pocos segundos mis ropas parecieron desaparecer y la lluvia caer directamente sobre mi piel. Llegué de nuevo a la esquina de Scutari Road, donde me había detenido hacía algo más de media hora presa del pánico. La respiración del motor diésel del camión grúa se escuchaba muy lejana ahora. Doblé la misma esquina pero esta vez solo hallé las huellas profundas de las orugas que en su arrastre habían escarbado charcos como ríos. Busqué una piedra y cuando la tuve bien asida me dije a mí mismo que aquella era la piedra de Jamal. La lancé con todas mis fuerzas hacia las luces lejanas del camión grúa y del resto de los vehículos de la policía que emprendían su huida impune. Grité insultos terribles. Blasfemé con la misma inconsciencia con la que antes había rezado.

—¿Qué haces ahí? —gritó Papadama desde su ventana.

—Dreyfuss necesita luz para operar a los heridos.

—Jamie Hanafi se llevó la batería y el foco de la tanqueta.

—¿Dónde vive?

—En el cincuenta y uno de Therapia Road. Dos calles más abajo en esa dirección. —Señaló a su izquierda.

Volví a la carrera. Las casas unifamiliares se prolongaban a ambos lados de Therapia Road con su carpintería otrora blanca, anterior al triunfo de la sublevación botánica. Me detuve delante del número cincuenta y uno. Era una casa de dos plantas más estrecha que las demás pero con su dignidad intacta. Sus ventanas y su cercado estaban recién pintados. Había flores domesticadas en el jardín y un árbol bien podado a la espera de que el verano le devolviera su belleza. Llamé al picaporte. Pero nadie acudió a abrir. Volví a insistir. Obtuve la misma respuesta.

Un resplandor tenue se escapaba a través de los visillos de la ventana salediza del salón. Supuse que el velatorio de Jamal había dado comienzo. La prisa me había hecho comportarme sin el debido respeto.

—Soy Jesús. Yo era su profesor. Os ruego me permitáis despedirme de él.

En pocos segundos Fadhila, la madre de Jamal, abrió la puerta. Detrás de ella estaba su hijo pequeño, Shakib, aquel muchacho de doce años interesado en el fuego. No podía ver sus rostros a causa de la oscuridad y del velo que ella llevaba puesto. No dijeron nada. Tan solo me indicaron el camino con un gesto de su mano.

La única luz de la planta baja provenía de la sala de estar, hacia donde me dirigía, y emanaba de una lámpara de aceite junto a la cabeza del féretro. En apenas una hora desde el asesinato, el cuerpo había sido lavado y amortajado.

—No hemos podido comprar telas nuevas —dijo la voz debilitada de Jamie Hanafi—. Estas viejas sábanas servirán de mortaja.

El cuerpo de Jamal descansaba tendido sobre una puerta que había sido descolgada y tendida en el suelo. Estaba atravesado en mitad del salón rectangular, según una orientación muy precisa. Los sudarios lo envolvían por completo, incluso la cara. No había restos de sangre. Olía a perfume.

—Agradecemos tu presencia —añadió.

Shakib acercó a su padre, que permanecía de pie, un barreño de plástico lleno de agua y una toalla. Éste se mojó las manos, la nuca y la boca. Después se descalzó y su hijo le echó agua en los pies. El padre se secó y volvió a calzarse. A continuación el hijo acercó el barreño a su madre a la que ayudó a lavarse de la misma manera. Después Shakib hizo ademán de continuar con mi ablución, pero su padre lo detuvo:

—La lluvia lo ha purificado.

Shakib también se lavó y se puso al lado de su madre. Los cuatro permanecimos de pie durante la plegaria, que Jamie recitó en árabe y en inglés: «Señor nuestro ten misericordia de él y perdónalo, sálvalo del castigo de la tumba. Perdónale sus pecados y multiplica sus buenas obras. Indúltalo. Haz de su tumba un refugio feliz. Ingrésalo en tu divino paraíso».

Los sollozos de Fadhila iban en aumento conforme la voz de su marido se aquilataba. Lejos de la piedad inicial, Jamie Hanafi ejerció de imán como si aquella crisálida inversa ocultase el cuerpo sin vida del hijo de otro. Shakib abrazó a su madre, que fue incapaz de recitar su *takbira*, anegada por el llanto. También Shakib permaneció callado. A mí me resultaban tan desconocidos aquellos versos como los de una plegaria católica; por ello tampoco pude unirme al padre, que terminó siendo la única voz. Cuando hubo concluido, su cráneo giró hacia la derecha y después hacia la izquierda y guardó silencio.

Tras unos segundos de respeto, ofrecí mi mano al patriarca.

—Todo está predestinado —dije—. Entereza y sosiego.

Mi madre, además de obligarme a leer la Biblia y el Corán, me había enseñado aquella y otras muchas fórmulas relacionadas con nupcias, nacimientos y sepelios de las diversas religiones presentes en Europa.

—Dios lo ha querido así —respondió el padre mientras me apretaba la mano— y no nos corresponde a nosotros comprenderlo. —Su voz se quebró un instante—. Pero era tan joven...

—Ya no podemos hacer nada para salvarlo. Tan solo rezar. Pero todavía podemos salvar dos vidas si me das el foco de la tanqueta.

Soltó mi mano e hizo un gesto a su hijo pequeño. Al poco, Shakib regresaba arrastrando la batería y el foco. Le acaricié el pelo como gesto de consuelo y agradecimiento. Aunque con ello logré irritarlo. El chico dio un paso atrás sin pronunciar palabra. Me reprochaba mi inacción con tanta seguridad que no se dignaba ni a hablarme. Su última mirada, antes de cerrar la puerta, hizo mella en mí.

Salí de allí lo antes posible. Por suerte, tras haber avanzado penosamente durante dos manzanas de casas (aquello pesaba mucho realmente), Papadama me dio alcance.

—Ha sido una masacre —clamé.

—Llevaban semanas negociando.

—Eso no es negociar.

—¡Claro que no, demonios!

Seguimos arrastrando aquellos aparatos que, en aquel instante, para mi torturada alma, significaban el bien absoluto.

Aquel foco diseñado para sacar de su escondite al fugitivo que huye campo a través o para descubrir al contrabandista que se aproxima a la costa en una lancha permitió aquella noche la acción de las manos eméritas del doctor Dreyfuss, que, aun anciano, no dio la impresión de ir a desfallecer en ningún momento.

Amber y Kwamie colgaron el fanal en cuestión de segundos y lo clavaron al techo de la bodega para evitar oscilaciones de la luz. La batería había respondido bien pero era necesario saber cuánta carga le quedaba. Das, el eléctrico del grupo, tras haber conectado un par de aparatos a sus polos, aseguró que no daría más de cinco horas de luz. La decisión era angustiosa: empezar por Nora o por Zaid. El chico tenía más probabilidades de sobrevivir ya que la intervención era menos arriesgada pero aquélla tal vez no aguantará una hora más con vida. Los familiares aguardaban arriba. Torres intentaba apaciguar los ánimos en el comedor asegurando que se hacía todo lo posible, e incluso lo imposible, para intentar salvarlos, pero que debían facilitar el trabajo del cirujano y sus auxiliares.

La decisión, de la que me hizo partícipe, había sido tomada en favor de la única vida que podía ser salvada. Nora llevaba una bala incrustada en su vientre que, en el mejor de los casos, solo habría perforado su intestino. A la pérdida de sangre se sumaba la posibilidad de una peritonitis o una sepsis, o algo peor, si algún otro órgano estaba afectado. Zaid, en cambio, estaba sangrando mucho pero en el peor de los casos perdería la pierna. Iban a darse toda la prisa posible para llegar a tiempo de darle a Nora una oportunidad, pero ante la precariedad de medios, Dreyfuss había decidido emplear sus manos en la intervención con mejor pronóstico.

—Gracias —me dijo Torres antes de perderse escaleras abajo—. Dios te ha bendecido hoy.

Lo observé marchar hacia el resplandor y me interrogué acerca de la autoridad con que hablaba de la voluntad de Dios. Arrastré mis pies hasta el banco de madera frente al fuego de la chimenea. Allí reposaba Clorinda, en el mismo lugar de hacía dos meses, envuelta en una manta hecha de retazos. Parecía dormida. Me senté a un metro de ella, con mucho sigilo, procurando no molestarla. Pero el quejido de la madera la despertó.

—No te preocupes por mí —dije—. Sigue descansando.

—El sueño es para los jóvenes. Para ellos despertar cada día es renacer. Para nosotros, los viejos, cerrar los ojos cada noche es empezar a morir.

El fuego estaba desfalleciendo y yo necesitaba secar mi ropa. Eché un par de troncos a la lumbre.

—Allí encontrarás ropa seca. —Señaló con un golpe de cabeza.

En unas estanterías junto al gramófono y los discos de pizarra, se amontonaba la ropa usada que la gente dejaba para que otros la aprovecharan. La mía no solo estaba empapada en agua, sino también en sangre. La brecha de mi mejilla había dejado de sangrar, después de una hora, pero el goteo constante había extendido una mancha roja en mi hombro y buena parte de mi pecho. Mientras rebuscaba en los estantes unos pantalones y un jersey, ocurrió algo inesperado, algo que en el pasado cercano habría sido, como para el común de los mortales, un hábito rutinario pero que ya había dejado de serlo para mí.

Apoyado contra la pared, con sus bordes descascarillados, reposaba un espejo de cuerpo entero en el que se reflejaba un hombre delgado y sucio.

Acaricié mi cicatriz bajo la barba. Comprobé que el reflejo también lo hacía. Los pantalones estaban llenos de barro y manchas. Un bolsillo se había descolgado. El codo derecho de la americana tenía un agujero. ¿Quién era aquel hombre? ¿Un profesor universitario? ¿Un padre huido? ¿Un terrorista? ¿El cadáver de Krzysztof Sobolewski? ¿Desprendería el mismo olor que Papadama en la gasolinera de Northampton? ¿Habría, como él, renunciado a volver a ver a la mujer causante de sus desgracias?

Cogí un pantalón, una camiseta y un jersey, que, fueran o no de mi talla, no olían a sudor, sino a ceniza y jabón. Me entraron ganas de echar la americana de Sobolewski al fuego pero Clorinda me lo impidió.

—Es de buen paño —dijo—. Déjala aquí. La lavaré y la remendaré y así podrás lucirla el día de tu boda.

Junto al fregadero había una portezuela y dentro una palangana de cerámica y un cubo de aluminio lleno de agua con una toalla encima. Entré y cerré la puerta. La pastilla de jabón olía a lavanda. Llené la palangana con el agua del cubo y me desnudé. A pesar de que la primavera había avanzado en el último mes, en mitad de la noche, entre aquellas paredes de piedra, hacía frío. A oscuras, mojé y enjaboné todo mi cuerpo sin dejar de tiritar. Después metí la cabeza en la palangana y restregué la pastilla de jabón por todo el pelo. Me sequé con la toalla, me peiné con los dedos y me vestí con la ropa heredada.

—Creo que ha quedado algo de sopa —dijo Clorinda.

Una cacerola de barro sobre la cocina de carbón mantenía tibia la sopa que estábamos tomando antes de los disparos. Me serví una poca más en el mismo cuenco de madera y me senté junto a ella.

La casa se había ido vaciando. Las familias de los heridos aguardaban en silencio las noticias de la bodega. Solo los padres y los hermanos de Mathew velaban su sueño junto a la cama donde había caído desfallecido. Sentí la necesidad de confesar a aquella anciana algunos de mis pecados.

—Yo tenía esposa e hijo —dije con inseguridad—. Creí que podría empezar de nuevo, lejos de ellos, y que ellos podrían empezar de nuevo sin mí. —Clorinda asintió con la mirada fija en el fuego—. He descubierto que no hay miedo más paralizante que el miedo a uno mismo. La mañana en la que había decidido poner fin a aquel tormento, fue otro el que se arrojó al río en mi lugar. Pero en cierta medida, aquella mañana sí dejé de existir. El navegador de su coche me llevó hasta un hotel donde conocí a una mujer que no logro olvidar. Ella iba a reunirse allí con el suicida. Pero en su lugar se encontró conmigo. Te suplico, Clorinda, por lo más sagrado, que me digas quién es esa mujer.

No respondió enseguida. Se tomó su tiempo para decidir si debía aliviar mi carga o por el contrario reprenderme. Cerró los ojos mientras se replegaba sobre sí misma, presa de algún dolor abdominal.

—Ya que me vas a hacer hablar —dijo con parsimonia—, me haría bien una infusión.

Me tomé la sopa, ya fría, de un trago. Me levanté. Volví a encender la cocina de carbón, olisqueé en los cajones hasta dar con una tisana de manzanilla, canela y piel de manzana seca cuyo aroma aliviaba las penas. Eché agua en la tetera y la puse a calentar.

—Esa mujer de la que hablas —comenzó a decir antes de que el bebedizo estuviera listo— llegó a este cementerio un día de invierno blanco y frío como se recuerdan pocos. La nieve había cuajado sobre los tejados y las tumbas. A las ramas de los árboles les habían crecido barbas blancas. Ella descendió del coche que había seguido a un coche fúnebre envuelta en un abrigo de piel blanca y gris con capucha. Parecía una princesa húngara. Por la otra puerta salió un hombre más joven con una anciana del brazo. Dorothea iba sola. Su hermano y su madre la trataban con distancia. Fueron ellos los primeros en marchar detrás del ataúd, a unos cuantos pasos por delante de ella. Era imposible no mirarla. Detrás desfilaban abogados, socios y acreedores de su padre, que por nada del mundo se habrían perdido su funeral.

Mientras le acercaba la taza caliente, se agolpaban tantas preguntas en mi cabeza que no hubiera sabido por cuál empezar. Para mi desahogo, Clorinda, tras el primer sorbo, siguió avanzando en la narración sin atender a mi ansiedad.

—Hum. Me alimentaría de hierbas y raíces. —Y volvió a beber con sus dos manos bien apretadas a la taza para evitar cualquier fuga de calor—. Por entonces, hace algo menos de diez años, Torres y Kamala eran los guardas del cementerio. Yo trabajaba para ellos. Limpiaba y cuidaba del huerto que habían plantado en la parte de atrás. Kamala es inglesa. Estudió la carrera de Medicina aquí pero emigró a la India en busca de sus ancestros. Allí empezó a ejercer de médico en una fundación y allí conoció a Torres, un misionero católico. Durante años llevaron su relación con discreción, hasta que Torres fue excomulgado. Creo que por motivos distintos de su voto de castidad. Se casaron. Aseguran que allí pasaron los treinta años más felices de sus vidas. Cuando los marginados empezamos a abundar en el Primer Mundo sintieron que su opción por los pobres, como ellos la llaman, debía cambiar de lugar. A su llegada a Londres, ocuparon esta casa propiedad del ayuntamiento y habilitaron con donativos de la gente del barrio un pequeño ambulatorio y una sala de curas.

—¿Por qué el padre de Dorothea fue enterrado aquí? —interrumpí algo más tranquilo—. ¿Era tan pobre?

—Lo era cuando murió, tan pobre como el agujero del bolsillo de tu americana.

—Pero no lo había sido siempre.

—Oh, no. Dorothea me contó que la fortuna de su familia se remonta a mediados del siglo diecinueve. Su origen está precisamente en este barrio. Un tal Arthur Mitford, antepasado de Dorothea, fundó una empresa de ómnibus tirados por caballos que transportaban personas de Peckham al centro de Londres. Presumían de puntualidad. La llegada del ferrocarril comenzó a amenazar su negocio. Así que los Mitford de Peckham invirtieron todos sus ahorros en aquel nuevo invento. Y acertaron. ¡Caramba si acertaron! Durante la primera guerra mundial, su patrimonio siguió multiplicándose: acero, carbón, teléfono, automóviles. Dorothea me contó un día toda la historia de su familia, turbulenta y decadente, pero no sé si viene al caso.

—¿Tengo alguna posibilidad?

—¿De que sea tu mujer?

Asentí con la cabeza. Clorinda negó con la suya:

—Las mismas que una tormenta de nieve de convertirse en brisa de verano.

Respiré aliviado. En el fondo, después de tantas vacilaciones y reflexiones, era lo que quería oír.

—Angus Mitford, el padre de Dorothea, perdió buena parte de su fortuna en malas inversiones inmobiliarias y, años después, perdió el resto por pura indolencia. Tras la debacle, su hijo, que es abogado, consiguió un empleo en la City y con eso mantiene a su madre. Dorothea se había ido de casa hacía años, a París y después a Milán. No se habían vuelo a hablar desde entonces.

—¿Sabes la causa?

Negó con la cabeza.

—Aquí, en el Camberwell Old Cemetery, descansa Arthur Mitford, el fundador de la Mitford Omnibus Service, fallecido en 1856, una de las lápidas más antiguas de este cementerio.

—El arquitecto y el demoledor de la estirpe descansan juntos.

—¿Qué se dirán las noches de Halloween?

Rio con moderación ya que los dolores no le permitían grandes celebraciones. Aquella carcajada atenuada fue suficiente para vislumbrar a la Clorinda joven, resistente, capaz de trabajar catorce horas seguidas. Aumentó mi interés por ella.

—¿Tienes hijos, Clorinda?

—Para eso hace falta un hombre, ¿no? —Volvió a reír y se hizo más evidente su buen humor.

—¿Y Dorothea? ¿Tiene hijos?

Negó con la cabeza tras haber dado un sorbo más de té.

—¿Está casada?

Volvió a negar.

—¿Es prostituta?

Se tomó dos sorbos más y unos segundos para responder.

—Lo fue en París y en Milán.

—¿Y lo sigue siendo?

Apretó los labios contrariada.

—Soy una vieja incapaz de adaptar mi relato a la impaciencia de un tonto enamorado.

—Disculpa.

Volvió a beber y tomó aire.

—Después del entierro, Dorothea Mitford, Dodo, como la llamamos aquí, se encontró indispuesta. Tuvo una desgana y estuvo a punto de perder el conocimiento. Su hermano y su madre se desentendieron de ella. Así que Kamala y yo la invitamos a entrar en casa. Le preparamos un té. Estaba muy delgada. De cerca, sus ojos color avellana parecían...

—Pueden llegar a ser aguamarina si la luz del atardecer los atraviesa lateralmente en un ángulo muy determinado. —Clorinda suspiró—. Disculpa... —me apresuré a decir.

—¿Por dónde iba? Ah, sí. Estaba ojerosa, famélica. Quería marchar enseguida, en cuanto hubiese recuperado las fuerzas, pero Kamala se lo impidió. Le dijo que era médico y que le prohibía volver a poner el pie en la calle mientras no mejoraran las temperaturas. Desde aquella ventana —señaló la ventana sobre el fregadero— veíamos la nieve caer y las ramas heladas de los árboles. Nos dijo que en los últimos meses había tenido varias cistitis, vértigos, lumbalgias, fiebres y dolores fuertes de cabeza. Kamala la convenció para que se dejase reconocer. Las dos corrieron la cortina de la consulta y permanecieron allí durante más de una hora. Cuando terminaron, Kamala salió para pedirme que preparara un baño caliente, ropa limpia y cómoda de lana y un óvulo de blastoestimulina. Un día, ya recuperada, me dijo: «Decís que la mañana de mi llegada fue la más fría de la década, pero te juro que el viento no era nada comparable al frío que sentía dentro de mi vientre». Dios quiso salvarla trayéndola hasta nosotros.

»Habilitamos una cama en el piso de arriba con la mayor privacidad de la que fuimos capaces. La ayudé a desnudarse y guardé su ropa y sus joyas en un arcón. En mi vida había tocado paños como aquellos. La blusa tenía un tacto suavísimo, la lana del traje de chaqueta era ligera, las medias y la ropa interior de seda y encaje. Durmió durante cuarenta y ocho horas seguidas. Al despertar pidió que llamásemos un taxi. Nos echamos a reír, porque hacía tiempo que los taxis no entraban en el barrio. Le pedimos que permaneciera unos días más con nosotras en observación para descartar complicaciones. Aceptó quedarse una semana.

»Lo que iba a ser una estancia breve se fue prolongando. Empezó a echarme una mano en el huerto y las tareas de la casa. Saltaba a la vista que nunca había hecho trabajo físico pero aprendía deprisa. A mí se me encogía el corazón cada vez que veía esas manos tan finas escarbar en la tierra o arrancar las malas hierbas. No volvió a ponerse sus joyas ni su ropa. Un día sacó de la lata de galletas, donde yo las había guardado, una pulsera y un anillo. —Mostró en la muñeca izquierda una pulsera de finos eslabones de oro—. A mí me regaló esta preciosidad. La única joya que he tenido en mi vida. Kamala no aceptó el anillo. Me pidió que me encargase de vender el resto, también el abrigo de piel. Con el dinero compró ropa y botas de trabajo, aperos para el huerto, libros —señaló la estantería sobre el gramófono—, medicinas, instrumental para la consulta y así hasta acabar con el último penique.

»Por aquellas fechas habíamos empezado a hablar sobre la posibilidad de fundar una comunidad. Más de la mitad de los muchachos estaban sin trabajo. Las drogas, la delincuencia y los grupos de maleantes eran el pan nuestro de cada día. Torres y Kamala nos hablaban de cosas como el comercio sin moneda, los microcréditos y la permacultura. En la India habían colaborado con varias fundaciones y habían aprendido lo más importante; más allá del compostaje y el ciclo del agua, lo esencial para el éxito de una comunidad era su organización humana. Ellos habían vivido el fracaso de ideales colectivistas y habían adquirido una mentalidad más pragmática. Es posible que le hayas oído decir a Torres: «No hace falta inventar nada...

—... todo fue inventado en el siglo dieciocho» —completé.

Asintió con la cabeza:

—Dodo participaba activamente en aquellas discusiones, que tenían lugar en torno a esa mesa y que se prolongaban durante largas noches de chimenea encendida. A aquel grupo inicial se unió Dreyfuss, el cirujano generoso que has conocido, y el vicario de la parroquia de All Saints, a dos millas de aquí.

—Otro cura.

—De la Iglesia Anglicana, muy guapo. Marchó a Manchester hace dos años para fundar otra comunidad.

De pronto, perdió su elocuencia. Quedó callada, como detenida delante de un espejo roto.

—¿Estás bien? —pregunté.

—Se sumó un séptimo miembro a aquellas primeras asambleas, Eugene Salomone, un artista huérfano, que se había establecido en el barrio. Su padre había sido asesinado cinco años antes. Tal vez lo recuerdes. Era un periodista llamado Bruce Salomone. Su caso fue muy sonado, al menos aquí en Inglaterra.

Negué con la cabeza.

—Su cuerpo apareció en una cuneta. Había salido a correr, como hacía todas las tardes. Llevaba años denunciando, sin el apoyo de ningún medio, los abusos de nuestro sistema democrático. Berta, la madre, se embarcó en la cruzada de demostrar que el Estado había participado en el asesinato de su marido. Pero los abogados no son baratos en este país. Durante el juicio, que duró cuatro años, Berta y Eugene, en números rojos, se vieron obligados a tomar un inquilino, Ed Rhymes, tal vez lo hayas visto, trabaja en la Comisión para el Barrio y la Ciudad.

Volví a negar con la cabeza.

—Por entonces Ed todavía conservaba su empleo en un banco pero lo perdió a los pocos meses. Es del barrio. Así que regresó aquí a malvivir. Entretanto, la madre de Eugene, seguramente víctima de la desesperación, desarrolló un cáncer en un mal sitio. Les sucede a algunas parejas, cuando uno falta, el otro no sabe seguir viviendo. Eugene enterró también a su madre y tuvo que abandonar sus estudios de Bellas Artes. Era muy joven para haber sufrido ya tanta desgracia e infamia. Es un chico muy dotado. —Señaló con la cabeza un cuadro junto al espejo que había llamado mi atención desde la primera noche: una turba de robots industriales, grúas, misiles, ordenadores y otros cachivaches agolpándose para escuchar la predicación de un santo—. Cuando Ed se enteró, le ofreció su hospitalidad, como su madre había hecho con él. En pocos meses se ganó el afecto de casi todos con su arte y su buen humor. Puso en marcha un pequeño taller para enseñar a los niños artes plásticas y música. Dodo ya estaba entre nosotros. Él es seis años más joven, pero desde que se vieron por primera vez ya no se separarían nunca.

Mis oídos se cerraron como válvulas. El dolor que aquellas palabras me causó puso en alerta mi organismo que, con buen criterio, cortó toda comunicación con el mundo exterior. La certeza de que hubieses entregado tu cuerpo a desconocidos a cambio de dinero (no importaba cuántos desconocidos ni cuánto dinero) no era comparable a la eventualidad de un amor cándidamente gestado hacia un hombre, al parecer, magnífico. El oponente cuantifica la magnitud de la tragedia. El ansia romántica se vuelve incurable cuando el otro hombre, el que se alterna en los pensamientos y anhelos de ella, es un ser notable. Próximo a ese apelativo, notable, parecía hallarse Eugene Salomone, un joven al que perseguía la desgracia y que aun así no había desfallecido.

Clorinda seguía hablando y lo hacía a toda velocidad, como queriendo llegar deprisa al final, pues sabía que éste me reconfortaría mezquinamente. Pero antes, debía relatar vuestros tres años de amor, la vida en común, el trabajo en la comunidad, la energía que emanabais, y lo hizo sin conceder demasiado énfasis, rauda y veloz hacia el desenlace. La válvula de mi oído comenzó a castañetear. La curiosidad podía a ratos más que la decepción pero ésta terminaba venciendo y volviendo a cerrarla. Por suerte, aquel tira y afloja solo tuvo que durar hasta el tercer año de enamoramiento pastoril.

—Eugene no había superado la muerte de su padre. No solo el Estado había salido impune de aquel juicio, sino que además se había cobrado su venganza con todo tipo de calumnias y difamaciones. Hoy, Bruce Salomone es un enemigo de la democracia, un terrorista informativo, un traidor. Eso es lo que ha quedado de él. La única verdad. Por algún medio que desconozco, durante el tercer año de su relación con Dodo, llegaron a manos de Eugene evidencias de la trama que había desembocado en el asesinato de su padre. Según me contó Dodo el día de nuestra despedida, el primer ministro, de su puño y letra, había dado la orden. Aquello los desestabilizó. Ambos, Eugene y Dodo, comenzaron a ausentarse de sus tareas, a frecuentar otras comunidades y otras compañías y a hablar de la violencia como una herramienta a tener en cuenta.

»Los escuchaba hablar y discutir por las noches en torno a esa mesa con el padre Torres. Nunca lo había oído gritar ni decir palabrotas. Pero durante las semanas anteriores a la partida de Dodo y Eugene, estaba encolerizado, fuera de sí. Yo veía y oía pero no decía nada. Kamala tampoco intervenía. Torres quería mucho a Dodo y a Eugene. Aún los quiere. Su trabajo y su fuerza habían inspirado a muchos. Pero ahora elegían otra senda, la de la muerte y el dolor. Eso no va con mi naturaleza. No creo que nadie se tome la violencia como una penitencia. Más bien creo que Dodo y Eugene lo llevaban dentro. Siempre lo habían llevado.

»No tenían ninguna necesidad de cambiar. Aquí se les quería y se les admiraba. Es verdad que en aquellos tres años habían tenido lugar varios intentos de desalojo por parte de la policía. Pero habíamos logrado resistir de manera no violenta. Y ellos se querían. Verlos juntos era una bendición. Tal vez si hubieran tenido hijos el rencor de Eugene habría cedido. Creo que las parejas sin hijos han de buscar otras fuentes de transcendencia. Me refiero a las parejas que se complementan, las que se quieren y respetan. Las otras se ahogan en sus propios fangos. Por eso toda la energía que sumaban Dodo y Eugene tenía que encontrar un cauce. Aunque tal vez esté equivocada. Tal vez ellos tengan razón y estas marcas que llevo en las costillas y en las piernas no servirán nunca para nada. Tal vez el martirio es en realidad una blasfemia. Pero no sé hacer otra cosa. Mi cuerpo me dolería aún más si hubiese hecho daño a un semejante. Así le hablé la última vez que la vi. Pero no me respondió. Me dio un beso en la frente y se marchó. Tal vez si Dodo hubiese tenido a aquel niño, Eugene habría sanado de toda la maldición que le perseguía. Tal vez la imposibilidad de concebir vida la empujó a alumbrar muerte.

Quedó callada. Sin saber cómo ni cuándo, había apretado mi mano con su mano izquierda. Era una mano áspera, en cuyas durezas estaba escrita una vida de trabajo.

—Tú tampoco has hecho mucho trabajo físico, *Hesas* —dijo con relación a mi piel suave.

Devolvió la pulsera a la manta. Los recuerdos le habían infringido dolor y ahora, en el reposo recuperado, su cuerpo le reprochaba la imprudencia. Eché otro tronco a la chimenea. Nos quedamos en silencio mirándolo restallar.

Cada pedazo de información abría un abismo. Eugene y tú, tú y Eugene: la plenitud que acrecienta los sentidos y la inteligencia, que ensancha los músculos y el valor, el amor soñado por todo ser humano. Me sentí profundamente celoso. Quise creer, mientras contemplaba las pavesas incandescentes, que solo los que habíais sido castrados de algún modo podíais caer en él y que sus consecuencias no eran muy distintas de las del odio más atroz. El que odia de verdad, aquel que dirige todos sus esfuerzos hacia la venganza, vive en la misma agonía que el que ama sin medida. A Eugene le habían arrebatado injustamente a su padre. Aún peor: habían deshonrado su nombre, habían conseguido resumir su vida en una calumnia que la humanidad recordaría como verdadera. Yo por entonces no sabía que tú, por motivos bien distintos, también habías perdido a tu padre, años antes de su muerte, y estabas obligada a vivir con un recuerdo abominable de él.

Mis celos siguieron extorsionando a mis sentimientos durante un buen rato. Intentaron primero reducir a Eugene a un farsante. Incluso quise creer que la versión difundida por el gobierno sobre su padre era la verdadera y que la desgracia le perseguía con razón. Pero cuanto más me recreaba en ello más te alejabas de mí. Se difuminaba el color de tus ojos y se volvía impreciso el tacto de tu piel. Ya no lograba recordar tu voz cuando hablabas apasionadamente de algo, como la noche de nuestra llegada a la comunidad en torno a la mesa del comedor. Cuanto más despreciaba al objeto de tu amor, más te alejabas de mí, más difícil me resultaba recordar por qué te amaba. Y en aquel ensayo, yo empequeñecía. Me vi de nuevo apoyado en aquella barandilla del puente transbordador sobre las aguas del río Tees. Había vuelto al mismo lugar. Sin ti o sin la esperanza de tenerte, volvía a ser un fraude para mí mismo. No podía responder al alud de incógnitas con un simple «Eugene era un injuriado egoísta y violento», porque cuanto más lo trivializaba a él, más me debilitaba yo, menos respeto sentía hacia mí mismo.

Procuré serenarme. Yo por entonces no sabía lo que era un grupo terrorista, ni que yo llegaría a entrar en contacto con uno, pero intuía que la violencia como fuerza transformadora de la realidad acaba devorando al que la practica.

Cuando llegaste a mí, eras ya una mujer devorada y él, aunque solo podía imaginarlo, un huérfano abrazado a una venganza con apariencia de ideal. Tan extraño para la naturaleza humana resulta el santo como el psicópata. Yo, como casi todo el mundo, he deambulado por la vida en una negociación sin fin entre lo deseable y lo posible, pero para el que nace dotado de una naturaleza singular, por uno u otro extremo, conformarse con lo posible no es sino aceptar el fracaso. Torres era un santo. Tiempo habrá de demostrarlo. Pero Eugene no era un psicópata. Ni tú tampoco. Fuisteis víctimas de un idealismo mezclado con odio. El idealismo tiene difícil encaje en la vida cotidiana si no es por medio del cinismo. Pero si además está mezclado con el odio, entonces tiene difícil encaje incluso en el interior de uno mismo. Vivir desplazado dentro y fuera de uno mismo nos hace restar valor a los demás y a sus vidas. Había un tercer ingrediente en aquella transformación contada por Clorinda. La autocomplacencia que suponía miraros siempre en el espejo del otro terminó por travestir rencor y humillación en justicia y liberación.

Todo aquello no eran sino suposiciones frente al fuego de un hospital de campaña. Los celos dictaban mis pensamientos pero éstos no se resignaban a su condición de escribas. Aquella lucha resultaba extenuante. El cansancio acudió como moderador y fue apaciguando lentamente a ambos. Mi cuerpo había alcanzado su límite físico. Sin darme cuenta, me quedé dormido.

Cuando desperté tenía a mi lado a Kamala y a Dreyfuss. Intentaban calentarse las manos en el fuego casi extinguido.

—¿Cómo ha ido? —pregunté.

—Mejor de lo esperado —respondió el cirujano con cierto orgullo de casta—. Si no hay sorpresas en las próximas horas, Zaid conservará su pierna —añadió.

—¿Y Nora?

—Según lo esperado también —respondió con técnica neutralidad.

Kamala me miró. Sus ojos no parecían tristes. Sus manos tendidas hacia el fuego estaban vacías y llenas a un tiempo.

—Se ha hecho lo humanamente posible —concluyó con serenidad—. Solo nos queda rezar.

Debí de poner una mueca de escepticismo porque Dreyfuss enseguida repuso:

—Yo también desconozco los efectos de esa medicina.

—¡Pareja de descreídos! —bromeó Kamala.

Dreyfuss le dio un beso en la frente y se puso en pie.

—Voy arriba a dar una cabezada. Que Sarah me despierte si hay alguna evolución.

Se marchó cansado y conforme, como quedan las personas mayores después de haber prestado un servicio a la comunidad.

La Muerte planeaba por el aire cenizoso de la casa de piedra regodeándose en nuestra espera, demorándose, gustándose. Yo no quería estar allí cuando decidiese posarse sobre el pecho de Nora. No había nada que pudiera hacer y ya había rezado aquella noche más que en toda mi vida. Egoístamente no dejaba de pensar en ti y en dónde te encontrarías en aquel instante; lo mucho que me habría gustado apoyar la cabeza en tu hombro y llorar. Me dejé mecer por la idea de que tal vez Eugene Salomone ya no estuviera entre nosotros. Aquella posibilidad me tranquilizó. Me hizo abrigar esperanzas. Tenía a mi lado a Kamala, la mujer que habría podido darme una respuesta, pero me pareció ruin hacer aquella pregunta después de las dificultades que había tenido que vencer aquella noche. Me puse en pie, no fuera a ser que pudiera oír mis pensamientos.

—Mañana a las nueve en la escuela, profesor —ordenó Kamala.

—Habrá cuatro sillas vacías.

—Mañana, más que ningún otro día, has de ser puntual y cumplir con tu deber.

Asentí sin mucha convicción.

Marché hacia la salida. En mi camino pude ver a Torres a los pies de la cama de Nora. Sus padres y hermanos la rodeaban mirándola con desesperación. Ella estaba muy pálida y respiraba con levedad, como en clase cuando quería eludir una de mis preguntas. Miré la escena de reojo. No quise detenerme.

Alrededor de la cama de Zaid el ambiente era otro. Su familia cuchicheaba y hasta se les escapaba alguna risa que enseguida procuraban reprimir.

En la calle había dejado de llover. Mis pies volvieron a caminar sobre el barro y los charcos. Recorrí por última vez en aquella noche el trayecto hasta mi dormitorio-cocina. Antes de entrar en el portal de la casa observé el hueco dejado por la tanqueta y las casi dos vidas perdidas. Tuve un último pensamiento para ti: tal vez la violencia no es objeto de nuestra elección o no lo es más que la clase social o la salud. Escupí aquella idea al barro de la calle y subí las escaleras. Abrí la puerta con la llave que me estaba esperando sobre el marco y entré. Encontré a Papadama despierto. Fumaba mientras miraba por la ventana. Se dio la vuelta para mirarme.

—Krzysztof Sobolewski —preguntó—. ¿Está vivo o muerto?

—Aproximadamente muerto.

—No tardarán en venir a buscar su aproximado cadáver.

Acudí temprano al aula, afeitado y con la ropa limpia. Aunque no había logrado dormir en toda la noche, me encontraba fresco y despejado, como la mañana, cuyos primeros rayos de sol había visto incidir sobre las hojas de marihuana del huerto trasero. Las nubes nos habían dejado tranquilos después de toda una noche de lluvia casi constante. Llené mis pulmones con el aire de la mañana y eché a caminar evitando volver a mancharme de barro los zapatos que había limpiado cuidadosamente. El barrio parecía haber enrocado el dolor en su entraña y estar decidido a ocuparse de sus asuntos con cierta normalidad. En aquel estado de optimismo forzado, avancé hacia el aula para ocuparme de lo único sobre lo que aún podía tener alguna influencia: la formación de mis alumnos.

Los trabajos de la techumbre habían terminado. Las goteras habían sido taponadas y buena prueba de ello era que no había charcos en su interior, a pesar de la lluvia caída. Empezaban a darse los medios para el aprovechamiento de las horas lectivas. El olor de la madera recién cortada persistía incluso tres meses después. Daba la impresión de estar todavía viva. Algunas gotas de resina, como pequeñas incrustaciones de ámbar, brillaban con la luz de la mañana que entraba por los dos ventanales.

Qué distinta resultaba aquella aula de la de mi vieja facultad. La luz atravesaba el aire limpiamente, sin polvo en suspensión, un aire joven y perfumado, en comparación con aquél, imposible de renovar por mucho que se ventilase. Recordé con nostalgia mis primeros años de docente y los nombres de algunos de mis alumnos más brillantes: la única recompensa para un profesor, saber que su esfuerzo no siempre es en vano.

Aquel cobertizo que llamábamos escuela, con sus tablas calzadas unas en otras, se parecía mucho a los de las fotos de las misiones del Tercer Mundo. ¿Me estaría convirtiendo en algo parecido a un misionero del Primer Mundo, precisamente yo, que siempre había vivido en el egoísmo? Durante aquella hora de soledad en el aula resinosa tuve por primera vez la convicción de que el único camino hacia la felicidad es la generosidad. Aquel pensamiento llegó de forma premonitoria unas horas antes de un hecho asombroso que derribaría la concepción de la vida que había tenido hasta entonces.

Los muchachos llegaron todos juntos, todos cariacontecidos. Yo había estado sopesando la posibilidad de entonar un panegírico pero no sabía muy bien cómo hacerlo. Los hechos eran tan monstruosos que sentía que cualquier homenaje iba a sonar a salmodia. Algunos de aquellos muchachos que ahora iban entrando en la escuela habían dejado de ser niños o adolescentes hacía tan solo doce horas. Sus piedras cargadas de justicia nada habían podido hacer contra la munición. La mejor amiga de Nora, Joanna, aseguraba haber visto la bala entrar en su vientre justo antes de desplomarse junto a ella. Otro decía que gracias a sus reflejos había logrado esquivar otra que iba directa a su cabeza. El más mayor les reprochaba la retirada y los llamaba cobardes.

El guirigay resultaba incontenible. Todos contaban su versión de los hechos, todos querían captar mi atención sin escucharse los unos a los otros... Todos, menos Shakib. Shakib permanecía callado, mirándome con sus ojos negros empequeñecidos por el insomnio y el llanto.

—¡Silencio! —empecé a gritar—. ¡Silencio! No podéis hablar todos a la vez.

Pero era inútil intentar entenderse. La incredulidad y el miedo de la noche anterior habían mudado en rabia y odio. Tan pronto reían como lloraban, gritaban como permanecían absortos mirando al infinito.

—Enséñanos a fabricar una bomba —soltó de sopetón el hasta entonces mudo Shakib.

Aunque el volumen de su voz no había sido suficiente para imponerse a la bulla, ésta cesó instantáneamente.

—Una bomba de verdad. No un cóctel incendiario —apostilló.

Era el hermano de Jamal; Jamal el adalid, el hermano mayor que todos hubiesen querido tener, el novio soñado por todas aquellas muchachas. Ahora tenía delante a Shakib, el flacucho, el débil, al que Jamal mimaba y protegía, del que siempre estaba pendiente. Tal vez se encontraba abrumado por la responsabilidad de tener que suceder a un mártir, ser tan fuerte y carismático como él; un objetivo en apariencia inalcanzable, a causa de su juventud pero también de su carácter. Shakib era un niño muy inteligente, pero poco dotado físicamente, débil, poco habilidoso, de los que siempre son elegidos los últimos para jugar al fútbol. También era introvertido. Seguramente por todo ello, y por sus siempre incisivas preguntas, yo le tenía un cariño especial.

—Me habéis tomado por lo que no soy —respondí.

—Eres nuestro profesor de tecnología —insistió.

—Sí, pero eso no significa que sepa hacer cualquier cosa relacionada con la física y la química.

—Tú solo has de decirnos cómo hacerla. Nosotros la fabricaremos.

Habían abierto un pasillo entre Shakib y yo. Todos me miraban expectantes.

—Aunque supiera, no lo haría.

El guirigay volvió a estallar. Todos hablaban con todos y todos contra mí. Imposible recordar quién dijo qué pero en esencia se me llamó impostor, cobarde, pordiosero, ateo, blasfemo, mentiroso, gallina, marica y un buen número de otras lindezas. Tras un gesto de Shakib, algunos marcharon hacia la puerta. Logré impedirles el paso abriendo mis brazos y piernas como aspas bajo el dintel.

—Sentaos en vuestros pupitres, por favor. Hoy, como cada día, tenemos clase. —Algunos rieron. Otros me amenazaron. La mayoría volvió a insultarme—. Lo valiente no es salir a merodear. Lo valiente es quedarse a estudiar. —De nuevo risas.

—Los degollaremos con el número pi —bromeó uno.

Y otro añadió:

—Los ahogaremos en el teorema de Arquímedes.

Más risas y vítores para los audaces. Si bien podrían haberme pasado por encima, no se atrevieron. Mantuvieron una distancia respetuosa con mi cuerpo convertido en aspas de molino. Mi autoridad aún valía algo.

—Entiendo vuestra ira —dije—. Mejor dicho, no la entiendo. Contra mí no dispararon ayer. No ha muerto un hermano mío. Cierto. Pero hoy hay cuatro sillas vacías en esta clase. Jamal y Nora no volverán a sentarse en ninguna de ellas. Creo que solo por ese motivo merezco vuestro respeto. —Todos callaron—. Si creéis que la venganza es el único camino posible, yo eso no lo discuto, pero hoy no. El mejor servicio que podéis prestar a la comunidad hoy es quedaros en la escuela. Vuestros padres ya han sufrido demasiado. No quieren más muertos. ¡Por el amor de Dios! Sois niños. No podéis cambiar las cosas vosotros solos.

—No somos unos cobardes —dijo el mayor.

—Jamal no tenía miedo —proclamó Shakib desde una impostura siniestra—. Nosotros tampoco lo tendremos.

—No os estoy llamando cobardes. Al contrario. Reclamo vuestra audacia.

Joanna, cuyo rostro era el vivo retrato de la ansiedad, abandonó el grupo y se sentó en su pupitre. No dijo nada. Abrió su cuaderno de notas y empuñó su bolígrafo. Dos chicas y el niño más pequeño la imitaron.

—Bien, la clase va a comenzar.

Me retiré de la puerta. Shakib fue el primero en salir, seguido de otros cinco muchachos. Un buen número de ellos comenzaron a mostrarse indecisos. Procurando adelantarme a las burlas y coacciones, me dirigí a los seis que ya estaban fuera:

—Si pensáis que unos pocos muchachos armados con bombas caseras inquietarán a los poderosos más que esos mismos muchachos armados con conocimiento, sed consecuentes con lo que habéis decidido, pero respetad también a los que no piensan como vosotros.

Silenciosamente los pasos guiaron a unos y a otros en direcciones opuestas. Mis propios sentimientos estaban divididos. Más de la mitad se quedaron en el aula. Lo último que vi al otro lado de aquella puerta fueron unos ojos negros subrayados por unas ojeras impropias de un niño. Quise creer que percibía una sombra de duda en aquellas pupilas.

—Mañana esta puerta volverá a estar abierta. Pasado mañana también. Y al otro. Pero el conocimiento es un tren muy veloz al que hay que subirse a tiempo.

Sentí el fracaso en mi estómago y en mis articulaciones. Yo no era responsable de lo que había sucedido pero eso no mitigaba mi remordimiento. Yo era su profesor y les había fallado doblemente; por no ser capaz de contribuir a su venganza y por no haber logrado retenerlos en el aula. Si habíamos fabricado todos aquellos artilugios para las clases, estaba seguro de poder fabricar con ayuda de Kwamie una bomba. ¿Qué debía hacer? Si de verdad podía elegir, ¿qué debía elegir? Por el momento, cumplir con mi obligación. Me encaminé hacia la pizarra con paso tembloroso. Ahora mi misión era la más difícil de todas: fortalecer los hábitos en circunstancias tan extraordinarias, cuando habría sido mucho más fácil fortalecer el rencor. Pero la mitad de mis alumnos aguardaban en silencio y a ellos no podía fallarles también. Aquella aula se había convertido en un espacio donde, mientras la puerta permaneciese cerrada, la realidad importaba poco. Con la física, la química y las matemáticas abriríamos un paréntesis en la pobreza, la injusticia y la muerte. Por primera vez mis alumnos aguardaban en silencio y con los ojos bien abiertos, deseosos de aplazar su miedo, hartos de tanto sufrimiento.

Acudió en mi ayuda Louis-Victor Pierre Raymond de Broglie, séptimo duque de Broglie, y par de Francia; Luis de Broglie para los libros de texto. Los hermanos De Broglie, Louis y Maurice, estaban ambos interesados en el estudio de la física. Maurice, el mayor, se lo tomó muy en serio y después de la primera guerra mundial comenzó a investigar seriamente sobre la difracción de los rayos X. Incluso construyó un laboratorio en su casa para consagrarse a sus experimentos. Louis, el más joven, había estudiado historia para, según decía, desarrollar una carrera diplomática. Tras su paso por el ejército durante la Gran Guerra, como operador de telégrafo en la torre Eiffel (no se me ocurre un lugar más alejado del frente), comenzó a interesarse por los artilugios de su hermano mayor, el cual, a pesar de sus muchos esfuerzos, no lograba llegar a ninguna conclusión. Louis era un tipo inconstante, al menos al inicio de sus trabajos científicos. Nadie sabía muy bien por dónde andaba ni en qué invertía su tiempo. Se paseaba por la facultad de vez en cuando para tomar café y charlar con unos y otros.

Un buen día, a la edad de treinta y dos años, Louis apareció con aire despistado para registrar su tesis doctoral. Se titulaba: *Recherches sur la théorie des quanta*. Título escueto que podía encerrar cualquier cosa. Nadie había leído un borrador ni sabía de la existencia de uno. Con anterioridad a aquel hecho, había unanimidad en la comunidad universitaria en considerar que Louis nunca presentaría su tesis o que si lo hacía sería algo superficial para cumplir con el expediente. Pero allí estaba una mañana de 1924 el hermano pequeño con una de las tesis doctorales más cortas que se recuerdan, ciento veintiocho páginas, y un puñado de ecuaciones.

Las primeras lecturas debieron de causar perplejidad. Basándose en los experimentos de su hermano y en otros hallazgos, el joven Louis de Broglie postulaba que del mismo modo que la luz podía comportarse como partícula, también el electrón podía comportarse, en determinadas circunstancias, como la luz. Aquello resultaba estrambótico, sobre todo porque provenía de un *bon vivant* al que no se le conocía ni un experimento ni medio. Pero pronto, Heisemberg, Bohr, Schrödinger y todo el club de los cuánticos comenzaron a interesarse por el manuscrito, que leyeron con avidez. El postulado de Louis destapó una de las claves que permitiría después la formulación de la mecánica cuántica. Cinco años después, para desesperación de Maurice, el hermano diecisiete años más joven, vividor y poco amigo de los laboratorios, obtenía el Premio Nobel de Física. La cigarra se había salido con la suya. Maurice, la hormiga, no conseguiría un reconocimiento semejante en toda su vida de abnegación científica.

Aquella clase ha vuelto a mi memoria recurrentemente. Tal vez fuese la más importante que he dado. Me gustaría pensar que a ellos también les ha acompañado a lo largo de sus vidas. Pero el motivo principal por el que ha permanecido en mi recuerdo es el acontecimiento que tuvo lugar a continuación.

Antes de haber terminado la clase, Papadama entró con menos ceremonia de la habitual. Vino derecho a mí, y sin prestar atención al aula medio vacía me preguntó:

—Tú la viste ayer, ¿verdad?

—¿A quién?

—A la chica... ¿Cómo se llama? Tú la viste, ¿verdad?

—¿Te refieres a Nora?

Asintió con la cabeza. Me miraba sin aquella máscara de cinismo que unas veces resultaba tan amena y otras tan irritante. Era un hombre desfigurado. Me resultaba imposible reconocerlo, tan alejado del friso persa cubierto de polvo o del enamoradizo engañado por una odalisca. Parecía más bien el loco de la gasolinera de Northampton.

—Ve a la casa de piedra —ordenó—. Ve. Vuelve y dime lo que has visto.

Hay acontecimientos que no pueden narrarse. Papadama no pudo. Un hombre dotado de semejante ingenio, con toda su facundia, no fue capaz de describir el hecho con el que se había despertado la comunidad aquella mañana. Si la palabra es imperfecta, cuando el suceso es de naturaleza tan extraña, se vuelve inservible.

Recuerdo que mi cuerpo se volvió de pronto liviano. Dejé de sentir dolor, remordimiento y miedo. Me encontré arrastrado por una fuerza que tiraba generosamente de mí. Lo que había sido mi vida hasta entonces quedaba desdibujado o reducido a una caricatura.

Yo estuve allí y doy fe de lo que vi en la casa del guarda del Camberwell Old Cemetery, en el barrio de Peckham, a las afueras de Londres.

Entré cuando ya empezaba a agruparse el gentío que solo media hora después sería multitud. Pude entrar con relativa holgura, merced al rango de maestro de escuela y al respeto que habían comenzado a profesarme los hermanos y hermanas de aquella comunidad.

Nora, alumna de quince años, herida por un disparo en el vientre del cual había sido operada de urgencia la noche anterior, con precariedad de medios y mal pronóstico, reposaba sentada en la cama con aspecto saludable. Tenía las mejillas sonrojadas, en contraste con la palidez mortuoria de la noche anterior. Respiraba con normalidad, en contraste con las débiles exhalaciones, cercanas a los estertores, de la noche anterior. Hablaba con soltura, casi con desparpajo, en contraste con la inconsciencia y el delirio de la noche anterior. Respondía a todas las preguntas con raciocinio.

Dijo tener hambre y sed y pidió agua y arroz, pero no se le concedieron. Se puso en pie para ir al baño. Kamala la acompañó. El doctor Dreyfuss, muy desconcertado, examinó la orina y dijo que era normal. Kamala y Dreyfuss concluyeron que la herida exterior del vientre estaba cicatrizando muy deprisa y que, a juzgar por su asombrosa recuperación, las heridas internas también lo estaban haciendo.

A los pocos minutos, bajó el padre Torres del piso superior, donde había subido para asearse después de toda la noche en vela. Los padres y hermanos de Nora lo rodearon, se arrodillaron delante de él e intentaron besarle las manos. Él rechazó aquellas muestras de agradecimiento y los invitó a ponerse de nuevo en pie. Afirmó no haber tenido nada que ver en la pronta recuperación de Nora y se mostró feliz y agradecido a Dios.

La hermana mayor, Zohra, juró por lo más sagrado que el padre Torres había permanecido toda la noche junto a la cama de su hermana en actitud de oración. Ella misma, a pesar de la tragedia, no había soportado los embates del sueño y había sucumbido durante al menos dos horas. Al despertar, dijo haber visto al padre Torres envuelto en una «especie de luz mística», en palabras textuales.

A lo largo de aquella mañana y de los días posteriores, el padre Torres volvería a negar en numerosas ocasiones su relación con la curación de Nora, que seguiría mejorando hasta recuperarse por completo.

Doy fe de todo ello a pesar de haber narrado este acontecimiento, capital en mi vida, como lo habría hecho el prefecto de la Congregación para las Causas de los Santos. No he sabido hacerlo de otro modo. La palabra, como digo, no consigue abarcarlo todo.

Yo estuve allí y a Dios he dado gracias durante todos los días de mi vida por haber sido testigo de su poder y de su capricho. Y seguiré haciéndolo hasta el último.

El día posterior a los hechos, éstos ya ofrecían ramificaciones, variantes, matices, interpretaciones. La única diferencia entre historia y ficción es que en aquélla los acontecimientos narrados han ocurrido, pero más allá de la hora y el día exactos, el lugar y los participantes —y a veces ni tan siquiera éstos—, las razones que los desencadenaron —lo que nos importa a los ciudadanos del presente— caen en el terreno de la parcialización, la ocultación, la exageración, la manipulación o la propaganda. La realidad es infinitamente más compleja de lo que humanamente puede describirse. Y las motivaciones que llevaron a esa realidad lo son aún más. Si pensamos en nuestros sentimientos, por ejemplo, encontraremos explicaciones distintas a nuestros comportamientos pasados en función de nuestro estado de ánimo y circunstancias presentes. Si conociéramos cada una de las razones que nos han llevado a obrar, seríamos personas sabias, pero no lo somos, al menos yo no lo soy. A mí, el inconsciente no me cuenta sus motivos.

Lo mismo sucede con el inconsciente de los colectivos. Cuando un hecho atroz tiene lugar, como el linchamiento de alguien por una turba incontrolada o la canonización espontánea de un hombre por esa misma turba, está obrando el inconsciente del colectivo, más irracional incluso que el inconsciente individual. Intentar describir todas las fuerzas motrices que han actuado hasta desencadenar el hecho histórico resulta imposible incluso el día posterior al hecho narrado.

Lo que quiero decir con mi torpe reflexión es que, parecida a la incertidumbre de Heisenberg, la incertidumbre humana nos impide conocer con exactitud los acontecimientos y las fuerzas que los desencadenan. Solo podemos aspirar, en el mejor de los casos, a establecer unas causas de consenso que dependerán de los objetivos de adoctrinamiento para los que los hechos históricos son relatados, y que, a su vez, variarán en función del momento presente y de los participantes de dicho consenso.

El milagro del padre Torres no ha transcendido. No se ha dado ese consenso en ninguna de las religiones a las que no pertenecía. El milagro del padre Torres forma hoy parte de la historia no oficial, la de los desheredados, que sigue circulando en algunos textos que todavía se mantienen a flote en el océano de necedad que la humanidad ha vertido en la red. Seguramente, el hecho de que no hubiese obrado otro milagro con anterioridad, ni tuviese ya tiempo de volver a hacerlo, ha ayudado a cuestionar su autenticidad. Fue un hecho aislado, fruto del capricho omnímodo de un Dios al que ya he desistido de intentar comprender. Pero fue un milagro; yo lo vi y puedo dar fe, aunque no estuviese preparado para percibirlo de aquella manera y no dispusiera del sosiego necesario para reflexionar sobre ello, a causa de los planes que tú me tenías reservados.

El padre Torres dio la espalda a las manifestaciones de devoción y se recluyó en el piso superior de la casa de piedra rogando que no se le molestara. Como después te contaría, durante aquellas largas horas de vigilia, estuvo intentando dialogar con Dios. Deseaba más que ninguno de nosotros una explicación, una lógica del bien que prevaleciese sobre el disparate del mal. José Ramón Torres era un hombre humilde que creía sin fisuras en el Dios del Amor. Asumir que la curación de Nora había sido posible gracias a su poder, ejercido a través de su persona, lo atormentaba. Él no era digno de un don semejante. Pero, si debía resignarse a aceptarlo, reclamaba llegar a comprender la razón de aquella divina voluntad para reorientar el resto de su vida de acuerdo a ella. ¿Por qué curaba Dios a Nora y no había hecho nada por Jamal? ¿Había atendido a su súplica porque tenía para Nora reservado un papel relevante en la historia? ¿Podría él confiar a partir de entonces en el poder de los santos? Y si así era, ¿cómo debía administrar semejante poder? ¿Qué quería hacer Dios en el futuro de aquel humilde siervo?

El más absoluto silencio, en el que resonaba el eco de sus propias preguntas, es lo único que ha obtenido por respuesta,

escribirías en tu cuaderno de tapas rojas después de que Torres accediera a hablar contigo de lo sucedido.

Zozobra y serenidad ha sido como me ha descrito su estado de ánimo. Terror y esperanza. Soledad y agradecimiento. Siendo el sentimiento más dominante el de la soledad, fría y densa, parecida a la del amante desdeñado o el hijo que no logra la aprobación del padre. Del instante mismo de la curación, no recuerda nada, salvo el tránsito velocísimo del tiempo. Enseguida se hizo de día, ha dicho, pero para él no habían transcurrido ni un par de minutos. Todo había sucedido (ha hablado en pasado remoto, como si hubiera ocurrido hacía meses) en el sueño de una noche extenuante. Siente que se han consumido de golpe varios años de su vida. Es verdad que yo misma lo he encontrado más envejecido.

El padre Torres les había dado la espalda, pero la familia de Nora y muchos otros hermanos y hermanas se habían quedado en el piso de abajo para improvisar liturgias y ofrendas que se les ocurrían sobre la marcha. Construyeron una peana hecha de patas y respaldos de sillas viejas a los pies del catre donde había pasado la noche Nora y donde Zohra aseguraba haber visto al padre Torres nimbado por una luz mística. Kwamie talló una figura de madera de medio metro de alto que puso sobre la peana y que ofrecía un parecido asombroso. Creyentes de las diversas religiones se dieron cita en aquella vigilia que duraría todo el día y toda la noche, hasta que Torres descendiera a la mañana siguiente, la segunda desde la curación, con aspecto envejecido, sin haber comido ni dormido, para atender al funeral de Jamal.

Manfred Papadama, de vuelta a nuestro piso compartido tras el sepelio, sintetizó la situación de la siguiente manera: «Ya tenemos dos santos, uno vivo y otro muerto». Torres representaba la curación. Jamal el martirio. Pero los nuevos devotos de cada uno pronto negarían la perfección moral del otro y viceversa. Papadama, tan pronto se hubo recuperado de la impresión inicial, volvió a refugiarse en la incredulidad; su único credo.

En cuanto a mí, me acompañó la perplejidad primero y la negación después. Al contemplar la reconstrucción externa de mi compañero de piso, me dispuse yo también a refugiarme en una apariencia de normalidad. Dreyfuss y Kamala no eran, a fin de cuentas, tan malos médicos. Habían logrado salvar con sus manos y un instrumental rudimentario la vida de Nora. O tal vez lo contrario; eran médicos espantosos que no habían sabido dar un diagnóstico acertado ni antes ni después de la intervención. Cuando el grupo se hubo disuelto finalmente, después de más de veinticuatro horas de convivencia paroxismal, logré moderar la explosión en cadena de mis pensamientos, que llevaba agotándome desde la mañana anterior. Yo tampoco había comido ni dormido, al igual que los demás. No solo mi cerebro se lamentaba del esfuerzo, también mis articulaciones y mis meninges.

Como un estudiante que se ausenta de la universidad

por falta de talento, yo también deseaba ocultarme de la mirada de Dios. Un Dios terrible que repartía vida y muerte según un designio desconocido. En el camino de vuelta a casa, decidí agarrarme a una interpretación racional de los hechos. Dreyfuss y Kamala habían hecho un excelente trabajo. Lo demás era autosugestión y desamparo. La idea de que un Padre bueno nos cuida es muy reconfortante. Existe en el ser humano desde que es consciente de su temporalidad. Pero no podía replantearme toda mi vida a la luz de un hecho extraordinario. Lo ordinario moldea nuestras vidas. Lo extraordinario sucede y después pasa. Era ya demasiado mayor para transformarme de aquella manera. Decidí rechazar la idea; también porque me permitía descansar. Aunque me resultó imposible tras tu reaparición.

Ibas vestida con unos tejanos, unas zapatillas deportivas y un anorak, sin maquillar y con el pelo recogido en una coleta. Había imaginado tantas veces aquel instante que cuando sucedió lo atribuí a una alucinación. Por mi mente y por mi cuerpo había circulado durante el último día una corriente parecida a la electricidad que debía de haber alterado mi percepción.

—Estás horrible —dijiste en relación a mis nuevas cicatrices.

—Tú, en cambio, estás espléndida.

Como aquella mañana en el hotel de Brentwood, brillaba un sol primaveral, oculto de tanto en tanto entre nubes veloces. En aquel instante de nuestro reencuentro, la luz incidía con descaro sobre tu rostro como hacía tres meses. Todo lo demás era distinto: las flores del jardín no estaban, ni los muros antiguos y bien conservados, ni el lujo de Londres. También habían desaparecido tu vestido ceñido a la cintura, los zapatos de tacón y el bolsito rojo. Nos encontrábamos en una calle que había perdido el asfalto, rodeados de edificios con paneles de madera en las ventanas y fachadas ruinosas, árboles sin podar. Olía a desinfectante que alguien había echado sobre las manchas de sangre.

No nos damos cuenta de la envergadura del cambio hasta que colocamos un elemento del pasado en el presente. Tú eras ese elemento. Al verte y oírte constaté que no eras una alucinación y empezó a parecerme una alucinación todo lo demás. Yo era el Otto Katz de 1931, junto a una cola de alimentos en el Moscú del Plan Quinquenal, y también aquel Wener Heisenberg de 1946, a su regreso a una patria en ruinas.

—He de llevarte conmigo —ordenaste con fría neutralidad.

Permanecías a la defensiva, como aquella mañana en el jardín.

—No puedo acompañarte.

—La policía te está buscando. Es probable que ya hayan dado contigo. Te ofrezco protección.

—Ayer ocurrió algo inexplicable. Llevo más de veinticuatro horas en plena catarsis. Estoy exhausto.

Sacaste las manos de los bolsillos y te acercaste a mí.

—¿Qué ha pasado?

—La policía disparó a los muchachos. —Asentiste con la cabeza, urgiéndome a saltarme lo que ya sabías—. Una de las chicas heridas, Nora, recibió un disparo en el vientre. La operaron anteayer a vida o muerte. Cuando me fui a dormir estaba desahuciada. Pero ayer por la mañana ocurrió algo inexplicable... me produce pudor incluso pensar en ello... se había... parecía sana... Incluso bromeaba.

Me miraste como un científico que desconfía del primer experimento positivo después de muchos negativos.

—Te lo cuento —añadí— y me da la impresión de ser un loco de esos que van a los programas de la televisión a que les impongan las manos.

—¿Dónde está Torres?

—Acaba de decir unas palabras en el funeral de Jamal, uno de los muchachos que no tuvo tanta suerte. Ha permanecido incomunicado desde la... —me costaba decirlo— curación.

Echaste a caminar apresuradamente. No me quedó más remedio que seguirte de vuelta a la casa de piedra, Kamala te recibió con un abrazo. Le entregaste la pistola, que sacaste de la mochila. Subiste al piso de arriba y allí permaneciste durante varias horas, que a mí me parecieron una eternidad. Después reapareciste y me pediste que fuéramos a dar un paseo.

Días después escribirías en tu cuaderno:

> Para mí, que no estoy hecha de una naturaleza superior, sino todo lo contario, lo que hoy he averiguado me ha llenado de esperanza. Para Torres, en cambio, cuya vida siempre ha sido beatífica, no ha traído más que desasosiego. Imaginar a Dios tiene la ventaja de lo ignoto, que siempre puede ser recreado a nuestra conveniencia. Pero haberse sentido vehículo de su poder lo ha arrojado a un abismo de cuestionamientos. Así he encontrado a Torres hoy; en el abismo.
>
> No niega el milagro. Niega que fuese él el instrumento para materializarlo. No desea semejante carga sobre sus hombros. Supongo que no es lo mismo leer vidas de santos, incluso aquellos que no han sido canonizados por ninguna religión, que ser él artífice y protagonista del milagro. Dice que ha sentido júbilo pero también rabia e impotencia por la arbitrariedad de la curación. «¡El milagro habría sido que las balas nunca hubiesen salido de los cargadores!», ha gritado en un momento de cólera, e inmediatamente ha vuelto a caer en un silencio profundo. Se llama a sí mismo blasfemo y no sabe si rezar o renunciar a la oración.
>
> Yo no he hallado motivos para la consternación y sí para la esperanza, le he dicho. Tal vez Dios no sea más que un padre incapaz de dejar de sufrir por las equivoca-

ciones de sus hijos, pero que nada puede hacer para evitarlas. Nos observa y suspira, hasta que su tristeza se vuelve tan insoportable que no logra contenerse y actúa. En estos términos he intentado razonar. Entonces me ha mirado de una manera desconocida, horrible, y me ha dicho: «Tú sabes que hay otro tipo de padres». Me ha dejado sin palabras. Inmediatamente sus mejillas se han llenado de lágrimas y me ha suplicado perdón. Nos hemos fundido en un abrazo. Pero yo ya no deseaba seguir más tiempo en su compañía. Mientras bajaba las escaleras, he creído que me faltaba la respiración. Me he detenido para apoyarme en la pared, no fuera a ser que cayera escaleras abajo.

Caía la tarde. El sol se había convertido en una bola roja sobre el cementerio. Me acompañaste caminando hasta el rincón del primer día, bajo el roble junto a la tumba del marinero caído en la primera guerra mundial.

—En mi primera mañana aquí —te dije—, llegué paseando hasta este rincón. No sabía quién era yo ni tampoco quién había sido. Este roble me susurró que, para averiguarlo, debía ir en tu busca. —Me giré para mirarte, detenidos los dos frente a la tumba—. No le hice caso.

Tu perfil, frío y limpio, como la nieve del día de tu llegada a aquel lugar, no comunicaba sentimiento alguno.

—Vivimos en las catacumbas —entonaste con gravedad—, privados de todo bien material, salvo el que nos es útil para nuestros fines, sin familia ni amantes, desprovistos de aquello que nos pueda retener en este mundo. No buscamos la posteridad. Esta revolución puede durar una o diez décadas. Nosotros nos iremos con ella.

—¿Nosotros? ¿Eugene y tú?

Entonces te volviste para mirarme. Deseé por encima de todo penetrar en el núcleo blindado de tus sentimientos, saber cómo habías sido de niña, cuál era tu película preferida, tu primer novio... en fin, lo que se cuentan todos los enamorados. Pero me hallaba aún muy lejos de poder siquiera llegar a golpear con los nudillos en las paredes de aquel búnker.

—Eugene fue hecho prisionero hace veintisiete semanas —respondiste con forzada neutralidad—. No tenemos ni un solo indicio de su paradero.

—Lo lamento.

—He de llevarte conmigo —volviste a insistir.

—Diles que cuando llegaste ya había huido a mi país.

—La policía no te permitiría atravesar la alambrada.

—Yo no he matado a nadie.

—Cuesta creerlo.

—¿Tú me crees?

—Mi opinión no cuenta.

—¿Aceptarán los tuyos mis explicaciones?

—Te pido que vengas por propia voluntad —volviste a ordenarme.

—¿Y si no me creen? ¿Y si quieren saber para quién trabajo? Tú misma me hiciste esa pregunta varias veces. Hay infiltrados, ¿no? Cuesta tragarse mi imbecilidad.

—Yo te creo.

Tu mirada se suavizaba por momentos. Me estabas seduciendo otra vez, pero yo quería creer que de verdad me protegerías, que no dejarías que nada malo me sucediera.

—¿Por qué era tan importante Krzysztof Sobolewski?

—De su captación dependía un objetivo.

—¿Captación? ¿Es eso lo que haces? ¿Captar inocentes para vuestro club?

—Krzysztof Sobolewski —accediste a desvelar— era un detective nuclear. Trabajaba para la Agencia Internacional de la Energía Atómica. —Me encogí de hombros—. Investigaba el robo y comercio ilegal de material radiactivo, desde isótopos para la medicina hasta uranio enriquecido y plutonio para bombas.

—¿Queréis fabricar una bomba?

—Solo buscamos maneras de financiarnos.

—Estoy seguro de que hay grupos deseosos de volar esta ciudad.

—Nosotros no asesinamos a inocentes.

—Habría mucho que discutir sobre quién es culpable y de qué.

—No debería haberte contado nada de esto —lamentaste—. Te pongo en peligro y me expongo inútilmente.

—¿Por qué se suicidó?

—No lo sé. Tenía una cita con el sueño lúbrico de cualquier hombre. He debido de perder facultades. —Me ahorré el comentario—. Los detectives nucleares viajan continuamente acarreando un buen número de instrumentos, como vendedores de purificadoras de agua domésticas o algo parecido. Es gente reservada y sometida a gran presión. La seguridad nuclear depende de su olfato, su trabajo minucioso y su boca cerrada. Krzysztof Sobolewski era un poco fanfarrón. Al menos cuando estaba intentando ligar. Desde que su mujer lo abandonó, se había vuelto adicto a la red. Se encariñó con Lorraine, con la que había tenido un buen número de encuentros virtuales antes de desear conocerla. —Hiciste una pausa—. Ahora dime, ¿por qué querría suicidarse Jesús Bernal?

La pregunta me pilló desprevenido. Había supuesto que la única que tenía que dar explicaciones en un hipotético reencuentro eras tú. Noté la misma cercanía de aquel atardecer junto a la ribera del Támesis.

—No estoy seguro de si habría saltado del puente. Tal vez mi mano izquierda habría permanecido aferrada a la barandilla mientras mi cuerpo colgaba en el vacío. La suya no. Sus dedos se deslizaron poco a poco hasta desaparecer. Fue como si yo ya no estuviese allí. Es posible que el suicidio entrara en mis planes. A veces sucede. La realidad no toma forma hasta que no la contamos.

—¿Por qué te despreciabas de aquella manera?

—Tengo un hijo.

Aquel era un proceso mental que había permanecido aletargado durante aquellos meses de migraciones continuas con la cuadrilla de una central nuclear a otra.

—Se llama Lars —susurraste—. Lo leí en la nota.

—Tal vez él fuera la causa de mi depresión, por dar un nombre a aquel estado de ánimo.

Guardaste silencio. Yo no sabía nada sobre tu infancia, salvo que provenías de una familia acaudalada y caída en desgracia, que te habías escapado de casa y habías sido repudiada por tu madre y tu hermano. Así que no atribuí tu silencio a tu pasado, sino a la repugnancia que debías de sentir hacia mí.

—A ratos me siento como un monstruo —añadí.

Hiciste un esfuerzo por sonreír y mostrar con ello que tu silencio y tu expresión no eran de desprecio. En realidad, todavía estabas intentando sobreponerte a la conversación de hacía unos minutos con Torres.

—Cosas peores puede hacerle un padre a un hijo —zanjaste—. Créeme.

Tu indulto me hizo comprender que mi abandono del hogar era la causa principal de mis tribulaciones y que inconscientemente me había impuesto a mí mismo aquella penitencia de vagar sin rumbo. Aunque no hubiese pensado en ello en el último mes, mi insensibilidad hacia Lars habría estado todo el tiempo horadando los cauces de mis ríos interiores. Tú también arrastrabas una culpa paternofilial, aunque no pudiera entonces adivinar hasta qué punto siniestra, y tal vez ayudándote podría yo expiar en parte la mía.

—¿Cuándo supiste que yo no era Krzysztof Sobolewski?

—Al segundo o tercer día.

—¿Y por qué te quedaste? ¿Por qué no me liquidaste inmediatamente?

—No es tan sencillo. Se tienen que dar las circunstancias adecuadas. Hay que tener un plan para deshacerse del arma...

—Ahórrate la clase. Dime por qué no apretaste el gatillo.

Sonreíste con elegancia mientras elegías sin prisa las palabras justas:

—Aquellos días contigo fueron como una absolución. Me hiciste sentir a salvo del mundo y de mí misma. Mi sonrisa debió de competir en anchura con los meandros del Támesis. Te creí. No era capaz de hacer otra cosa.

—Si no voy contigo, ¿te estoy poniendo en peligro?

Me miraste con incredulidad. Tal vez aquello era lo más hermoso que te habían dicho en mucho tiempo. Ya estaba anocheciendo, pero tus pupilas seguían brillando.

—Eres tú el que se pone en peligro. Tenemos que salir de aquí cuanto antes.

—Pero no esta noche.

Ladeaste la cabeza y volviste a sonreír. Después miraste a tu alrededor y suspiraste.

—No esta noche.

Te acompañé a la habitación que Clorinda había dispuesto para ti en su apartamento. Nos dio de cenar una sopa de cebolla con una costra de queso de oveja por encima que me supo a resurrección. La chimenea encendida y la humilde decoración terminaron de cobijarnos. Varios cuadros hechos de ganchillo y encolados sobre un lienzo colgaban de las paredes. También de ganchillo era el cojín sobre una vieja mecedora y las faldas de la mesa camilla donde cenamos. Las ascuas del brasero bajo nuestros pies prolongaban el calor de la chimenea y los colores entreverados de las lanas nos abrazaban. Olía a ceniza y a vejez, ese olor entre agrio y dulzón que exhalan las casas de los ancianos que viven solos. Las mejillas de Clorinda rejuvenecieron con tu presencia y sus dolores parecieron remitir durante la velada.

Tras la cena, me acomodé en la mecedora y me tapé con una manta. Hasta donde recuerdo, estuvisteis hablando de la curación de Nora, de tu conversación de aquella tarde con el padre Torres, a la que Clorinda restaba importancia, y del bautismo que para muchos podría suponer el milagro. Lo llamabais «milagro» sin el menor rubor. También lamentasteis la desaparición de Eugene al que un año antes de su detención habías dejado de ver. Yo llevaba dos días sin dormir y la sopa había calentado mis vísceras e iniciado mi proceso de letargo. Pero estuve luchando contra el sueño hasta que escuché aquella afirmación: «Eugene y yo nos separamos hace más de un año». Él había sido destinado a otro «foco» por propia voluntad, con tan mala fortuna que aquel foco había caído. De él nada se sabía.

Hice un último esfuerzo para contarte los sucesos de la noche en la que la tanqueta había ardido. Describí la heroicidad de Clorinda y de otros como ella y la brutalidad de la policía. Tú confirmaste la versión del padre Torres, según la cual habían planeado ese desalojo para quitarle los hijos a aquella mujer. Añadiste que aquel era uno de vuestros frentes de lucha: los niños robados. Una última provisión de vigilia me mantuvo despierto tras escuchar aquello, pero no por mucho tiempo.

Sé que hablasteis de mí mientras dormía, porque aquella misma noche, mezclados con los pensamientos desordenados sobre la curación de Nora, escribirías:

La confirmación de la santidad del padre Torres no deja hueco para nada más. Resulta tan sobrecogedora que si no nos refugiamos en las pequeñas cosas, como una sopa caliente y un reencuentro, podemos volvernos locos. No quiero que me suceda. De hecho, puedo afirmar sin miedo a exagerar que hoy no he aprendido nada sobre él que no supiera ya. En cambio sí he aprendido algo con relación a ti, mi querido amigo.

Me has hablado de ese hijo al que has abandonado. He interrogado a Clorinda pero todo lo que ha dicho sobre ti ha sido elogioso. Ella nunca juzga a las personas por lo que han sido, ni tan siquiera por lo que han hecho. Cada día puede ser el primero, le gusta decir, lo que hagamos desde hoy es lo único que cuenta.

Tampoco yo te juzgaré. ¿Con qué derecho? Antes tendría que juzgarme a mí misma y estoy segura de que el abogado defensor, en caso de hallarlo, tendría una difícil tarea.

Mi urgencia por marchar de aquí se debe al temor de que sentimientos ya olvidados se reaviven. Has de saber que en esta comunidad estuve a punto de tener un hijo, un deseo hasta entonces inconsciente que de pronto cambió mis horizontes. Una felicidad que solo duró tres meses. Al parecer Dios, el mismo Dios del que tú fuiste testigo anteayer, me tenía reservada otra misión. Por todo ello no quería dormir hoy aquí. Sé que, mañana por la mañana, abandonar el único lugar donde he sido feliz me resultará insoportable.

Pero así ha de ser. Mañana marcharemos hacia las catacumbas, un lugar que ni tan siquiera puedes imaginar que exista. En realidad, yo no podré protegerte. Lo que dispongan se escapa enteramente a mi control. Pero quiero que sepas que hoy no te he mentido y que, en otras circunstancias, en otro tiempo, en otra vida, habría sido feliz a tu lado.

Una melodía que se repite en un bucle sin convergencia en el sótano del cerebro, las reglas de un juego de mesa de la infancia, los problemas de estática y conservación del momento lineal, la tabla periódica de los elementos, Cesio 55, Bario 56, las últimas alineaciones de los mundiales de fútbol; llevar cuenta de los agujeros en la argamasa, entre los ladrillos de la pared, de las familias de cucarachas y del número de granos de arroz deglutidos; Iridio 77; repasar la historia universal, recordar nombres y fechas, batallas y sucesiones, hijos legítimos y bastardos; contar, clasificar, ordenar antes de comer, dormir, mear o cagar, llevar registro de los litros de orina y del agua bebida, de cada deposición y de cada lunar en la piel. Como tiene poco vello en los brazos, intentar contar cada cabello, y cuando ha terminado, arranca algunos y vuelve a contar los que le han quedado en la mano.

Nunca el recuerdo de unas vacaciones, ni de la excitación de la primera noche; nunca enumerar la secuencia que conduce al orgasmo: manos, boca, coño; huir de la masturbación con carreras estáticas, correr sin avanzar por un paisaje algebraico, hoy un operador hermítico, mañana un campo vectorial; Samario 62; nunca intentar adivinar los meses que habrá cumplido Lars o si será ya época de exámenes en la universidad, evitar las imágenes mentales de ropa interior, películas, atardeceres en playas, lo que costó elegir el papel de la pared y el color del parqué, no evocar los olores ni la música de la vida vivida en compañía, desentenderse de la estatura y del peso de Lars o de las satisfacciones profesionales, eliminar los nombres, los rostros, las voces, y la traición de quien fingió ser amiga sin serlo.

Pero son precisamente los rostros lo que más echa de menos. Recuerda que le transmitían confianza o recelo, paz o inquietud, pero no logra dibujar en su mente las facciones exactas. ¿Tenía las cejas pobladas o finas, los labios difusos o perfilados? También su rostro de hace unos meses se ha transformado, tan distinto del barbado y lleno de cicatrices de ahora, con el pelo largo y sucio. El cerumen y la seborrea son defensas naturales, se consuela, mientras combate contra sí mismo en una partida de ajedrez imaginaria. Mercurio 80.

No pensar en la fuga. La esperanza de libertad contamina el yo, que ha de permanecer aletargado. La anestesia del espíritu es la ausencia de sentimientos. La esperanza es el sentimiento más peligroso. El odio, el segundo. La traición es una magnitud observable, en nada distinta del momento lineal, consecuencia de las leyes de las colisiones humanas, en nada distintas de las de la cinética de gases. No dejar que el odio crezca. No dejar que la esperanza crezca. Podría vivir así durante años, si logra eludir el odio y la esperanza.

Su madre no le enseñó a rezar. Su padre salió de un tubo de ensayo. Ha vivido de espaldas a Él y Él seguramente de espaldas a él. Dios es como una alumna hermosa y joven a la que no se atrevía a saludar fuera de clase. La belleza y la juventud nublan la mente y encabritan el corazón. Abandonar el descanso de reptil y ponerse de pie. Correr sin desplazarse. Rodillas bien altas. Sudor. Que el músculo de la vida tenga un motivo para quejarse. El cerebro es más fuerte. El cerebro ha elegido no volver a recordar la espalda arqueada sobre la cama del hotel de Brentwood. Correr. Deslizarse por una ecuación de onda. Vadear el río de Bernoulli. Trepar por las montañas de Maxwell. En esta playa numérica no hay puestas de sol. En este jardín de corolarios no hay petunias ni liliáceas ni rododendros.

Vuelvo a ver al Jesús Bernal de aquellos meses de cautiverio como si estuviese aquí, a mi lado, mientras escribo, y, como entonces, no lo reconozco. No soy yo este hombre mitad hombre mitad roedor, que habla con las cucarachas impostando la voz para creer que la que habla es su madre. Habla con ella porque su recuerdo no le perturba. Lars, Inghild, Marta —su primera mujer—, Dorothea, Torres, Vicente Zurita —el rector que lo despidió—; todos ellos le evocan sentimientos, pero su madre sigue siendo aquella mujer fornida a la que veía unos minutos antes de quedarse dormido o ni tan siquiera eso. Con ella puede hablar. No recuerda que su madre albergase sentimientos.

Sabe cuándo despunta el día porque el hombre corpulento de voz profunda entra para interrogarlo. Le trae la comida y la cena, siempre el mismo rancho. Se sienta frente a él en el suelo. Como un tutor o un confesor, aparenta cercanía aunque los separe una distancia infranqueable.

—¿Cuándo murió Krzysztof Sobolewski?

—El 21 de marzo, sobre las ocho y media de la mañana.

—¿Cómo murió?

—Se tiró por la borda de la barquilla del puente transbordador del río Tees cuando estábamos a mitad de recorrido.

—¿Qué le dijo?

—Que nos parecíamos... No lo recuerdo exactamente.

—La semana pasada dijo que le dio una contraseña.

—Puede ser.

—¿Qué contraseña?

—He sido desgraciado y he odiado. He sido feliz y he amado.

—¿Por qué lo asesinó?

—No lo asesiné. Se suicidó.

—¿Por qué querría Krzysztof Sobolewski suicidarse?

—Lo ignoro.

—¿Quería su dinero? ¿Quería su coche de petróleo? Era lindo, ¿no es cierto?

—Repito que no lo maté. Se suicidó.

—¿Por qué se hizo usted pasar por él?

—Quería huir de mí mismo.

—Pues no lo ha logrado. Aquí solo está en compañía de usted mismo.

—No he matado a nadie en mi vida. Huía de un trabajo venenoso. Eso es todo.

—¿De dónde es?

—Español.

—¿De qué parte de España?

—Zaragoza.

—¿Por qué no regresó a Zaragoza?

—Trabajaba de jefe de cuadrilla de instalaciones nucleares para una empresa francesa.

—¿Qué empresa?

—EDFA.

—¿Cómo se llama su jefe?

—Jean-Pierre Charriere.

—Parece un nombre inventado.

—Compruébalo. Vive en París.

—¿Por qué no volvió a Zaragoza?

—Firmé un contrato según el cual el abandono injustificado del puesto de trabajo suponía una multa muy elevada, incluso riesgo de ir a la cárcel.

—Esto no es la cárcel. ¿Para quién trabaja?

—Ya lo he dicho.

—Repítalo. Para eso estamos aquí. Para repetir y recordar.

—Tenía un contrato con EDFA de jefe de cuadrilla de mantenimiento de instalaciones nucleares.

—Krzysztof Sobolewski también trabajaba en el sector nuclear. ¿De eso lo conocía?

—No lo conocía. Era la primera vez que lo veía.

—Entonces ¿lo mató solo para robarle?

—No lo maté.

—Ahora dígame para quién trabaja y podrá irse.

—No soy policía, ni espía, ni detective nuclear, ni terrorista, ni...

Entonces grita:

—¡Borre esa palabra de su boca! —Suaviza de nuevo el tono de voz—. Nosotros combatimos contra el feudalismo global. Nos llaman terroristas pero solo les infligimos terror a ellos.

—¿Quiénes son *ellos*?

—Las preguntas las hago yo.

—No pertenezco a ninguna organización clandestina ni trabajo para ningún gobierno. Soy un idiota que cometió un error.

—¿Sabe cuánto tiempo lleva aquí?

—No.

—¿Sabe cuánto tiempo le queda?

—No.

—Cuando responda a mis preguntas lo sabrá.

Todos los días mantienen una conversación parecida, de unos diez minutos, siempre el mismo hombre con la cara descubierta; cejas, patillas y bigote poblados y grises, corpulento, mira con desdén. Los primeros días Jesús pide hablar con Dorothea Mitford o Lorraine o cualquiera que sea el nombre por el que la conocen. «Cuando responda a mis preguntas podrá verla», repite invariablemente el carcelero durante semanas. Un buen día deja de preguntar por ella; el día que decide cambiar de estrategia, el día que decide que los sentimientos solo conducen a la locura. Hiberna, cubre de nieve esos sentimientos y enciende un fuego en una cueva de logaritmos.

Empieza a esperar con agrado el interrogatorio diario. Y así van pasando las semanas, dos, cuatro, diez, ya no sabe cuántas. Olvidó hendir marcas en la pared durante los primeros días, pensando que lo retendrían allí unas pocas horas hasta que se aclarase todo, y luego ya había perdido la cuenta. El carcelero habla en español con acento nicaragüense o panameño y con una voz que a él le recuerda a la de un cantautor de finales del siglo pasado, Facundo Cabral o José Larralde, melodiosa y viril. Espera con agrado su visita diaria. Nunca se pone violento. Nunca amenaza con usar la violencia. Solo pierde los nervios cada vez que el «huésped» pronuncia las palabras «terrorismo» o «terrorista». Es un hombre al que debería temer pero no le da miedo. Solo su resistencia física y psicológica le preocupa. Un día tuvo fiebre y le trajo medicinas. Todos los días le da la comida y se lleva heces y orina. El huésped ha regulado su organismo para aliviarse justo antes de que él llegue. No soportaba el hedor. Estima el peso de lo que come y bebe y de lo que defeca y orina. No quiere acumular. Por eso corre estáticamente durante horas. Descansa y vuelve a correr. Pidió unas zapatillas y se las trajeron, nuevas, de una buena marca, el único punto refulgente en la oscuridad. Curio... Curio 96. Se da clases a sí mismo, cada hora lectiva de cada semana y vuelta a empezar. Duerme en el catre en intervalos de tres a cuatro horas. Si duerme más tiempo seguido, no logra reunir el ímpetu necesario para volver a ponerse de pie.

Durante los primeros días repasaba mentalmente el recorrido desde la comunidad hasta aquella celda. Ella le había puesto una capucha atada al cuello antes de entrar en un coche eléctrico. El trayecto había durado varias horas sobre calles sin asfaltar. Después le había invitado a bajar y le había ordenado que no se soltase de su mano. Habían descendido por una ladera empinada y cubierta de maleza. Se había hecho un rasguño en el dedo con unas ramas. Habían entrado en un túnel o una salida de alcantarilla, a juzgar por la resonancia de sus pasos y el murmullo de una corriente de agua. El aire estaba cargado de humedad pero no olía a cloaca. Fiemo y musgo, a eso olía. En más de una ocasión vadearon la corriente mojándose los pies. Los túneles se estrechaban cada vez más. En un tramo ella le pidió que agachase la cabeza para evitar golpeársela contra el techo abovedado. Las paredes eran de ladrillo. Se detuvieron a comer unas galletas de mantequilla para después seguir caminando durante dos o más horas, hasta detenerse delante de una puerta de acero con roblones que pudo palpar. Sonó una cerradura antigua. El pesado batir de la hoja de la puerta provocó el quejido de los goznes. Ella murmuró algo y el susurro de una voz de hombre respondió. La puerta volvió a cerrarse a su espalda.

Entonces apretaste con fuerza mi mano, por última vez, y la soltaste.

El hombre que había acompañado al rehén hasta la celda fue mucho más expeditivo en sus indicaciones. Abrió otra puerta más ligera y le ordenó entrar. No le dio instrucciones. Le quitó la capucha y cerró la puerta. El olor a humedad era insoportable al principio, pero durante todo el tiempo transcurrido ha logrado acostumbrarse. Fiemo y musgo: no es más que eso.

—Me preguntó quiénes eran *ellos* —prorrumpe al día siguiente el cantautor sudamericano.

—Creía que no respondías preguntas.

—No suelo hacerlo, pero me han dicho que usted es inteligente y que podrá evolucionar. Aquellos contra los que luchamos sienten miedo de sus cónyuges, de sus socios, miedo de que sus hijos no den la talla intelectual, miedo de los mercados que otros hayan podido manipular mientras dormían, miedo de la sangre tiñendo la orina.

—¿Dónde estoy?

—En las catacumbas.

—¿Quién eres?

—Teniente coronel Rugama, Primer Regimiento de Dragones de The New, New Model Army.

Aquel Jesús Bernal se echa a reír. No puede evitarlo. Estaba preparado para todo menos para aquello.

Rugama —ahora sabe su nombre o apodo— se pone de pie y sale.

Se ausenta durante dos días. Por primera vez en ocho, diez, doce semanas no acude a su cita diaria. El recluso se da cuenta de que ha logrado anestesiar sus sentimientos, odio, miedo, esperanza, pero se ha vuelto dependiente de su olor corporal, de la voz de gaucho folclorista, de su compañía. Si ahora desaparece no podrá soportarlo. El suelo tiembla bajo sus pies. El musgo se abre paso a través de sus pulmones. Creía haber logrado controlar su mente y sus humores con todos sus rituales pero ahora se da cuenta de que el interrogatorio diario es su verdadero sistema de referencia. Golpea la puerta por primera vez y grita su nombre: «¡Rugama!». Repara en el espesor del acero, la fortaleza de los goznes, el cerrojo, la rendija horizontal de separación con el suelo; por primera vez se sorprende urdiendo un plan para escapar. «¡Rugama! —vuelve a gritar—, ¡teniente coronel!» Lo repite varias veces pero no halla respuesta. Las maquinaciones no cesan. Vuelve a la carrera estática. Siente el deseo de darse impulso y cocear la puerta. No lo hace.

Pero el deseo perdura.

Al quinto día se abre la puerta. El huésped aguarda en silencio sentado en el suelo. Rugama también se sienta.

—The New Model Army era un ejército de veintidós mil hombres —retoma su discurso sin preámbulo— que combatió con disciplina y fe a las tropas de Carlos I. Los méritos y no la clase social ni la riqueza determinaban su jerarquía. Cromwell, su caudillo, no aceptaba ateos ni descreídos en sus filas. Eran los *ironsides*, capaces de partir por la mitad las formaciones enemigas. Sus arcabuceros a caballo renunciaban a la persecución y así conseguían reagruparse y volver a cargar contra otro frente. No les movía el botín, sino la fe en Dios y la justicia.

—Si no hacéis prisioneros, entonces ¿qué soy yo?

—Ya se lo he dicho muchas veces. Usted es nuestro huésped. Mi celda no se diferencia en nada de esta.

—Aquel ejército no duró mucho, según tengo entendido.

—Guillotinaron al rey. Instauraron un nuevo modelo político basado en los principios de igualdad ante la ley y la libertad. Velaron a su Lord Protector, Oliver Cromwell, y en 1660 se disolvieron.

—¿Vais a volver a decapitar al rey?

—Esta revolución es muy distinta. En los siglos anteriores los jóvenes de las clases populares recibían formación militar. Sabían manejar armas y conocían la disciplina. Muchos habían ido a la guerra.

—Los pobres no están hoy en condiciones de alzarse en armas.

Asiente con la cabeza:

—Las últimas revoluciones convencionales de ejército contra ejército fueron las latinoamericanas: Cuba, Nicaragua, El Salvador, Colombia...

—¿De dónde eres?

—Nicaragüense. Mi tatarabuelo cayó combatiendo a Somoza.

Lo dice con el pecho henchido, en el que puede imaginar dos cananas de balas mientras monta una ametralladora Browning.

Rugama prosigue:

—Hay otra diferencia fundamental con las revoluciones anteriores. Antiguamente conseguir información sobre la vida privada de alguien suponía un trabajo laborioso de investigación y espionaje. Ahora todos nuestros secretos están a unos pocos golpes de ratón. Por exhibicionismo o por popularidad, o por la razón que sea, la gente ha vertido su intimidad en la red.

—Ha sido un fenómeno extraño.

—Cada transferencia bancaria, cada conversación, cada compra, cada opinión han quedado registrados. En pocos minutos puede componerse nuestra personalidad, ideología, temperamento, educación... en esencia, lo que somos. Pero también nosotros podemos hacer uso de esas mismas armas. Lo que los hace fuertes constituye también su punto más débil.

—He oído algo de eso.

—¿En serio? ¿De quién? —pregunta con amabilidad.

Las defensas de Jesús Bernal han caído. La conversación le resulta tan agradable que se ha olvidado de que es un profesor que lleva semanas dando clases de álgebra a las cucarachas. Responde confiado:

—Un escritor que trabajaba para una fundación de las grandes operadoras de la red.

—¿Recuerda su nombre? —insiste sin perder la sonrisa.

El huésped repara en que tal vez el cambio de actitud no ha sido del todo desinteresado.

—No lo recuerdo —responde—. Hablé brevemente con él.

—¿Está seguro?

—Sí, completamente. Era un tipo extraño. Parecía un mendigo lunático. No le di mucha importancia.

Rugama se pone de pie y sale.

Tarda otros dos días en volver. Un muchacho más joven se ha llevado las heces y la orina y ha traído la comida durante ese tiempo.

—Hay una tercera diferencia importante con las revoluciones anteriores —prosigue como si tal cosa—. Las dos grandes revoluciones del siglo veinte fueron una reacción contra guerras coloniales en nada distintas de las guerras del diecinueve, salvo en la tecnología empleada y su capacidad destructiva. Y también las causas de las dos guerras fueron similares a las de todas las anteriores: los ricos de unos países querían las riquezas de los ricos de otros países y mandaban al pueblo a desangrarse en el nombre de la patria. Pero algo ha cambiado desde entonces. Desde que cayera el bloque soviético, se ha constituido un gobierno mundial que nadie ha elegido en las urnas, un gobierno que intenta resolver sus conflictos sin el uso de la guerra. Si hacemos caso a Mao, no habrá una tercera gran guerra. No creo que ningún gobierno occidental apriete nunca el botón nuclear.

—Es una profecía esperanzadora.

—En cuanto a la pérdida de vidas por causas violentas, sí. En cuanto a la esperanza, la calidad y la dignidad de esas vidas, no. La guerra fría se saldó con un gran acuerdo supranacional llamado globalización. Con el tiempo hemos sabido que ese nombre escondía el regreso del feudalismo. Si los poderosos de unas naciones y otras ya no van a intentar robarse los unos a los otros, su riqueza solo puede provenir del pueblo. Un tercio de la población europea ha sido excluida de la sociedad. No contentos con ello, los estériles feudales nos roban a nuestros hijos y asesinan a nuestros jóvenes sin que ningún juez haga nada. La esperanza de vida en los suburbios de Londres ha descendido hasta los sesenta y tres años.

—Pero sin la amenaza del enemigo exterior, ningún tirano logra perpetuarse —se aventura a afirmar el huésped.

Rugama sonríe complacido. Tal y como le han asegurado, el invitado es un hombre inteligente.

—Por eso hay una esperanza.

Rugama se marcha hasta el día siguiente.

—Hay que invertir la tendencia general de las cosas. Hemos de encontrar el modo de conciliar libertad individual y justicia. La humanidad avanza hacia la prosperidad y la paz. Solo hemos de interpretar cuál es nuestro papel en ese avance.

—Todavía no sé qué tipo de sociedad perseguís.

—Queremos derrocar a los feudales y emprender reformas. Queremos conservar lo que tiene de valioso el liberalismo económico.

—¿Qué reformas son esas?

—Cuando un asalariado no rinde pierde su trabajo. Pero ¿quién echa al empresario gandul, poco preparado, inepto o pusilánime?

—No se castiga ni a los que delinquen.

—Proponemos desmantelar los paraísos fiscales por medio de la ocupación militar y después darles incentivos para que cambien su modelo económico. Queremos una retribución para los gobernantes acorde con su enorme responsabilidad. Pero queremos que vayan los primeros a la cárcel o al cadalso si delinquen. Para ello, pedimos un código penal propio y un cuerpo jurídico para delitos de corrupción política. Poder judicial elegido en las urnas. Jurados populares. Considerar lobbies y oligopolios delitos económicos. Queremos que la riqueza solo pueda acumularse en vida. Abolición de las herencias o un techo máximo que los hijos puedan percibir de sus padres en concepto de donación en vida. Solo con eso los impuestos de las clases medias y bajas se reducirían enormemente.

—Lo que propones es, como el marxismo, contrario a la naturaleza humana.

—Nada de eso. Que la gente gane su dinero y lo despilfarre, si es eso lo que desean, o que lo ahorren, si es esa su naturaleza, que sean egoístas y lascivos o generosos y piadosos, que abracen la alta cultura o las costumbres populares. Queremos clases sociales. Pero queremos que los de arriba estén allí por méritos y no por herencia. Queremos que las nuevas reglas de juego estén claras y sean iguales para todos. Queremos que la mano del Estado, por pequeña que acabe siendo, esté siempre limpia y sea férrea.

—¿Qué sería de los que han nacido poco dotados? En un sistema puro de méritos, el talento determinaría la riqueza. Me parece tan injusto como una sociedad de castas ancestrales.

—El Estado debe elegir organismos que pertenecen a su jurisdicción. Para la NNMA el cuidado de la salud y la educación es la base de la igualdad de oportunidades. En un sistema liberal que no esté viciado por los oligopolios ni la corrupción política todos encontraremos nuestro sitio en función de nuestro esfuerzo y capacidades innatas. Para los más débiles o menos dotados proponemos un salario mínimo de subsistencia.

—Rompes con ello un pilar básico del liberalismo.

—No lo creo. Con ello lograríamos humanizar el capitalismo. Un subsidio ayudaría a regular la carga de trabajo y la retribución de todos los demás, ya que un sistema despiadado de competitividad es inhumano y aniquila los recursos naturales. Dice Locke: «La propiedad privada, la vida, la libertad y la felicidad son derechos y anhelos naturales de los hombres».

—¿Y el único medio para lograrlo es la violencia?

—Solo el empleo justo de la violencia, en cualquiera de sus formas, física, emocional o intelectual, puede transformar la sociedad. Por el momento, somos un sistema judicial y una fuerza coercitiva en la sombra. Tenemos nuestro propio código penal: confiscación de bienes, cautiverio o pena de muerte. En contra de lo que se ha escrito, no secuestramos. Los que permanecen en cautiverio aquí están cumpliendo su pena.

—¿Qué delito he cometido yo?

—Le repito que usted es nuestro invitado.

—Conozco un caso que puede tener algo que ver con lo que acabas de decir. Se llama Raffaella Watkinson. Es editora.

Rugama asiente con la cabeza:

—Condenada a quince años de confinamiento por los delitos de complicad en asesinato, extorsión telemática y manipulación de la red con fines oligopolistas. ¿Quién le ha hablado de ella?

—Lo escuché en las noticias.

—Su caso no ha transcendido.

El huésped se inquieta.

—¿Y si la pena es de muerte? —pregunta nervioso.

—Ejecutamos la pena.

Releo en tu cuaderno de tapas rojas, treinta y dos años después:

Paso por delante de la puerta de tu celda cada día. Sé que te resistes a evolucionar.

Nuestra lucha triunfará cuando logremos hacer ver a la gente que muchas de las cosas que dan por ciertas no lo son: su dinero en las cuentas bancarias, algunas de las enfermedades que les diagnostican o el valor de su voto en unas elecciones. Solo conseguiremos prosperar en nuestros objetivos políticos con el respaldo mayoritario de la clase media. Para ello ha dicho hoy nuestro Lord Protector que necesitamos darnos a conocer con un gran acontecimiento, un acto que no pueda ser omitido por los que hoy escriben y reescriben la Historia. Nuestro objetivo es que la estabulada clase media vuelva a poner en funcionamiento el pensamiento crítico y por medio de él tome conciencia de su lenta extinción.

Hemos entrado en la segunda fase de una ofensiva que puede llevarnos al desastre. Pero si nos quedamos aquí, el desastre será nuestra cobardía.

Pienso a menudo en el padre Torres y en su abismo tras la curación de Nora. Desde aquel día lo tengo presente en mis oraciones. Me gustaría volver a hablar con él para saber si sus primeras emociones han evolucionado hacia una vivencia más esperanzadora. Hemos sabido que el número de pobres que llegan a la casa de piedra del Camberwell Old Cemetery va en aumento cada semana. Hemos sabido igualmente que la beligerancia del Estado planea algo contra él. Tal vez Torres tenga razón y el martirio sea mejor portador de la verdad que el asesinato, aunque sea en defensa propia. Rezo todas las noches por él.

Clorinda me habló del gran trabajo que estabas haciendo en la escuela. Cuando todo esto acabe volveré a ser tu alumna. Volveremos a hablar de arte y ciencia en un banco de la ribera del Támesis; cuando todo esto acabe. Pero para ello tienes que evolucionar.

—No digo que vayamos a conseguir todos nuestros objetivos —prosigue Rugama al día siguiente— pero tras cada revolución las aguas han vuelto siempre a un cauce más ancho. Tras cada revolución el poder se difumina hasta que vuelve a concentrarse en manos distintas y entonces sobreviene otra. El acto revolucionario no parte de una elección voluntaria. Es la misión que nos ha correspondido. Aquí en las catacumbas —Rugama extiende las manos con sus palmas hacia arriba—, nuestro patrimonio es el mérito; nuestro crédito, la justicia y nuestra fuerza, la fe. No ansiamos la posteridad ni recompensa alguna. Las revoluciones siempre acaban fagocitando a sus autores. Queremos ser un árbol fuerte y sano que dé buenos frutos. Pregunta Mateo: «¿Se cosechan uvas de las zarzas o higos de los cardos?». Queremos ser vid e higuera y no zarza ni cardo.

—También dice Cristo que hay que amar al enemigo.

—«No penséis que he venido a traer paz a la tierra. No vine a traer paz sino espada.»

Tras la declamación del texto de Mateo, se pone en pie pero no se marcha. Comienza a dar vueltas alrededor de la celda con una mano a la espalda.

—Pero sí, para nosotros, la penitencia será por toda la eternidad. Los yihadistas mueren seguros de haber alcanzado el Paraíso. Nosotros de haber alcanzado el Infierno.

Se despide hasta el día siguiente.

Vuelve con una cruz de madera en el pecho colgada de un cordón de hilo alrededor del cuello.

—Nuestra conversación de ayer me impidió dormir. Le confesaré el único miedo que en noches como la pasada me angustia.

Es la primera vez que habla de sí mismo. El huésped, que lleva días dominado por una creciente admiración hacia el anfitrión, lo escucha después de tantas semanas de cautiverio.

—Estaba dentro de un ataúd. Gritaba pero nadie me oía. Arañaba la madera pero no lograba abrirla. Caía la tierra sobre la caja como una lluvia pesada. Escuchaba el retumbar de las paladas cada vez más lejanas. No somos torturadores. No somos asesinos. Torturamos y asesinamos, pero no somos torturadores ni asesinos. El que mata para defender a su hijo no es un asesino. He visto a hombres, cuya fortaleza y audacia no tendría explicación, de no ser por su fe, vomitar, cagarse y mearse encima después de una misión. Los rostros de aquellos que he visto morir me visitan por las noches. Vuelvo a ver el último aliento escaparse de sus bocas, casi gaseoso, en ese instante antes de que las diminutas tensiones musculares cedan y el rostro quede vacío de alma.

—Nunca he creído en el alma, pero una noche casi

pude verla abandonando el cuerpo de una muchacha. Y sin embargo, a la mañana siguiente, había sanado.

—¡Alabado sea el Señor!

Los dos se arrodillan, entrelazan los dedos de sus manos y rezan.

La puerta se abre. Entra un hombre corpulento. La puerta vuelve a cerrarse.

—¡Sabía que no debía confiar en ti! —grita sin apasionarse.

La eclosión brutal de aquella voz lo retrotrae al pasado reciente. Reconoce la fortaleza descuidada de su cuerpo, el contorno de su cráneo, su desdén al hablar y el olor agrio que rezuma su piel; por primera vez en meses la humedad musgosa retrocede ante aquella otra emanación.

—Pero descuida —añade—, no soy rencoroso.

—¿Tienes un canuto? —le pregunta Jesús Bernal, como si su presencia allí no fuera un suceso extraordinario, una discontinuidad en la realidad que lo circunda.

—Solo me permiten tabaco.

Manfred Papadama saca un cigarrillo ya liado del bolsillo de la chaqueta de punto. Lo enciende con su viejo mechero de petróleo. La nariz refulge como un tabique en un edificio en llamas. El extremo incandescente viaja a través de la oscuridad hasta los dedos del huésped. Su cuerpo recibe el tabaco como una medicina. Los pulmones vuelven a obedecer al sistema nervioso. Cada inhalación deja de parecerle un tormento.

—Me permiten conservar estos pequeños placeres —dice el visitante inesperado.

Esta vez sí, cree escuchar, e incluso ver marcados en su piel, los engranajes internos que lo gobiernan. Se le antoja el reflejo de un sueño, tal vez la materialización del texto de Cervantes. ¿Es posible que las palabras adopten forma humana?

—¿Llegaron antes que la policía? —pregunta el huésped mientras exhala la segunda calada.

—Alguien debió de hablarles de mí.

—Yo no he dado ningún nombre —afirma, olvidando el de Raffaella Watkinson.

—No te culpo.

¿Quién puede culparle? Su voluntad resiste como un candil encendido en el ojo de un tornado.

—¿Cuánto llevo aquí? —pregunta Jesús Bernal.

—Algo más de tres meses.

—¿Y tú?

—Un par de semanas.

—¿Por qué me tienen aquí?

—No pareces serles de utilidad. No pareces ser culpable de nada. No pareces fácil de domesticar.

—¿Por qué no me ponen una capucha y me dejan donde me encontraron?

—Están cercados. Se sienten amenazados.

—Diles que soy un imbécil sin bando ni patria.

—Ése es el problema.

—¿Te has unido a ellos?

—Me han nombrado arcabucero.

—¿Y te han dado una casaca roja?

—Trabajé por dinero en una fundación que extorsionaba y asesinaba a gente. Vi cómo se llevaban a aquella mujer y a sus hijos. Acribillaron a aquellos muchachos sin contemplaciones. Tal vez sea el momento de ponernos al servicio de una tarea colectiva.

Ahora Papadama es una autoridad moral.

—¡Tú nunca has pensado en la colectividad! —estalla el recluso—. ¡No existes! ¡No estás aquí! Eres un producto de la desnutrición, la oscuridad y la soledad. Estás hecho de palabras y no de glándulas ni sangre.

—Les he dicho que con tus conocimientos podrías ayudar en explosivos.

—Tendría tanto éxito como Heisenberg con su bomba.

—¿Y eso qué importa? Al menos ganarías tiempo.

Papadama saca del otro bolsillo de la chaqueta raída con los codos agujereados un objeto brillante, una máquina de la verdad, un libro de la historia de su rostro. El huésped da un paso atrás, cohibido como un niño ante un confesionario. Papadama entreabre la puerta de la celda y la luz tenue de las catacumbas se cuela dibujando una escuadra en suelo y pared.

—¡Ven! —ordena, pero el huésped sigue retrocediendo hasta dar con la espalda en el muro opuesto—. ¡Ven aquí! —insiste Papadama con el objeto en sus manos.

Harto de esperar, va hacia él. Lo agarra del brazo con fuerza. Tira de él hacia la puerta. Sus pies no caminan pero son arrastrados hacia la luz. La misma mano envuelve ahora su cogote obligándole a mirarse en aquel espejo.

Le sorprende que la barba pueda brotar tan cerca de los ojos, que parecen dos botones. La nariz, llena de costras, sobresale como una tubería oxidada. El pelo, apelmazado en su propia grasa, sirve de tejado para unas cejas embravecidas. La cicatriz de la cara se intuye a pesar del acolchado de la barba.

—Han matado a José Ramón Torres.

Papadama ha soltado aquella atrocidad sin el preámbulo que hubiera merecido.

Las cejas en el espejo se arquean enormemente. Las arrugas de la frente se imponen a las guedejas de pelo sucio. La boca se abre hasta que las comisuras de los labios le duelen, pero no brota de ella ningún sonido. El huésped sale bruscamente de la anestesia en mitad de la operación. El dolor es profundo. Ve su corazón sobre la mesa de operaciones. «¡No vuelvan a ponérmelo!», grita por dentro. «¡No lo necesito!»

—Las cosas ahí fuera han ido a peor —explica Papadama—. Desde el episodio de la tanqueta las cosas han ido a peor.

—¿Quién... quién ha sido? —balbucea.

—Apareció muerto, apuñalado, en uno de los surcos del huerto. Había quedado con alguien después de cenar pero no le dijo a nadie con quién ni para qué. Kamala lo había visto optimista durante todo el día, convencido de que las cosas iban a empezar a reconducirse. Debió de quedar con alguien del gobierno o de la policía. Tal vez con el nuevo mediador. Se ausentó tras la cena y ya no regresó. Organizamos una batida y lo encontramos en los patatales.

—¿Cómo han hecho algo así? —Papadama se encoge de hombros—. Desean la guerra.

—Por eso te conviene elegir bando. Aprovecha ahora que estás aquí.

Señala con la cabeza en dirección a la puerta abierta.

—Ya puedes salir.

Sería tan fácil: dos pasos nada más. Los da, pero hacia atrás. Camina de espaldas hasta dar otra vez con el muro. Se sienta en el suelo con las rodillas en alto y mete la cabeza en ellas. Papadama aplasta el cigarrillo contra el suelo.

—La he vuelto a ver, ¿sabes?, a la bailarina —dice como si no acabase de dar una terrible noticia—. Ella fue la que vino a por mí.

Jesús no escucha. Permanece hecho un ovillo con la cabeza entre las rodillas.

—Dice que no tengo nada que hacer con ella hasta que triunfe la voluntad popular. —Papadama mira por primera vez a su compañero compasivamente—. ¿Por qué no sales? Aquí serías de utilidad. Hablan de extenderse por otros países. Hablan incluso de España.

No obtiene respuesta.

—Está bien. La dejaré abierta por si cambias de opinión.

Papadama sale con el cuerpo inclinado hacia adelante; por primera vez cinético, no estático, ha abandonado su condición de reloj de pared para convertirse en un reloj de cuco.

La puerta lleva abierta tres días, los mismos tres días que él ha permanecido acuclillado en un rincón. No han traído comida. Rugama no ha regresado. Ha administrado con avaricia el último vaso de agua que le habían dejado. Papadama ha quedado impreso en su recuerdo como el perfil de Hitchcock en los seriales televisivos de hace un siglo. «El asesino de Torres sigue impune ahí fuera», se repite obsesivamente. Toda la vitalidad y todo el tiempo que aún le quedan se desangran en ese pensamiento. El castillo de fractales se ha venido abajo. Una tempestad ha dividido en dos la playa de algoritmos. El mar de operadores hermíticos se ha convertido en una salmuera sin imaginación. Le duelen las rodillas, la espalda y el cuello. Aprieta dientes y esfínter; dobla compulsivamente las articulaciones de los dedos de los pies. No ha comido en tres días. Tampoco ha reparado en el trasiego al otro lado de la puerta. Los pasos apresurados, las órdenes a gritos, los objetos cayendo de las estanterías, los disparos: cuatro. Solo el cuarto le hizo sacar la cabeza de entre las rodillas. Dos disparos más: seis. El sonido del último logró hendir sus oídos y llegar hasta sus pensamientos, pero allí solo encontró un antiguo disco de pizarra rayado: «El asesino de Torres sigue impune ahí fuera», repite. No logra pensar en otra cosa que no sea el cuerpo imaginado de Torres sobre la tierra imaginada e impregnada de sangre, el filo de un cuchillo entrando y saliendo de su carne; una cita a la que acudió confiado, incluso ilusionado por las perspectivas de entendimiento que le habían prometido, una encerrona urdida con engaños por alguien cercano a él, alguien de la comunidad, aquel Jamie Hanafi podrido de ira, dispuesto a vengar la muerte de su hijo cobrándose la vida del que había fracasado en sus negociaciones con la policía y los abocaba a un martirio sin lucha; o el Estado, amenazado por un líder que pudiera mostrar a los desheredados que es posible subsistir, entenderse y ser solidarios. El cuerpo imaginado sobre los patatales, como el de Münzenberg atado a un árbol; el huerto salpicado de sangre, el alma ya libre de carne al encuentro de un Dios de naturaleza incierta; como si el milagro hubiera sido la parte de un contrato. Tal vez Torres habría ofrecido durante aquella noche de oración su vida a cambio de la de Nora. Tal vez el poder de ese Dios terrible no es, después de todo, tan arbitrario. Imagina el alma marchando al encuentro de su creador y desea que sus temores no sean ciertos, que el abismo en el que lo encontró Dorothea fuera tan solo una distorsión causada por el agotamiento. Reza, por tercera vez en su vida, y esta vez lo hace para que Dios acoja a Torres a su derecha y lo premie con el descanso eterno, que en verdad Dios sea el Dios del amor en el que el santo había creído.

El deseo de venganza lo pone en pie. Ha olvidado las proporciones de su cuerpo. Se tambalea sin lograr recordar cómo hacía para gobernar sus extremidades. Son los pies los que lo encaminan hacia la puerta. Son las yemas de los dedos las que rozan la superficie metálica de la puerta. Es el hombro y el codo los que desplazan el antebrazo como biela y manivela.

Al otro lado encuentra la misma oscuridad. Ahora se da cuenta de que la luz eléctrica ha huido y de que el aire tantas veces respirado durante más de tres meses en su celda es el mismo aire al otro lado de la puerta herrumbrosa. Huele la emanación de la tierra profunda en la que el agua viva escarbó acequias subterráneas. Camina a tientas con la vaga esperanza de encontrar agua potable y algo que echarse al estómago. Trozos de vidrio crujen y se rompen bajo sus pies. La temeridad de no poder ver nada le anima a seguir. Si en lugar de tinieblas y silencio hubiese encontrado luz y actividad, habría buscado, como los ratones, un agujero en el que esconderse. Camina a tientas sin despegar la mano izquierda del muro enladrillado. Tropieza con una silla que a punto está de hacerle caer. Concentra toda su atención en el olfato, pero la humedad lo ocupa todo. Sin embargo, el oído le trae el eco del goteo de un grifo. Cruza el túnel transversalmente hasta la otra pared. Tropieza con una caja de cartón. El goteo del grifo es amplificado por el eco en el entramado de túneles, pero a la vez esparcido en todas las direcciones. La sed se hace insoportable. Entra por una puerta abierta.

Allí la temperatura es ligeramente más alta y el aire algo menos musgoso, como si la humedad hubiese sido ahuyentada por una fuente de calor. Nota un charco bajo sus pies. Se agacha con el pulso acelerado. La sed se encabrita en su boca. Moja las puntas de los dedos en el charco. Pero es un agua viscosa. Aun así, lame el dedo mojado para probarla. El sabor es infame. Escupe una, dos, tres veces la saliva que no tiene. Da un respingo. Camina hacia atrás velozmente hasta que su espalda se topa con una pared. Tropieza con algo blando tendido en el suelo. Aquel objeto no está hecho de madera ni acero ni ladrillos. Aquello no es agua. Se vuelve a agachar. Palpa a ciegas: una mano, unos cabellos, tal vez un muslo o un brazo, fríos. Quiere salir huyendo pero ha perdido la orientación. Tropieza algunas veces más. Vuelve a pisar el charco viscoso. Grita. No pretende pronunciar palabra alguna. Solo brama como un animal amenazado. Un quejido profundo, como las raíces del árbol donde el poeta vio una legión de ángeles, brota de sus intestinos, que son sus propias raíces vacías. Por primera vez se da cuenta de que no encontrará una salida, de que su lugar está junto a aquellos desdichados. Él no tendrá la oportunidad de erguir su cabeza antes de recibir el disparo. Algo que se mueve muy deprisa acaba de rozar sus zapatillas: las ratas han encontrado aquella despensa.

De pronto cree comprender para qué lo han dejado allí.

Palpa el suelo. Hay unas losetas mal encajadas. Levanta una de ellas y mete la mano debajo. Allí está la tierra. Hunde los dedos en ella, fresca, húmeda, llena de vida. Ha de encontrar una pala o algo con que cavar. Recorre los muros de ladrillo palpándolos con sus manos.

Una, dos, tres paredes. Al regresar a la cuarta vuelve a tropezar, pero esta vez con algo duro que cae y golpea contra el suelo produciendo un sonido metálico. Los verdugos debieron de salir huyendo antes de haber podido cavar un hoyo. Él lo hará. Cavará un hoyo, aunque sea lo último que haga. Con toda la fuerza de que dispone levanta las losas y las echa a un lado hasta abrir un hueco de tierra ancho, de unos dos por dos metros. Toma aquella pala y la hunde en la tierra. Pero a la tercera palada se da cuenta de que no será capaz. Necesita comer y beber. Presupone que son tres los cuerpos, uno de ellos, muy probablemente, el de Raffaella Watkinson, la editora tan recta como las costuras de sus medias.

Si no consigue beber es posible que pronto pierda el conocimiento o caiga en un letargo mortal. El arcabucero Papadama dijo que estaban cercados. Es posible que la policía lo encuentre antes de terminar devorado por las ratas. Lo primero es encontrar ese maldito grifo que gotea. Hay tiempo. La policía aún no va a fumigar los túneles con lanzallamas. Ha de cumplir con su cometido. Para ello lo han dejado allí con vida. Agudiza el oído. El goteo suena lejano ahora en comparación con los arañazos de las ratas en la tierra. Sale de aquel tanatorio impúdico. Avanza por el corredor. Se detiene a escuchar. El eco sigue dificultando la orientación. Vuelve a detenerse.

El sonido más dominante ahora es el eco de unos pasos que suenan próximos, seguros de sí mismos. Quien quiera que sea ha estado antes aquí. No caminaría así un policía que no sabe lo que va a encontrarse al doblar la siguiente esquina. Una luz asoma por el túnel. Es una linterna furiosa que se mueve en todas las direcciones. Destellan las paredes húmedas. Por primera vez su mente, como la de un murciélago, compone las dimensiones de la gruta abovedada.

No tiene sentido buscar un escondite. Desde que decidió ponerse al volante de aquel coche y obedecer las órdenes del navegador, se abandonó a una corriente que lo arrastra. Su voluntad quedó cautiva en aquella barquilla oscilante de una orilla a otra del río Tees. Lo que aquella luz y aquellos pasos, ya muy próximos, le deparen, forma parte de un designio inescrutable. Permanece pegado a la pared como una virgen en una hornacina. La linterna enfoca directamente a sus ojos. No puede ver nada. Un objeto frío roza su mano derecha. Es una botella de plástico. La agarra y se la lleva ávidamente a los labios. El agua llena su boca como una invasión violenta. La nota descender por el esófago y helar su estómago. Se dobla por la mitad y la vomita.

—Espera —ordena la voz detrás de la linterna, mientras las manos manipulan la botella y vierten algo en ella—. Prueba otra vez, a pequeños sorbos.

Se acerca de nuevo la botella a los labios sin importarle el tipo de veneno que haya puesto. Retiene el agua en su boca mientras se pregunta para qué ha vuelto, por qué emerge de las tinieblas ahora y no lo ha hecho durante los tres meses de cautiverio, por qué no fue capaz de salvar a Torres. Agradece que la oscuridad y la sobreexposición a la luz de la linterna le impidan ver su rostro. Nota un dulzor agradable y traga el líquido con el deseo de que acabe con él de manera rápida e indolora.

—El azúcar te ayudará a hidratarte —pauta ella.

—Ahí hay tres cadáveres —dice el huésped tras retirarse la botella de los labios—. Llevo un rato pensando. ¿Qué se comerán las ratas primero? Creo que los ojos. ¿No te comerías tú los ojos primero?

—Bebe, por favor, despacio.

Aquel Jesús Bernal da un segundo trago y devuelve la botella. Da media vuelta y, sin dar las gracias ni interesarse por la presencia de ella allí, camina de nuevo hacia la cripta. Los rayos de la linterna muestran el vano de la entrada en la pared.

—¡Jesús! —grita Dorothea con perfecta pronunciación española—. ¡Tenemos que salir de aquí ahora mismo!

—Si estás en peligro, puedes irte. No tienes ninguna deuda conmigo.

Entra en la cripta. Recuerda dónde ha dejado la pala. La agarra con las dos manos y comienza a cavar. Su debilidad es extrema. Aunque consiga cavar un hoyo y echar en él los tres cuerpos, le resulta evidente que no le quedarán fuerzas para taparlo. A la cuarta palada se detiene. La linterna, como la de un espeleólogo, profana las profundidades de aquella cripta.

—Toma. —Ella se la ofrece junto con la botella de agua azucarada—. Descansa. Bebe. Ilumina para que pueda ver.

Obedece. De la pila formada por los tres cuerpos sale despavorida una rata. Hay una mujer y dos hombres. Raffaella Watkinson, «rubia entallada», yace ahora junto a los otros dos con el pelo manchado de tierra y las cuatro extremidades en una posición absurda. Nadie merece ser conocido de aquella manera. Se sienta lejos de los cuerpos y del charco de sangre. Orienta el haz de luz hacia Dorothea, a la que puede contemplar esforzándose por terminar de cavar el hoyo lo antes posible.

Bebe otro sorbo. Aquello le proporciona cierto bienestar. Pero es tan solo una exigua tregua. Al contemplarla tan cerca de él siente la verdadera magnitud de su debilidad. El alpinista que llega con las fuerzas justas a la cima lo hace sin pensar en el descenso. Ahora sabe que no desea descender de la montaña, que prefiere acurrucarse y dormir, servir de alimento a las ratas o de combustible para el lanzallamas policial, dormir, descansar y dormir hasta el día en el que comparecer ante Él, si acaso es digno de semejante privilegio, y si lo es, conocer al fin el porqué de su capricho.

A partir de aquel instante los recuerdos se pierden. La noción del tiempo se desvanece. El espacio se vuelve cambiante. No oigo ni veo ni siento. Un zarandeo me gobierna: los pies mojados, tu voz que me grita para que siga caminando. Pero yo solo pienso en dormir, dejarme caer y dormir.

Los días posteriores tendrás que narrarlos tú:

Me relaja tu sueño y tu inconsciencia cuando estás despierto. Me sucede como a mi madre cuando decía: «me gustan mis hijos cuando están enfermos». Siempre pensé que era su egoísmo el que hablaba, pero ahora empiezo a entender que tal vez fuera su deseo de desaparecer. Cuando Tertius (hacía casi veinte años que no escribía ni pronunciaba el nombre de mi hermano) y yo caíamos enfermos, ella pasaba largas horas en nuestras respectivas habitaciones leyendo para ella misma. La recuerdo sentada en una silla incomodísima junto a mi mesa de hacer los deberes del piso de Paddington, a la luz de una lámpara que iluminaba las páginas y su mano sobre ellas. Solía leer subrayando las líneas con el dedo índice de su mano derecha, como yo todavía hacía, motivo por el cual me regañaban en el colegio, manía en la que persistía y que me costó algún que otro castigo. A pesar de la distancia entre las dos (ella hacía algo que le pertenecía en exclusiva; yo solo podía observarla), eran aquellos los instantes en los que más próxima la percibía. A veces le pedía que leyera en voz alta y ella lo hacía enfatizando su acento pulido. ¿Por qué haría aquello? ¿Por qué elegiría nuestras habitaciones cuanto estábamos enfermos para permanecer en ellas largas y perezosas horas sin apenas dirigirnos la palabra? ¿Por qué permanezco yo ahora a tu lado mientras duermes (yo escribo en lugar de leer) sin haberte mostrado nunca mis sentimientos ni haberte contado nunca nada de mí?

Te pasas los días durmiendo y las noches despierto. Apenas te hablo. Tú no dices nada. No sé si has perdido el juicio o te sucede todo lo contrario. Cuando te miro tendido sobre la cama, con la mirada perdida en algún lugar inespecífico, me pareces una crisálida que pronto será perforada por un hombre nuevo que ahora, mientras escribo, sigue fraguándose en tu interior. Comes muy poco, como si la crisálida, la apariencia, quisiera impedir la metamorfosis hacia la verdad. Bebes lo justo para no caer enfermo. Estás muy delgado, tanto que dudo que puedas ponerte en pie. Ayer accediste a que te cortara las uñas y la barba. Te afeité. En los seis días que llevamos en esta habitación, lo había intentado en varias ocasiones pero tú solo me habías respondido con un manotazo.

La dueña del hotel, la señora Deane, es de confianza, pero así y todo temo que podamos estar despertando alguna sospecha. No sabía adónde llevarte y te he traído aquí. Por las noches se oye el trasiego de los pasillos, las risas fingidas, el taconeo, los somieres que amortiguan el sexo de mercado. Resulta grotesco. Tal vez por ello permaneces las noches despierto, para mortificarte.

No creo que tengas más motivos que yo para la desolación. Si pretendes con tu silencio hacerme sufrir, no lo consigues. Lavo tu cuerpo con una esponja y echo tu orina y tus heces en el inodoro cada día. Si con ello crees que estoy expiando alguna culpa también te equivocas. Estoy esperando y he elegido esperar junto a ti. Preferiría que fueras el profesor apasionado en lugar de este ser inmóvil. Preferiría gastar nuestras horas, tan valiosas —aún no sabes cuánto—, en hablar del siglo xx y de sus convulsiones o en discursear sobre la quiebra de los Estados y la forma que adoptará la nueva guerra.

Tú afirmarías con vehemencia que la amplitud de las oscilaciones de la humanidad ha ido contrayéndose con cada catástrofe hasta que, algún día, deje de oscilar y esa onda de la historia se convierta en la trayectoria recta de la serenidad, sin picos ni valles, hacia la sabiduría y el bien colectivo.

Yo respondería que no tengo tanta fe en la naturaleza humana. Los logros de la civilización son muchos, pero siempre a costa de alguien. Todas las culturas que admiramos han sido construidas sobre la sangre de otros. Muchos de los autores, científicos o artísticos, que conocemos han antepuesto su obra a su familia y a sus seres más queridos, han ejercido su talento con insensibilidad, en el mejor de los casos, y con crueldad en el peor. ¿Cómo podía Torres admirar tanto a Rousseau? Rousseau, que envió a sus cinco hijos a la inclusa, donde morían dos de cada tres niños y el tercero terminaba en la indigencia. ¿Es que tanto habrían perturbado su trabajo? Y si así hubiera sido, ¿era su obra tan importante para la humanidad como para que ésta lo haya perdonado? Rousseau, el gran didacta de la infancia, el autor del *Émile*, que él consideraba la «mejor y más importante de todas sus obras»; el *Émile*, que tanto citaba mi padre.

Tú me habrías respondido que en ocasiones los grandes creadores se han visto arrastrados por una corriente de fuerza muy superior a su capacidad de flotación, como Heisenberg o su oponente, Enrico Fermi, que por un motivo u otro, coacción de las SS o persecución de su mujer judía, tuvieron que prestar su talento a la ignominia.

Yo habría respondido que Schrödinger y Einstein son el contraejemplo de esa justificación, más bien laudatoria, para unos portentos que, a buen seguro, habrían podido inhibirse de proporcionar los medios para la extinción de la especie.

Y así nos habríamos enzarzado, réplica y contrarréplica, como en aquellas dos semanas en un hotel al este de Londres.

Yo te diría que el testigo caído del comunismo podría haber sido recogido por la Iglesia católica. Pero que prefirió encomendarse a un papa guapo que se iba de gira como los Rolling Stones.

Tú habrías exclamado entre risas que mis afirmaciones resultaban blasfemas incluso para un ateo y que habías leído en algún sitio que el secretario personal de Juan Pablo II se carteaba regularmente con el asesor de seguridad de Jimmy Carter.

Stanisław Dziwisz y Zbigniew Brzezinski, respectivamente, habría apostillado.

Hay algo marcado por lo polaco en nuestra relación.

Me gusta recordar el sonido de tu voz, grave y retumbante, de hace medio año, porque ahora, mi buen amigo, los dos hemos cambiado tanto...

Consagrar la vida a una causa no es solo un síntoma de supremacía intelectual o artística o científica. Los grandes hombres y mujeres suelen tener mal encaje en la vida y en la sociedad. No es nada nuevo. La mayoría son seres egoístas, como Rousseau, que piensan que con sus creaciones, sus universos paralelos y sus álter ego, obtendrán el amor de los demás. Hace ya años que leí *De profundis*, de Oscar Wilde: cuánto deseo de ser amado, adorado, en un hombre tan narcisista y altivo, despreciativo de la sencillez y cruel con el menos dotado. Incluso en su obra más descarnada y sincera, en la que abre su corazón a su examante, por cuya causa reside en prisión, se aprecia que está escribiendo en realidad para la posteridad. Wilde dice querer despojarse de todo odio. Pero no es verdad. Escribe para que lo quieran aquellos a los que él desprecia.

Yo también encontré una causa a la que consagrarme y antepuse toda mi vida, la búsqueda de la felicidad, incluso el respeto hacia mí misma, a esa causa que ahora se ha deshecho en mis manos. Me dije una y otra vez que mis aspiraciones individuales no eran nada comparadas con la elevadísima meta que procurábamos. Argumenté los fines sin importarme los medios. Desdeñé la debilidad y quité valor a la vida. Me llené de palabras. Tenía palabras para todo. Vertía mis palabras con facilidad. Mi cuerpo estaba hecho de palabras. Yo era mi gran relato. Aquella combinación de dialéctica y orificios húmedos. La novela viva. El ensayo carnal.

Yo, como Wilde, también buscaba el amor de los demás. Quería que me quisieran por intentar salvarlos de la injusticia. La humanidad... ¿Qué es la humanidad? La humanidad no existe. No podemos amarla ni ponernos a su servicio sin amar a cada una de sus partes. Algo que las grandes mentes no están dispuestas a hacer. ¿Qué habría sido de Marx si hubiese tenido que convivir con familias proletarias, sucias e incultas, niños mocosos y enfermos, bocas desdentadas de alientos pestilentes, pobre léxico, diminuta inteligencia, mal gusto? Algo parecido decía el padre Torres con relación a su iglesia. Los que escriben teología están muy alejados de los pobres y los que consagran su vida a los pobres no tienen el bagaje intelectual necesario para escribir teología.

Todas aquellas palabras de las que me vestía solo servían para disfrazar de sedicente verdad el odio más profundo, inhumano, perverso, monstruoso, neurótico y destructivo que nunca un alma como la tuya podría albergar. Te desprecias por haber abandonado a tu hijo pero no hay maldad en ti. Eres a mis ojos tan puro y limpio como ese niño al que has abandonado.

¡Ojalá la oración me sirviera de consuelo! ¿Qué es rezar? ¿El estado de desamparo en el que encontré a Torres, a un paso de la blasfemia, aturdido por la arbitrariedad de la voluntad de un Dios desconcertante? Yo no creo en el Dios del amor. No sé qué nos tiene preparado para la otra vida. ¿Honramos nosotros a nuestros animales muertos? ¿Les procuramos una tumba junto a las nuestras? A veces pienso que el origen de mi odio no es humano, que solo puede venir de Él.

Llevo toda mi vida, desde niña —ahora lo sé—, movida por ese odio. Incluso cuando encontré el amor, acabé transformándolo en rencor. No quiero irme de este mundo con todo este veneno dentro de mí. El padre Torres solía decir que si optas por la venganza tendrás que cavar dos tumbas. Yo entonces me burlaba de su cobardía.

Observo el desperdicio que ha supuesto mi vida y me entran ganas de llorar. Pero no quiero que te lleves ese recuerdo de mí. Seré fuerte hasta el final; un final que, intuyo, tú también vislumbras aunque no digas nada.

Creo que ya no podríamos hablar sin hacernos daño. Por eso prefiero que no digas nada.

El bolígrafo vuela sobre estas páginas y ya me quedan pocas. Tal vez sea esta la señal definitiva. Con su peculiar sentido del humor, Dios estaría esperando a que apure la última cuartilla para aplastarme con su puño de hierro. Conozco mi final. Pero¿ qué querrá hacer de ti? Un hombre sin maldad, un epicúreo, como escribiste a tu esposa y a tu hijo.

Te refugias en la ciencia porque de otro modo no encajarías en este mundo. Las relaciones humanas están tan llenas de aristas, algunas de ellas cortantes como cuchillas, que prefieres ausentarte, viajar por esos universos paralelos. Te apartas de los demás, pero no los desprecias como yo los he despreciado. Tu vocación era en realidad sacerdotal, aunque no hayas sabido darte cuenta. Tal vez este sea el destino que tiene para ti reservado el Altísimo. Tal vez en el momento de nacer Él marca con una cruz a sus favoritos, como al santo Torres y a ti, y nos deja huérfanos a los demás; nos insufla el odio y la lujuria para que su existencia eterna y solemne no resulte tan aburrida. Tal vez solo seamos una enorme ficción construida por Él, el Gran Autor.

Me gustaría saber cómo eras de pequeño. Me gustaría que me enseñaras fotos antiguas. Me gustaría saber quién fue tu primera novia, cuál es el primer libro del que guardas recuerdo, tu película favorita... Esas cosas que se dicen los enamorados. Hay un momento maravilloso en *Middlemarch* en el que Dorothea, permitiéndose a sí misma —¡al fin!— reconocer el amor que siente por Will Ladislaw, lo más puro y verdadero que jamás ha sentido en su vida, pero que la aparta de una herencia cuantiosa y de su clase social, un instante, digo, veloz, como todo lo irreversible en la vida, en el que dice a su amado una de las más hermosas declaraciones de amor de la literatura: «... necesito muy pocas cosas... no me hace falta ropa nueva... y aprenderé el precio de todo». Ojalá yo pudiera ser esa Dorothea. Ojalá estuviera aún en mi mano construir junto a ti una vida en común, sin bienes materiales desde los que partir y sin pasado, sin otras metas más allá de hacernos felices el uno al otro. Ojalá tu amor disipara —¡al fin!— todo este odio.

Ha sucedido algo horrible, algo que no sé si sabes, algo que nos hermana en la desgracia. Desde que lo supe es como si mi pasado no me perteneciera y no logro imaginar un futuro. Solo tengo este presente, una habitación de hotel barato y el sonido de tu respiración mientras contemplas los restos de las humedades del techo.

Soy incapaz de ponerlo en palabras, porque hacerlo supondría el comienzo de la resignación y me niego a resignarme. Sería capaz de olvidar todo mi pasado, desdibujarme, anular mi voluntad, renunciar a mí misma y a mi identidad. Pero soy incapaz de olvidar la infamia asesina con la que han traicionado todo por lo que he luchado.

El texto se interrumpe aquí. Las dos frases siguientes, con las que concluye el cuaderno, se aprecian mucho más inseguras. Tu caligrafía esbelta se contrae y la presión que ejerciste sobre el papel se evidencia menor. Seguramente las escribiste uno o dos días después:

No lo soporto más. He de escuchar, si no tu voz, al menos sí la mía.

Dorothea se sienta en la cama junto a Jesús. Lleva un libro en la mano, lo abre y comienza a leer:

—«Eran los mejores tiempos, eran los peores tiempos, era el siglo de la locura, era el siglo de la razón, era la edad de la fe, era la edad de la incredulidad —hace una pausa y alza la vista en busca de una reacción pero solo encuentra la cordillera de su columna vertebral marcada en su piel—, era la época de la luz, era la época de las tinieblas, era la primavera de la esperanza, era el invierno de la desesperación, lo teníamos todo, no teníamos nada, íbamos directos al Cielo, íbamos de cabeza al Infierno...».

Ahora sí, en contra de lo esperado, recibe una pregunta que brota de los intestinos vacíos, una pregunta ronca, concisa, que resulta amenazante incluso para ella:

—¿Quién lo mató?

Sus expectativas se truncan. Habría deseado no tener que hablar de ello, guardarlo oculto hasta que fuera inevitable. Pero la misión ha sido completada. No han dejado ni un fleco suelto. El poder agitador y propagandístico de la muerte ha sido utilizado para separarlos. El muro entre los dos se ha vuelto muy espeso. Regresan las ganas de llorar, pero se contiene. Ella solo desea unos días de paz y serenidad junto a él antes de que todo acabe.

—Es el comienzo de *Historia de dos ciudades* —elude Dorothea—. ¿La has leído? ¿Quieres que la lea en voz alta? No me cuesta nada. Así te entretienes. Y yo también.

Obtiene el silencio por respuesta. Algo que ella interpreta positivamente y prosigue con la lectura en alto. Pasa la primera página. La pregunta se difuminará en el aire si ella prosigue con cuidada entonación y énfasis de colegio caro. Termina la tercera página. Se cree capaz de evadirse de la respuesta.

Aquella tarde Jesús no vuelve a decir nada y Dorothea avanza en la lectura por espacio de dos o tres horas. La escena se repite al día siguiente y al siguiente, aunque con una variación. Al concluir la lectura del tercer día, la voz áspera de Jesús vuelve a clamar con idéntica pregunta:

—¿Quién fue? ¿Quién lo mató?

Dorothea cierra el libro y contempla desalentada los pectorales pegados a las costillas y las manos entrelazadas sobre el vientre. Se convence de que Jesús no ha estado prestando atención al relato. Se convence de que la mente de su amigo lleva atrapada en esa pregunta desde que alguien le comunicara la noticia.

—¿Cómo lo has sabido? —pregunta ella con la voz trémula a causa de un llanto que teme no poder contener.

—¿Qué importa? —responde él con economía de gestos y palabras.

Dorothea sublima las lágrimas en un suspiro y se concentra en contener su expresividad, aunque él no la esté mirando.

—El gobierno, supongo —responde finalmente.

—¿Y qué haces aquí? ¿Por qué no estás empuñando un arma?

—La venganza no es el motor de nuestra lucha —responde ella robóticamente, pero enseguida repara en lo extemporáneo de aquel «nuestra», como si hubiera pasado un siglo desde que ha decidido que ya no lo es; y solo ha pasado un mes.

Vuelve a imponerse el silencio. Jesús no parece querer cambiar de postura. Ahora está muy interesado en el óxido del viejo radiador de hierro. Insistir en la lectura contribuiría a espesar el muro que los separa. Se convence de que aún no es lo suficientemente grueso como para no poder cavar un túnel. Si lo hubo cuando ella recibió la orden de matarlo —la mañana posterior a su charla a orillas del Támesis— todavía están a tiempo de encontrar un hueco, aunque oscuro y angosto, por el que perforarlo.

Atardece, como aquella tarde. La luz del final del día entra a través de los visillos. Dorothea se pone de pie, camina hacia la ventana y la abre verticalmente. Es una de esas ventanas antiguas de guillotina con la pintura descascarillada. El aire entra limpio y aromático. Ella también querría ser una partícula de aire, veloz e insignificante, libre para entrar y salir, sin pasado del que lamentarse ni futuro al que temer. Se da la vuelta para mirarlo. Él ha sido hasta ahora como aquella brisa de comienzos de otoño. Ha atravesado este mundo sin contaminarse. Lo último que desea es corromper su pureza.

Jesús tan solo retira la mirada para no cruzarse con la de ella, que lo observa sentada en el radiador oxidado bajo la ventana, de pronto, recuperada, gracias a la frescura de la tarde, que ha renovado el aire de la habitación, hasta ese momento, y durante todos los días anteriores, asfixiante.

—Si no encuentras interés en el relato de Dickens, déjame hablarte de una mujer que compartió tiempo y simpatías políticas con tu admirado Heisenberg y cuyas vidas tienen muchos puntos en común.

Jesús no cambia de postura ni varía la trayectoria de su mirada, pero ella se siente capaz de captar su atención si logra reprimir el temblor de su voz:

—Thea von Harbou fue una guionista de cine alemana en los años veinte y treinta del siglo pasado. Estuvo casada con Fritz Lang, para el que escribió casi todos los guiones de sus películas de aquellos años, antes de que Hitler los separara.

Nota un desvío en sus pupilas a las que no deja de mirar mientras habla. Los visillos azuzados por el aire de la tarde han dejado de tener interés para él durante una milésima de segundo. Dorothea presiente que va por buen camino.

—Era una bávara hija de una familia aristocrática de segunda fila. A los trece años ya escribía ensayos sobre arte y despuntaba como niña prodigio. Fue el productor Joe May quien presentó a guionista y director para una colaboración que consideraba beneficiosa. Y no se equivocó. Ambos estaban casados cuando se conocieron. Lo cual no impidió sus trasiegos del cine a la lujuria y viceversa durante más de dos años. La mujer de Lang, Lisa Rosenthal, acabó con un tiro en el pecho; suicidio, según el informe del forense. El actor Rudolf Klein-Rogge, esposo de la Von Harbou, prefirió firmar el divorcio a cambio de aparecer en todas las películas de la pareja a partir de entonces.

—Un tipo pragmático ese Klein-Rogge.

La voz de su amigo la encuentra desprevenida. Ya no esperaba su regreso, absorta como está, esforzándose por resultar amena. Del mismo modo que antes ha reprimido las lágrimas, ahora reprime la sonrisa que intenta elevar sus pómulos.

—Mejor un papel protagonista que un tiro en el pecho —bromea Dorothea, como si su comunicación no hubiera permanecido interrumpida durante tantos meses—. Rudolf Klein-Rogge es, por ejemplo, el doctor Mabuse o el inventor perverso de *Metrópolis*.

Lo mira de reojo para cerciorarse de que la está observando, parecida a una joven que sale arreglada a la calle para hacerse la encontradiza con el chico de sus fantasías. Él ha cambiado de postura. Parece más relajado y ha desplazado un poco su atención hacia la ventana.

—Los guiones de Thea von Harbou colmaban las expectativas aventureras de Fritz Lang: viajes por Persia y China, ciudades del futuro, encuentros con la muerte, con Atila, misiones a la Luna... En aquel piso de Berlín, entre 1920 y 1931, se concibieron algunos de los iconos del siglo veinte.

—¿Qué los separó?

—La línea roja, la exigencia de elegir bando, la excepcionalidad de los tiempos... o simplemente el desamor, la envidia, el egoísmo... Su última película juntos, *El testamento del Dr. Mabuse*, había sido prohibida por incitación al desorden público. Según parece, Goebbels había visto en ella una burla del nuevo régimen. Fritz Lang contaba una historia bastante chusca. Decía que Goebbels, futuro cerebro del cine nazi, lo convocó a una entrevista en marzo de 1933. En lugar de reprenderlo, le ofreció la dirección de la productora de cine UFA.

—A Heisenberg le aplicaron la misma medicina de palo y zanahoria.

Dorothea sonríe. Abandona la presión incómoda del radiador en sus posaderas y se sienta en la cama junto a su amigo que, por primera vez, no se da la vuelta para mostrarle sus costillas.

—Sí, pero en el caso de Lang lo que hizo fue dar las gracias por el excelso honor, salir corriendo del ministerio, regresar a casa, hacer las maletas y coger el primer tren hacia París. Aquel mismo año, Thea von Harbou se afilió al partido nazi.

La satisfacción se ha apoderado del rostro de Dorothea. Ya no hace esfuerzos por reprimir su sonrisa. La luz del atardecer, el aire perfumado y la mirada de su amigo le devuelven el valor para encarar su desenlace. Mientras sigan enzarzados en sus diálogos, las mentes que urden en este instante un plan para darle alcance se desorientarán como un sonar con los chillidos de una ballena. La conversación los protege de la miseria y de la crueldad. Como Thea von Harbou y Fritz Lang en su piso de Berlín, ellos se sienten en aquella habitación de hotel alejados de la ola de desesperación que empieza a apoderarse del país. Las pupilas de su amigo vuelven a brillar, aunque no con la intensidad de aquella tarde junto al río, pero brillan, sin la capacidad de entusiasmar de hace meses, pero brillan.

Ahora solo queda la separación. Mejor pronto que tarde. Debe convencerlo para que marche de vuelta al lugar del que procede. Ha de conseguir que se olvide de ella, que la desprecie si eso va a salvarlo, pero que se aleje de allí, que recobre las fuerzas y el juicio y desaparezca. Ella no piensa ir a ningún lado. Aquella habitación de hotel será su último refugio. Como a Münzenberg, la persiguen los de un bando y los del otro. Porque no hay escapatoria posible, esperará resignadamente en aquella habitación a que un viejo amigo abra esa puerta sin necesidad de tirarla abajo y sin decir ni una sola palabra, un «te lo mereces» o un «lo siento», le rodee el cuello con las manos y apriete como un cliente sádico al que ha cobrado un suplemento, apriete con toda la fuerza de unos ideales que hasta hace unas semanas ella también compartía, apriete por instinto de supervivencia o por sentido del deber o por venganza o por placer, o por todo ello junto, y después salga de allí ocultando su rostro en la sombra de una visera, como tantos otros clientes entran y salen de aquel hotel de mala reputación evitando ser reconocidos.

—¿Qué fue de Thea von Harbou después de la separación?

La pregunta de su amigo la sustrae de su ensimismamiento.

—Siguió haciendo películas... —intenta recopilar—. Dirigió dos, una sobre la vocación religiosa de una joven y la otra sobre una adolescente maltratada por su padrastro. Ambas fueron censuradas a causa de la visión que ofrecían de la vivencia religiosa. Frustrada por ello, no volvería a dirigir jamás, aunque no dejaría de escribir, casi treinta películas hasta el final de la guerra; películas que pretendían llevar consuelo y entretenimiento.

—¿Volvió a casarse?

—No renunció al amor. Se casó secretamente con Ayi Tendulkar, un indio embajador de Gandhi. La guionista de piel pálida y ojos claros, junto al joven de piel oscura, diecisiete años más joven, vestidos ambos según la tradición india: incluso como nazi era bastante excéntrica. Pero su felicidad duraría poco. Cuando estalló la guerra, Tendulkar tuvo que regersar a la India.

»Tras la derrota de Alemania, Thea von Harbou fue detenida por los británicos y sufrió cinco años de reclusión. En 1950 le fue concedida la libertad y volvió a su país a trabajar para el cine en tareas menores, como traducción y subtitulado. En 1954 se reestrenó *Las tres luces,* que había supuesto su primer gran éxito junto a Fritz Lang. En aquella proyección, la industria y sus compañeros le rindieron un caluroso homenaje que sirvió para rehabilitar su persona y su obra. Radiante de felicidad, a la salida del teatro, mientras bajaba las escaleras, cayó al suelo y se rompió una cadera. La dureza de la reclusión había mermado su salud. A pesar de ello, siguió dictando desde su cama guiones y relatos. Pero la cosa se complicó y a las pocas semanas, en el verano de 1954, fallecía en su casa a la edad de sesenta y seis años.

—¿Acudió Lang al entierro?

—No, pero tras la muerte de Thea, empezó a alabar el talento de su exmujer y lo mucho que éste había engrandecido aquellas películas de los años veinte. Lang había tenido una vida de exiliado. Nunca había llegado a encontrarse bien en Hollywood. En los años cincuenta, gracias a los *cahieristas*, Truffaut, Godard y compañía, recibió un «diploma» de autor cinematográfico. Ensalzado ya como gran autor, regresó a Alemania huyendo del Comité de Actividades Antiamericanas. Una vez allí, movido por la nostalgia, el remordimiento o el deseo de hacer las paces con los muertos, rodó sus dos últimas películas, a partir de guiones antiguos de Thea von Harbou, *La tumba india* y *El tigre de Esnapur*, películas ambientadas en la India, una de las pasiones de su exmujer.

—Es como si Fritz Lang estuviera diciéndole a Thea von Harbou: ni tú ni yo estábamos en lo cierto. El mundo entero se equivocó.

Un hecho extraordinario sucede, que no por deseado deja de causarle menos sorpresa. Jesús hace un esfuerzo para incorporarse. Apoya la palma de la mano sobre el colchón y se ayuda con el brazo. Dorothea corre a asirlo del otro brazo pero es rechazada con una sacudida que no denota debilidad. La inesperada fortaleza de su amigo la obliga a dar un paso atrás. Ya sentado en el borde de la cama, con los pies descalzos en el suelo, mira por la ventana para evitar los ojos de ella, que retoma la conversación, evitando conceder mayor importancia al episodio.

—El epílogo de esta historia es aún más sobrecogedor —anuncia Dorothea—. En el piso de Berlín donde falleció Thea von Harbou encontraron, colgados de la pared del salón, dos grandes retratos: uno de Adolf Hitler y, junto a él, otro de Mahatma Gandhi.

—¡Dios Santo! —exclama Jesús mientras reconoce mentalmente todos y cada uno de los músculos de su espalda y de su cuello, algo más débiles pero intactos—. ¿Qué clase de idealismo es ese?

—Eran tiempos en los que las masas aún se desbordaban con inercia decimonónica, en los que las nuevas ideologías prevalecían sobre la tradición, eran tiempos de generosidad y barbarie. Daba la impresión de que todo estaba por hacer y de que todo había en realidad concluido. El arte y la ciencia iban en busca de nuevos paradigmas, mientras las injusticias ancestrales no se corregían. Aquella tecnología mágica que recreaban películas como *Metrópolis* mezclada con la pureza de la raza o los ideales colectivistas, serían capaces de alumbrar el nuevo mundo, una vez la violencia catártica, la guerra o la revolución, el genocidio si era necesario, hubiesen concluido. Los intelectuales, los burgueses, los aristócratas participarían en aquella orgía. Mucha materia gris se sumaría a la planificación de la ignominia.

Dorothea comienza a dar pequeños paseos de zancada corta. Cruza un brazo sobre su vientre y se sujeta una mejilla con la otra mano para ocultar su arrebol.

Jesús acomete la segunda etapa de su reconstrucción. Tampoco esta vez desea ayuda. Su amiga lo observa de reojo, indiferente en apariencia a sus esfuerzos por ponerse de pie.

—¿Por qué me rescataste? —pregunta mientras se apoya en el cabecero de la cama—. Fuiste tú la que me metió en aquel agujero. ¿Por qué regresaste?

Jesús ya está de pie con una mano apoyada en la pared junto a la ventana. Desnudo de cintura para arriba, está tan delgado que parece como si la brisa fuera capaz de atravesarlo.

Dorothea no responde. Por segunda vez sus miradas se cruzan. El desamparo y la furia que le transmiten los ojos de su amigo en nada se parecen al brillo intelectual y algo ingenuo de hace meses. Dorothea se detiene al otro lado de la cama, intimidada, parapetada tras el obstáculo que los separa.

—¿Por qué iba a querer la policía o el gobierno asesinarlo? —prorrumpe Jesús, más despacio de lo que en él era habitual, notablemente atrofiado el músculo de la oratoria, pero con la fuerza de un buey—. José Ramón Torres había construido una comunidad que renegaba de la violencia. Si es cierto que el gobierno lo ha asesinado, ha legitimado con ello la revolución. —Le cuesta pronunciar con nitidez, pero prosigue eligiendo muy bien las palabras, como un cura viejo— ¿Por qué querría el gobierno hacer algo así? El incendio del Reichstadt benefició a los violentos, a los apologetas de la muerte como mal necesario, a los terroristas, que después se hicieron con el poder. Los fanáticos de cualquier índole temen a los tibios, a aquéllos capaces de mostrar que en la convivencia está la solución, que contra la violencia solo cabe el perdón. Tus terroristas tenían miedo de que el ejemplo del padre Torres, su milagro, restase simpatizantes a su causa.

Dorothea se sienta en el borde de la cama porque sus piernas le avisan de una posible debilidad. Su amigo lleva encerrado en ese pensamiento durante semanas.

—Todos tenemos momentos de lucidez —susurra ella—. Incluso los seres humanos más monstruosos nos miramos en el espejo de vez en cuando. Yo he sido una máquina de hiel. Mi odio no ha conocido fronteras. Lo he dirigido contra todos y contra todo; lo he vestido de palabras y así vestido se ha convertido en mi compañero de viaje, de baile y de alcoba. Cuando el odio gobernaba mi vida, vestido como un novio ante el altar, yo era la novia cegada por su fortaleza. Doy gracias a Dios por no haberme concedido un hijo, porque de mis pechos habría mamado hiel. En la comunidad de Torres encontré la serenidad que hasta entonces se me había negado. Volví a ser la niña que disfrutaba de las tardes de verano junto a su hermano, que viajaba a Plymouth en tren con su madre o a la que un padre, en quien aún confiaba, le leía cuentos para distraerla de los picores de la varicela. Recuerdo una mañana blanca de invierno en un cementerio y la piel de mis manos cuarteada por los trabajos en el huerto. Torres era el espejo en el que veía todas esas cosas. Pero ahora ese espejo se ha roto y yo estoy al otro lado. Mi vida ha sido en vano. Que no lo sea también la tuya.

—Mi vida ya es en vano. Maté a un hombre arrojándolo por la borda del puente de Middlesbrough para robarle, o peor, porque pertenezco a una organización terrorista. Solo dime quién mató a Torres y dónde puedo encontrarlo y desapareceré de aquí.

—¿Cómo iba yo a hacer tal cosa si lo único que deseo es permanecer a tu lado?

—¿Dio la orden Rugama?

—El odio dibuja una expresión simiesca en tu rostro.

La fatiga de su amigo resulta evidente. Aun así camina hasta una cómoda junto a la puerta. A Dorothea no se le escapa que allí desca nsa olvidada la mochila en la que metió precipitadamente algo de ropa y comida antes de regresar al subsuelo para rescatarlo. Tampoco se le escapa que metió algo más en aquella mochila.

—No he sido una persona de grandes ideales —replica Jesús mientras rebusca en la mochila sin que ella se oponga—. Siempre he procurado hacer el menor daño posible a los que me rodeaban y pasar desapercibido.

La pequeña pistola plateada refulge ahora en la mano huesuda de él. La empuña con determinación y en agradecimiento el arma le confiere potestad y aparente audacia.

Dorothea permanece sentada en el borde de la cama con las rodillas juntas. Es la misma mujer que hace ocho meses acariciaba este mismo gatillo en otra habitación de hotel, sin saber si debía obedecer la orden recibida en clave por teléfono móvil. Como él ahora, ella entonces también sostuvo el arma apuntando a su frente y, como él entonces, a ella ahora también le importa poco el desenlace de la escena.

Me observo allí, de pie, apoyado en la cómoda, con la otra mano apretando la empuñadura de la pistola, el dedo índice rígido alrededor del gatillo, como un garfio. Recuerdo tus ojos atravesados lateralmente por la luz postrimera del día, tus rodillas juntas, los labios ligeramente combados hacia arriba por las comisuras. ¿Una sonrisa? Recuerdo tus manos sobre los muslos, inermes, puras, a pesar de ser las de una prostituta. Conservo esa imagen como un retrato de un viaje de novios, un instante que no tiene significado para nadie salvo para nosotros. No era yo el que empuñaba aquella pistola, sino un guiñapo hecho de huesos, pellejo e ira. Me di cuenta después, años después, de que nadie acepta la muerte con tanta serenidad como tú si no ha hecho antes las paces con los hombres.

En tu cuaderno rojo no he encontrado ni una sola alusión a este instante. Sí hay, en cambio, varias páginas sobre aquel otro momento, en el hotel de Brentwood, cuando la que empuñaba la pistola eras tú. En aquella ocasión decidiste contravenir la orden amparándote en la más que evidente inocencia del sujeto. Alegaste que yo no era más que un lunático enajenado por la idea de suplantar la personalidad de otro hombre, un vagabundo que había encontrado otra vida en un contenedor y había decidido probársela por si era de su talla. El hecho de que hubiera asesinado al *inocente* o tan solo hubiera presenciado su suicidio resultaba irrelevante, ya que estabas segura de que yo no trabajaba para el gobierno ni para una organización clandestina. Me habías interrogado suficientemente hasta llegar a esa conclusión. Habías decidido entonces dejarme a buen recaudo en la Comunidad del Camberwell Old Cemetery, con el compromiso de su líder, José Ramón Torres, de avisarte si decidía abandonarla.

En todos los años que he tenido para meditar sobre tus motivaciones de aquellos días, he llegado a un buen número de conclusiones. Pero, si ni tan siquiera los participantes en un acontecimiento histórico se ponen de acuerdo en las causas, ¿cómo puedo yo aspirar a adivinar lo que se pasaba por tu cabeza durante aquellos meses anteriores y posteriores a nuestro primer encuentro?

Con todo, no puedo evitar hacerlo.

A mi juicio, unos meses antes de nuestro primer encuentro en el hotel de Brentwood, las sospechas sobre la lealtad de la captadora Lorraine habrían empezado a anidar en las altas instancias de la NNMA. Aquel encargo de atraer para la causa a Krzysztof Sobolewski, en circunstancias normales, no debería haberse asignado a una captadora que siempre se había opuesto al uso de armas nucleares o a la explotación de las mismas como fuente de financiación. Tal y como me contarías tú misma aquella misma noche —aunque no lo escribieras, sí hablaríamos durante varias horas, antes de que el sueño nos venciera—, aquella misión fue en esencia una especie de prueba de lealtad.

No puedo hacerme idea de cómo ha de ser la pertenencia a una organización armada, pero imagino que una vez vencida la excitación del adiestramiento y las primeras misiones, una vez olvidada la euforia de saberse todos al amparo de la misma utopía, sobrevienen los periodos de inactividad, las dudas, la clandestinidad y la jerarquía, y por ende la divergencia de criterios. Imagino que la utopía se va distanciando, pues no todos los días resultan ya excepcionales. Entre ella y el idealismo se interpone un ancho río de pragmatismo y concesiones. Al mismo tiempo, la extorsión, el secuestro y el asesinato, como instrumentos para alcanzar los fines, otorgan cada vez más poder a los sádicos, que empiezan a concebir la violencia como un objetivo en sí mismo. La utopía sigue brillando, pura y perfecta, pero las necesidades de financiación, la clandestinidad y la complejidad de la logística la empiezan a convertir en una diosa inalcanzable y las acciones de sus sacerdotes en un ritual autocomplaciente. La violencia se enquista. Se santifica. Es elevada a los altares.

Tú habrías ya reflexionado, conscientemente o no, sobre todo aquello antes de nuestro primer encuentro. Durante aquellos pocos segundos en los que estuviste apuntando a mi frente, habrías estado valorando la posibilidad de que la NNMA aceptase tus explicaciones si desobedecías la orden, pero yo prefiero pensar que aquél fue el instante en el que tu proceso inconsciente se hizo consciente, el instante en el que decidiste que no querías ser recordada por aquel crimen inútil. Asimismo quiero pensar que durante aquellas dos semanas te habrías encaprichado de mí. Tal vez sea esta la mejor palabra para definir tus sentimientos. Capricho. Enamoramiento o amor resultan demasiado abstractos en una mujer acostumbrada a tratar con tantos hombres y decepcionada de los dos únicos a los que había amado. Me conformo con haber sido el iniciador de tu transformación, que después se aceleraría tras la muerte de José Ramón Torres.

O puede que no. Puede que tu encuentro conmigo te causase tal conmoción que te replanteases de golpe toda tu vida, de principio a fin. La única evidencia que poseo para justificar semejante conjetura es la siguiente: empezaste a escribir tu cuaderno rojo durante aquellas dos semanas en Brentwood. Cuál fue mi contribución a tu transformación, es algo que nunca sabré. Habías perdido a Eugene meses antes. Pero de él ya te habías distanciado, por causas que desconozco. Aunque pueda especular sobre la deshumanización que causa la pertenencia a un grupo armado o el descubrimiento de que, como dijo Clorinda, solo os unía el deseo de venganza. En cualquier caso, fueran cuales fuesen tus motivos, habías desobedecido una orden de las más severas que pueden recibirse. Aquello debió de envalentonar a tus detractores en la NNMA, hasta atreverse a pedir tu cabeza o, cuando menos, un castigo ejemplar. En las semanas que duraron las deliberaciones sobre tu caso en el NNMA —tiempo en el que yo permanecí en la comunidad— fuiste alejada del núcleo duro. Te ocultaste en una localidad donde solían permanecer escondidos los durmientes, un lugar tranquilo, posiblemente en tierras galesas, desde el que escribiste muchas páginas sobre tu infancia.

A tu insubordinación se sumaba la duda razonable sobre mi persona. Nadie en la cúpula de la NNMA creyó tu versión sobre mi enajenación como explicación de lo ocurrido. El relato que tú les habías contado resultaba incoherente en muchos capítulos. Que yo hubiese asesinado y suplantado a un potencial colaborador de la NNMA, un nuevo miembro del Club de los inocentes, sonaba más a una maniobra de infiltración que a la acción de un delincuente. La hipótesis de la locura lo arreglaba todo pero hay que ser muy confiado para creérsela. Otra posibilidad era que Krzysztof Sobolewski no estuviera muerto, sino que hubiese sospechado de las intenciones de la cariñosa Lorraine y hubiese alertado al gobierno de sus sospechas. La policía habría mandado a aquel primer encuentro entre los amantes —hasta entonces telemáticos— a un agente que guardase parecido con Krzysztof Sobolewski para hacerse pasar por él, ya que era la primera vez que se veían, e intentar infiltrarse en la NNMA. No obstante, la actitud de aquel tipo que encontró Lorraine en el hotel de Brentwood denotaba un desconocimiento casi absoluto de la vida del detective nuclear. Además, mientras estaba siendo encañonado, según la versión de la captadora a sus superiores, no habría opuesto resistencia alguna, aceptando la muerte con resignación. Posteriormente, durante el tiempo en que había permanecido en la comunidad liderada por José Ramón Torres, el sujeto se había integrado bien y no había intentado establecer comunicación con nadie fuera de ella. No disponía de teléfono móvil ni de ningún otro tipo de dispositivo para conectarse a una red clandestina y segura. Luego, solo podría haberse puesto en contacto con el gobierno presencialmente, pero aquella hipótesis tampoco parecía plausible, ya que, al parecer, no se había ausentado de la comunidad ni un solo día.

Por si fuera poco, después de un acto casi suicida contra la policía, acometido durante un desalojo, se había extendido el rumor entre los jóvenes, sus alumnos, de que pertenencia a una organización armada. Aquello habría abierto otro frente de especulaciones en el seno de la NNMA, ya que ésta acababa de pasar por un alambicado proceso de consolidación a costa de numerosos grupúsculos armados, más o menos ideologizados, que habían ido proliferando por todo el país durante las últimas dos décadas y que habían finalmente terminado por cobijarse bajo el paraguas de la NNMA. Pero, si bien ésta era (y es) el contrapoder más hegemónico, aún quedaban (y quedan) organizaciones de diversa naturaleza (salafistas, anarquistas, neofascistas y un largo etcétera) que bien podrían haber querido infiltrar a uno de los suyos en la NNMA para empaparse de su tecnología y saber hacer.

Especular sobre lo que otros especularon parece un ejercicio absurdo. Pero el funcionamiento cerebral sufre graves alteraciones con la edad. Ahora que lo pongo por escrito, me resulta cómico contemplar cómo llegué a inquietar a tantos poderes sombríos con mi enajenación de aquellos días. Lo más saludable es pensar que la NNMA pidió un acto de lealtad a Lorraine que, a su vez, resolvería el otro enigma, es decir, mi identidad real y para quién trabajaba.

Se te ordenó capturarme y llevarme hasta los calabozos de la NNMA para poder ser interrogado exhaustivamente sobre mis vínculos con el gobierno o la competencia armada. Como es sabido, aquellos interrogatorios no dieron todos los frutos esperados. Aunque sí sirvieron para captar a Papadama, un codiciado *inocente* al que habían perdido la pista. Un autor vendido a las operadoras de la red, conocedor de innumerables protocolos, procesos y sistemas permitiría a la NNMA explorar nuevas vías de concienciación.

En cuanto a mí, seguiste defendiendo mi inocencia

durante todo el cautiverio. También lo haría el converso Papadama, a quien sospecho no debieron de dar muchas opciones de conservar su vida si no colaboraba con la NNMA en sus ofensivas telemáticas.

Fue el asesinato del padre Torres lo que culminaría tu proceso interior. A veces he pensado que fuiste tú la que concertaste aquella entrevista con un hipotético negociador de la NNMA. Te engañaron. Te dijeron que necesitaban un intermediador para pasar un mensaje al gobierno, pero solo fueron allí para asesinarlo. Tiene sentido ya que si tú se lo hubieses pedido, desconociendo obviamente el objetivo verdadero de la cita, el padre Torres habría acudido confiado al encuentro, como de hecho así ocurrió. Si mi hipótesis es cierta, aquella fue una segunda prueba de lealtad demasiado inhumana. Haber sido manipulada de semejante manera para terminar con la vida de alguien a quien tanto querías y admirabas redujo a escombros toda tu vida, te hizo reconsiderar cada una de tus decisiones desde la niñez, una agonía en la que seguramente estuviste sumida durante días. Huiste. Desertaste. Y fueron en tu busca. Consciente de tu no pertenencia a ningún bando —para unos eras una terrorista y para otros, una traidora—, decidiste emprender una última misión en tu vida, la de salvarme.

Me cuesta mantener el brazo en alto paralelo al suelo. Si no llega el desenlace rápidamente, dejaré de resultar creíble como amenaza. Me miras sentada en la cama como la hija de un padre demente que aún es capaz de reconocerla.

—¿Quién mató a Torres? —insisto con menos ímpetu, como si mi demencia estuviese remitiendo por un mecanismo inverso al iniciado en el puente transbordador. Yo, que soy el que sostiene el arma, empiezo a sentirme ridículo.

—¿En qué te has convertido? ¿En un justiciero?

—Tal vez.

Sueltas un grito parecido a una carcajada que se extingue casi en el acto.

—Si quieres puedo hablarte de justicia. ¿Por dónde quieres que empiece? Karl Marx, George Washington, John Locke, Jean-Jacques Rousseau, Gustavo Gutiérrez, Martin Luther King, Mahatma Gandhi... Justicia no es amor, no es compasión. En la mayoría de los casos es dolor. Torres tenía razón. He estado tan llena de justicia que he olvidado la compasión.

—Los asesinos de Torres no merecen compasión.

—Ni yo tampoco. Preferiría a un agente de la élite policial o al fiero Rugama pero, si has de ser tú, adelante. Te advierto que conviene dar un tiro de gracia en la nuca. No quiero desangrarme durante horas. Esa compasión sí la merezco.

—Si lo afrontas con tanta serenidad, ¿por qué no te has suicidado ya?

—Porque sentía que cada minuto que pasaba contigo, aunque te negases a hablar, me curaba un poquito.

—También me dijiste hace tiempo, no sé ya cuánto, que te quedaste conmigo porque te hacía sentir niña otra vez y después...

—¿Lo recuerdas?

—... y después me encerraste en un calabozo.

—Llevo dos semanas cuidando de ti. Y si nos dejaran en paz, cuidaría de ti durante el resto de mi vida.

—Esa promesa es fácil de cumplir.

El peso de la pistola y del brazo terminará por vencer. Ahora no logro apuntar más arriba de las patas de la cama.

—Durante los bombardeos de Londres —dices mientras te pones de pie—, algunas parejas eran encontradas al día siguiente muertas en la cama. —Estás ya muy cerca de mí—. Habían renunciado a los refugios. Hacer el amor era su manera de resistir.

Tu mano toca la mía para quitarme el arma. No

opongo resistencia. Tu proximidad me hace darme cuenta de que estoy descalzo y no llevo camisa. Aunque esté limpio, con el pelo recién lavado y cortado, la barba afeitada, no puedo evitar sentirme sucio, un pordiosero a tu lado. Tus labios rozan levemente los míos, como el primer beso que me diste. No es un gesto de cariño. Es más bien un reconocimiento, un escáner emocional, una comprobación de mi regreso.

Aquel hotel de mala reputación se hallaba al otro lado de la alambrada, al norte del parque Burgess, en el Primer Mundo londinense. Hasta él me habías llevado por los ríos subterráneos y en él habías cuidado de mí durante dos semanas. Decidimos abandonarlo, no sin antes haber dado una propina generosa a la señora Deane, para que borrase de su base de datos y de su memoria aquella larga estancia de la prostituta Lorraine y su único cliente.

Pasamos la noche siguiente en un hotel modesto de Covent Garden y después en uno más suntuoso, de Bloomsbury, y en otro del Soho y en algunos más. No permanecíamos más de dos noches seguidas en ninguno de ellos. Comprábamos la ropa que nos hacía falta, ropa cómoda y calzado deportivo, y pagábamos todo en metálico con el dinero que te habías llevado de la tesorería de la NNMA. Por lo demás, no incurríamos en grandes gastos. No íbamos al teatro ni a conciertos. Comíamos cuando teníamos hambre lo primero que encontrábamos, *fish and chips* mientras caminábamos sin rumbo por un suburbio o delicado paté y vino francés en una terraza del West End.

Cada mañana era la primera y cada noche la última. Hablábamos sin cesar o permanecíamos largas horas en silencio, bajo el silbido de las bombas imaginarias al caer, intentando adivinar cuál sería la nuestra. Regresamos a los largos paseos por la ribera del Támesis. Nos sentábamos en un banco de un parque a hablar y a gesticular, expuestos a las miradas de los transeúntes, desconfiadas de todo aquel que no se comportase con discreción, seguramente alarmados por las noticias que llegaban del otro lado de la alambrada.

No dejábamos que la realidad alterase nuestro pequeño ecosistema. No consultábamos las noticias. No veíamos la televisión. No nos conectábamos a la red. No encendiste tu terminal móvil para no poner las cosas aún más fáciles a tus perseguidores. Si los brotes de violencia seguían en aumento, que las bombas llegaran a aquellas avenidas y parques no era una preocupación para nosotros; no al menos hasta el momento de nuestra separación. Un acontecimiento que ninguno de los dos mencionaba. Yo no podía evitar preguntarme cada noche cuánto duraría aquel sosiego. Desconocía de cuánto tiempo y dinero disponías. Pero como una dócil cortesana, no preguntaba ni por el cuánto ni por el cuándo.

Elucubrábamos sobre nuestros deseos incumplidos, un gran logro profesional o un hijo, pero no lo hacíamos con resignación, sino como planes que aún estábamos a tiempo de cumplir. Tú decías no resignarte a no ser madre. Tus genitales habían sido un instrumento en nada distintos de una llave inglesa o un ordenador portátil. Pero te creías capaz de concebir vida. Si no había sucedido aún era porque aquel odio atroz lo había impedido. No me involucrabas en aquellos planes. No me exigías una declaración. No me juzgabas por haber abandonado a Lars. Te limitabas a pensar en voz alta como si fueras hermafrodita. Yo te decía que renunciaría a mi naturaleza indolente para acometer un proyecto personal, tal vez un libro sobre la historia de la ciencia o un nuevo método pedagógico para enseñarla. Me hablabas de las propiedades perdidas de tu familia, como la casa solariega en Hertfordshire, y yo de España y de cómo te iba a gustar cuando te llevase a conocerla. Rara vez hablábamos de nuestros errores y pecados, y por supuesto no me contaste, ni tan siquiera insinuaste, tu infancia robada. Volábamos por aquellos mundos paralelos que a los dos nos resultaba fácil recrear. Me hablabas de arte, literatura y filosofía y yo, de física, química y matemáticas. Nos entendíamos solo a medias pero cada uno contagiaba su entusiasmo al otro.

Los largos paseos me ayudaron a recuperar el tono muscular y la comida me hizo ganar algo de peso. Volví a mis hábitos higiénicos. La ropa que compramos me permitió enfrentarme al espejo sin sentir repugnancia. La transformación que observé en él me resultó desconcertante. No era solo la delgadez y las cicatrices de la cara. Había algo más, el cansancio, sí, pero no solo eso. La expresión y la mirada habían cambiado. Aún no logro explicarlo. De algún modo, no me reconocía en el reflejo y al mismo tiempo sentía que aquel individuo era una versión mejorada de mí mismo. Te lo dije. Respondiste con ligereza que volviese a dejarme barba y así no tendría que verme las cicatrices.

El otoño comenzaba a teñir de amarillo y granate las hojas de arces y robles. La noche, más fresca cada día, vestía sobriamente la ciudad como si fuera una anciana rica, enjoyada con las luces de los edificios. El London Eye seguía girando. Las puntas afiladas del Parlamento se volvían cobrizas. La gente seguía haciendo footing junto al río. ¿Por qué no podíamos reducir nuestro mundo a una pequeña república insignificante? Tu cuerpo se paseaba desnudo por la habitación con las luces apagadas y las ventanas abiertas. Como la noche, tu desnudez era un vestido elegante. Las crestas de las caderas y el arco de las clavículas te endurecían; al tiempo que las curvas de tus pechos y tu vientre te suavizaban. Tu cuerpo parecía esculpido por tu carácter y viceversa, y ambos, recipiente y contenido, constituían una metáfora el uno del otro. Yo te observaba desde la cama en uno de aquellos largos silencios mientras tú mirabas por la ventana. Por ella se colaban las luces de los teatros y el tableteo de las motos que a mí me parecían los focos iluminando las nubes negras y las ráfagas casi a ciegas de las baterías antiaéreas. Pero en aquel búnker, hecho de conversaciones y sábanas, estábamos a salvo.

Tampoco tú eras la misma mujer de hacía seis meses. Tu piel reaccionaba de manera distinta a mis caricias. La prosopopeya del sexo había quedado atrás. No había nada que demostrar. No había ninguna razón para fingir. Te abrazaba y sentía como si mis huesos se clavasen en tu carne hasta casi hacerte daño. Mis dedos y mi boca acudían entonces a curar las heridas. No deseaba excitarme. No quería tener que ceder mi voluntad a la premura genital. Tú respetabas el silencio de mi cuerpo aunque el tuyo no permaneciera callado. No hablabas. No decías nada. Pero tu piel respondía con susurros a mis halagos. Mientras mi mundo quedaba reducido a aquel pequeño país, tenía la certeza de que tu alma y tu carne volvían a hermanarse. Tal vez solo era vanidad por mi parte, pero mientras mi patria se reducía a tan cercano horizonte, en ausencia de mi deseo, sentía que poseía el poder de curarte.

Después volvíamos a nuestra dialéctica. Te sentabas sobre la cama y gesticulabas. Nunca te había visto así, con el pelo revuelto, sin maquillar, desnuda, perfumada por el orgasmo; diría que te comportabas de manera incluso ordinaria, sin duda alegre, por una vez. En aquel estado de ánimo eras capaz de bromear. La risa fue nuestro último descubrimiento. Nos reímos juntos. Durante largas noches nos reímos...

... Hasta la última.

Porque aquellas casi dos semanas maravillosas fueron en realidad tu último engaño.

En la que iba a ser nuestra última tarde juntos, me llevaste a un pub de Chelsea con paredes recubiertas de madera y escudos universitarios en las cenefas del techo, mesas diminutas y apelotonadas, donde la especialidad era el Bloody Mary, bien picante, en vasos altos y acompañado de langostinos hervidos. Conformaba la clientela una mezcla abigarrada de edades y estampados de camisas. Era aquel un territorio sublevado donde estaba permitido fumar. El humo del tabaco y el vodka picante desinhibían las conversaciones. Habías dejado en el hotel los tejanos, la camiseta y las zapatillas, y te habías puesto un vestido comprado aquella misma tarde, mostaza y gris, con un cinturón ancho y falda con vuelo. Ofrecías un aspecto antiguo. El verde de tus ojos se imponía al castaño con ayuda de la luz de un foco que caía del techo y que parecía puesto allí para iluminarte. Hombres y mujeres te miraban. Pero tú no les dedicabas ni un gramo de atención. Durante toda la noche exhibiste un lenguaje corporal halagador. De tanto en tanto, me alisabas la corbata, reías mis ocurrencias, quitabas motas de la manga de mi americana... Parecías querer decir a toda aquella audiencia: «Sepan que esta noche, mientras estén en casa junto a sus envejecidas esposas y aburridos maridos, yo, mírenme bien, estaré dando a este hombre todo lo que un hombre pueda desear de una mujer».

Por segunda y última vez tu padre apareció en la conversación. Me contaste que solía acudir a aquel sitio cuando buscaba refugio y que alguna vez te había llevado con él a tomar limonada y langostinos. Sonaba una vieja canción de Tom Waits que ha permanecido grabada en mi cerebro como un teorema. Fue la única vez en la que me hablaste de tu familia e incluso recreaste algunos capítulos felices de tu infancia. Percibí con claridad que no aceptabas preguntas, que en realidad era a ti misma a quien estabas contando aquellos recuerdos. Cuando abandonamos el antro dijiste: «Este sitio no ha cambiado nada...». Y estuviste a punto de añadir algo más pero te lo guardaste para ti, para siempre.

A la mañana siguiente te habías ido. Encontré sobre el escritorio un pasaporte, dinero, un sobre con una carta y el cuaderno de tapas de tela roja. Abrí el sobre y extraje la carta, que iba dirigida a mí, y había sido escrita en el dorso de mi nota de suicidio de hacía ocho meses. La habías conservado desde entonces entre la tapa y la primera página. Tu letra, homogénea y serena, decía lo siguiente:

Mi querido amigo:

No puedes imaginar la amargura que supone para mí escribir estas líneas. Ninguno de los dos deseamos perder al otro, pero ambos tenemos que saldar cuentas con el pasado. No tuve fuerzas para decírtelo ayer. Estuve a punto. Pero no pude. Así que seré cobarde una vez más y dejaré mi despedida en el dorso de tu nota de suicidio con la esperanza de que ambas se complementen.

Te mentí. ¡Te he mentido tantas veces! Leí tu nota durante la primera noche, mientras dormías. Fue la razón por la que me quedé junto a ti, en lugar de salir huyendo o quitarte la vida como de seguro me habrían ordenado, y de hecho me exigieron, tan pronto como les informé. En ella supe de tu tormento y de tu deseo de escapar de ti mismo. ¿Y si yo —pensé—, al contrario que él, volviese a ser yo misma en lugar de la puta Lorraine o los muchos otros personajes que he interpretado? Fue a partir de aquellas dos semanas y de los monstruosos acontecimientos posteriores cuando me reencontré con la muchacha de dieciocho años que viajaba en tren de Londres a París con una bolsa llena de billetes apretada contra el pecho.

No sabes de qué te estoy hablando. En realidad llevo escribiendo esta carta de despedida desde entonces, hace ya ocho meses, en este cuaderno rojo que encontrarás junto al sobre. Esta nota constituye solo un epílogo hibridado a tu prólogo: el principio y el fin de nuestra aventura.

Léeme. Prométeme que me leerás. Es lo único que te pido, que me permitas vivir en tu recuerdo tanto como te sea posible mantenerte a flote.

Antes de dimitir de mis cargos en la NNMA —por tomarlo con humor—, conseguí que un buen amigo, en quien podemos confiar, me confeccionase un pasaporte

288

conjuntamente con una identidad digital nueva. Los sistemas gubernamentales son extremadamente eficaces y sus prestaciones crecen cada día. En promedio, según su experiencia, desde la primera vez que utilices tu nueva identidad hasta que descubran su falsedad transcurrirá una semana, como mucho dos. Úsalo. Huye. Sal de este país. En el tuyo las cosas no están mucho mejor, pero perteneces a él. Si no te entretienes, te vistes adecuadamente y aparentas no estar loco, con el dinero que te dejo podrás comprar un billete de avión. Tal vez, ya en España, puedas contar la verdad y te crean. No has hecho nada malo. Al contrario. Has sido una lucecita en mis tinieblas y en las de otros. Mereces redirigir tus pasos y subsistir, ser feliz en lo posible. Tal vez al tratarse de una empresa francesa la justicia española sea más benévola con la pena por abandono del puesto de trabajo. Tal vez te crean cuando cuentes la verdad sobre la muerte de Krzysztof Sobolewski y solo te acusen de denegación de auxilio y hurto. Si te juzgan allí, es probable que salgas antes de prisión.

No te rindas. Yo tampoco lo haré. Algunos arrepentidos han encontrado refugio en Islandia. El gobierno de allí lleva años ofreciendo asilo a disidentes de la violencia. ¡Malditas esperanzas! Lo envenenan todo. Pero tú me las has dado y yo también estoy obligada a conservarlas como un valioso regalo.

Sigue adelante, amigo. Piensa en tu reflejo en el espejo. Ya no eres el mismo hombre que escribió una nota de suicidio.

Te deseo un purgatorio corto y benévolo. Y que Dios siga teniéndote entre sus elegidos.

Tuya siempre:

Dodo

Acepté tu despedida con serenidad, abrí el cuaderno y me zambullí en la lectura. Terminé cuando ya estaba anocheciendo. Volví a empezar de nuevo. Te leí durante toda la noche y parte del día siguiente, sin descanso, hasta que sucumbí al sueño. Entonces dormí durante casi un día entero. Me desperté en mitad de la noche con un apetito voraz. Llamé al servicio de habitaciones y comí y bebí sin medida. Después vomité y volví a quedarme dormido y al despertarme volví a llamar al servicio de habitaciones y volví a comer y a beber y a vomitar y a quedarme dormido. Perdí la noción del tiempo. Debí de porfiar al menos cuatro días en aquella bacanal.

Escondida tras la caligrafía, con tus tinieblas y tus fanatismos, herida en lo más profundo y reconstruida con la argamasa del odio, emergía la mujer que yo había intuido, a la que en verdad había llegado a conocer y a querer. Aunque hubieses decidido no hablarme de tu infancia ni de tu familia, nada de lo que leí me sorprendió. Ninguna de tus revelaciones, incluida la más oscura, hicieron cambiar mi opinión sobre ti. Por alguna razón, aunque inconsciente del relato de tu vida y de toda su brutalidad, siempre habías resultado transparente para mí. Y, al parecer, yo también para ti. Me eché a reír. ¿Cómo podía haber sucedido? En el fingimiento de ser quienes no éramos ambos habíamos resultado evidentes el uno para el otro. ¿Cómo fue posible que en nuestro travestismo estuviésemos en realidad mostrándonos tal y como éramos? Celebré aquella dicha que muchos matrimonios no logran en décadas de convivencia, y respeté tu decisión. No podía hacer otra cosa.

Pero por primera vez no tenía intención de obedecer tus órdenes. No iba a consentir que volvieses a disponer de mi vida a tu voluntad. Antes incluso de haber empezado a leer tu carta en el dorso de la mía, antes de haber leído tu cuaderno y de haberme abandonado a la bulimia, ya había decidido mi futuro.

Con parte del dinero que habías dejado, me compré un abrigo —el otoño empezaba a enfurecerse— y una mochila, en la que guardé el cuaderno, la carta, el pasaporte y el dinero que me quedó después de pagar la cuenta del hotel, que no era barato. Y empecé a caminar de acuerdo con un mapa impreso en papel, una reliquia que me proporcionaron en la recepción. Por primera vez, en muchos meses, no me sentía enajenado. Tracé el recorrido concienzudamente hasta el puesto de control policial más próximo a mi destino y me empapé de mi nueva identidad sin mezclarme con ella: William Ladislaw, cuarenta y cuatro años, nacido en Coventry, Reino Unido.

Antes de la caída de la tarde, había llegado al puesto de control de la alambrada. Un policía cubierto de Kevlar™ inspeccionó mi pasaporte. Me hizo varias preguntas, motivadas posiblemente por mis cicatrices. Aunque mi aspecto fuese envidiable, pelo limpio y corto, camisa blanca y planchada y pantalones de lana gris y un abrigo nuevo, mi rostro no debía de despertar demasiadas simpatías. No era tan joven como aquel Ronnie que nos inspeccionó la primera vez. El lenguaje corporal de aquel otro que examinaba ahora mi rostro no daba la impresión de ir a alterarse aunque estallase la tercera bomba atómica delante de sus narices. Su compañero tampoco dormitaba apoyado en la ametralladora de la tanqueta. Estaba erguido y amenazante.

Las cosas habían cambiado desde entonces.

—¿A qué se dedica?

—Estoy en paro.

—¿A qué se dedicaba antes de estar en paro?

—Limpiaba.

—¿Dónde?

—Donde me llamaban.

—¿Dónde vive?

—Me han desahuciado.

—¿Dónde vivía antes de que le desahuciaran?

—En Coventry. Siempre he vivido en Coventry.

—¿Y qué va a hacer en Peckham?

—Unos amigos me acogen en su casa hasta que salga del bache.

—¿No tiene amigos en Coventry?

—Sí, pero no me acogen en su casa.

Entró en la caseta para pedir unas cuantas comprobaciones a un ordenador portátil, al que golpeaba con bastante confianza. Tardó varios minutos, tiempo en que permanecí bajo la atenta mirada de un tercer agente, también puesto allí para protegerme, con un subfusil más largo y más ancho que mi pierna. No me inquieté. Tenía toda mi confianza puesta en tu amigo el falsificador.

Al poco, regresó el primero. Me devolvió el pasaporte y soltó el mismo recitativo de hacía meses, aunque con alguna variación:

—Es ésta una zona de baja vigilancia policial. No encontrará cobertura para móviles ni conexiones a la red. Le informo de la imposición del toque de queda a partir de las seis de la tarde. Le ruego que firme aquí conforme ha entendido los riesgos de cruzar este punto de control.

Firmé aquel papel que seis meses antes no obligaban a firmar a los ciudadanos británicos y crucé la alambrada. Pude contemplar desde el otro lado los sacos de arena alrededor de una ametralladora y un laberinto hecho de muretes de hormigón para inspeccionar vehículos. Eché a caminar con cierta ligereza por el inframundo: chapas de aglomerado en las ventanas, olor a desinfectante, coches desvencijados... Todo permanecía más o menos como en mi recuerdo, salvo en un hecho sobrecogedor: las calles estaban desiertas. La gente permanecía encerrada en sus casas o había huido a otros barrios o pueblos. El eco de mis pisadas me perseguía y no había modo de librarse de él. Tenía claro que tarde o temprano, algo iba a suceder. No iba armado. No llevaba ninguna protección más allá de mi voluntad de llegar.

Unos muchachos, no más de media docena, salieron de un local que en otro tiempo debió de ser una agencia inmobiliaria o una sucursal bancaria y que ahora escupía una música atronadora. Me ordenaron detenerme. Procedieron a rodearme. El joven que me había cortado el paso no tendría más de veinticinco años. Llevaba medio rostro y cuello tatuados y fumaba un cigarrillo casi extinguido.

—¿Qué llevas en la mochila? —preguntó con un tono parecido al del policía de hacía media hora.

—Poca cosa —dije.

El tatuado tiró al suelo los restos del pitillo y sacó otro del pantalón, después, sin abandonar la lentitud ceremoniosa, extrajo un mechero y una pistola del bolsillo de la sudadera. Alojó la pistola en el sobaco, sujeta entre el brazo y las costillas. Encendió el pitillo sin perder la calma y volvió a guardar el mechero en el pantalón. Dio un par de caladas y devolvió la mano al bolsillo de la sudadera sin cambiar de lugar el arma.

—Ábrela.

—Llevo dinero —dije—, dinero de la NNMA.

—¿Y qué hace un tesorero de la NNMA perdido en mitad del bosque?

—¿Vas a ver a tu abuelita? —dijo su lugarteniente, junto a él.

—Lucho a las órdenes del teniente coronel Rugama —mentí, pero estaba seguro de que las cicatrices aportarían verosimilitud a mi embuste.

Un muchacho, el más menudo de todos, a mi izquierda, impostó su voz, una voz en tránsito hacia la edad adulta, aún esquiva, difícil de domesticar:

—Es verdad.

El que tenía a su lado volvió la cabeza para mirarlo. Los demás no dejaron ni un segundo de vigilarme.

—¿Lo conoces? —preguntó el de los tatuajes.

—Daba clases en el cementerio Camberwell —respondió el adolescente.

Entonces sí, yo también giré la cabeza. Su voz había excitado mis archivos de memoria. Era Shakib Hanafi, el hijo de Jamie, el hermano pequeño de Jamal, aquel muchacho interesado por los misterios del fuego, el enclenque y débil Shakib, aún más flaco debido al estirón que acababa de dar aquel verano.

—Todos decían que era un durmiente de la NNMA —añadió mi exalumno.

El líder dio un par de caladas al cigarrillo sin necesidad de usar las manos.

Yo abrí la cremallera, metí la mano y saqué a tientas unos cuantos billetes.

—Esto a cambio de vuestra protección —ofrecí.

El tatuado cogió el dinero y lo contó de un vistazo.

—Hará falta otro tanto —respondió.

—Imposible.

Todos se volvieron y dirigieron sus miradas al líder, que no despegaba sus pupilas de las mías. ¿Quedar como un cobarde delante de los suyos o enojar a un poder implacable?

—Aquí también tenemos nuestros jaleos —se lamentó—, ya sabes... Tiros, sustancias... Una bomba casi le estalla a éste en las narices el otro día.

—Allí mismo. —Señaló con el dedo el edecán.

—Entonces poneos bajo la protección de la NNMA —desafié.

El jefe sonrió y ladeó la cabeza. Se rascó el cogote tatuado.

—Le echáis un par de huevos, ¿eh? —añadió—. Haremos esto: cuando vuelvas a pasar por aquí, trae el resto.

—Haremos algo mejor. Mañana por la mañana envía a Shakib al cementerio Camberwell y le daré lo que falta.

El tatuado sonrió con satisfacción y abrió una puerta en el muro humano.

—Nuestros respetos al teniente coronel Rugama —dijo.

Asentí con la cabeza, intentando mantener lo que yo creía era una expresión indómita, y proseguí mi camino. Habría echado a correr, pero preferí volverme sin dejar de caminar. Shakib gesticulaba en aparente enfado, impetuoso, tal y como lo recordaba. Los demás se reían de él.

Atardecía cuando llegué a la verja del Camberwell Old Cemetery. Había luz en la ventana del comedor de la casa de piedra. Como de costumbre, olía a coles rehogadas con grasa de cerdo. Tras un verano seco, la vegetación vagabunda parecía agotada, sedienta de lluvia y frío. Abrí el portón con la llave, que permanecía escondida en el mismo lugar. Bordeé los muros hacia la parte de atrás de la casa. Tenía la boca seca. Mi tórax volvía a ser la caja de resonancia del contrabajo de Kwamie y mi corazón la cuarta cuerda pellizcada al aire. Allí estaba el corpulento ebanista, junto a una de las ventanas de la escuela, desmontando un vidrio roto. Me acerqué hasta él.

—Ya empieza a refrescar, profesor —dijo con naturalidad, como si no nos hubiésemos separado durante un paréntesis de cuatro meses—. No garantizo que pueda poner pronto uno nuevo. —Dio un paso atrás con el vidrio roto en la mano para mirar la escuela en su conjunto, intacta, aunque con algunas secuelas del vandalismo—. Lo de las goteras puede arreglarse. Pero el vidrio es cada vez más difícil de conseguir.

—Un plástico bastará para ir tirando.

—A ver si logramos completar un curso.

Me miró y su ojo izquierdo parpadeó involuntariamente. Su labio inferior desapareció bajo el superior.

—La comunidad se ha roto, profesor. Solo queda la casa de piedra y esta escuela sin alumnos.

—¿Tus hijos están bien?

Asintió con la cabeza.

—Que sean los primeros mañana por la mañana.

—Mira que el mayor ha salido tan zoquete como su padre —dijo sin ocultar una sonrisa.

Regresé sobre mis pasos hasta la puerta de la casa de piedra. Me abrió Sarah, la muchacha dispuesta a casarse conmigo por el rito zulú.

—¡Profesor! —exclamó—. ¡Qué sorpresa!

En el reducido zaguán habían estabulado jergones y algunos colchones. Ancianos y enfermos respiraban bajo las mantas. Un intenso olor a sudor y a secreciones causaba en los primeros segundos una sensación de asfixia. Alguien gritaba palabras sin sentido, un anciano demente o un niño en mitad de una pesadilla. Entre aquel aglomerado de seres humanos, se erguía, sobre un perímetro de velas encendidas, el altar hecho con patas de sillas y la escultura de madera del padre Torres sobre él. Miré hacia la techumbre, sobre la que era fácil adivinar idéntica densidad humana, y me pareció que la madera se combaba con la respiración de los enfermos.

Sarah me acompañó con su buen humor hasta la puerta del comedor. La abrió sin llamar. Allí también había camas y enfermos; algunos eran jóvenes y con heridas de bala.

—Vienen de todo Londres —dijo Sarah—. ¡Creen que hacemos milagros! —bromeó con una sonrisa.

La gran mesa del comedor había desaparecido. En lugar del cuadro de Eugene Salomone habían colgado un retrato del padre Torres, cándidamente devoto, voluntarioso, pero horrible. El gramófono y los discos antiguos también habían sucumbido. Todo lo que no fueran camas o pasillos por los que desplazarse se consideraba ciertamente un lujo. Las estanterías de libros sí habían sobrevivido a las urgencias clínicas, y al lado, una mesita con dos sillas. En una de ellas estaba sentada Kamala, que anotaba algo en un cuaderno bajo una luz tenue. La risa de Sarah le hizo alzar la vista, al tiempo que se quitaba las gafas. Hizo un gesto para que me acercase. Atravesé el dédalo de camas, mientras Sarah regresaba a sus quehaceres, que eran muchos.

Kamala estaba más delgada. Su pelo se había vuelto casi completamente blanco. Me abrazó. Me miró a los ojos:

—Dios te bendiga —dijo.

—Dios te bendiga a ti también —respondí.

—¡Queda tanto por hacer!

Nota del editor

Mi nombre es Shakib Hanafi, hijo de Jamie Hanafi, hermano del mártir Jamal Hanafi, servidor de la Comunidad del Camberwell Old Cemetery. A mí me corresponde el deber de publicar este texto del profesor Ladislaw tal y como él lo escribió meses antes de su muerte. Él no quiso o no supo darle difusión. Se limitó a dejarlo junto al cuaderno rojo de la señora Mitford en una estantería de su celda, como él llamaba a su modesta habitación, y me encomendó que cuidase de ambos mientras me fuera posible. Aunque no me dio indicaciones precisas sobre si debía o no publicarlo, encargué su traducción —él lo escribió en español, su lengua no-materna, como solía decir— a una de sus ayudantes, Sarah Zwide, que aparece en el texto, una enfermera a la que él mismo enseñó español.

Una vez he podido leerlo traducido, he juzgado necesario darle la mayor difusión posible. Así pues, tras cuatro meses de traducciones y transcripciones, hoy mismo difundiré de forma masiva el texto en español e inglés por toda la red. Seguramente será clasificado por buena parte de los usuarios como material desdeñable, debido principalmente a su extensión, pero no lo será para todo el mundo. En el «océano de necedad que se ha vertido en la red», como el profesor decía tan a menudo, voy a intentar mantener a flote esta pequeña embarcación. Si la hunden, intentaré reflotarla de nuevo. Creo que es ese mi deber.

La vida del profesor Ladislaw fue larga y fértil. Muchos capítulos de ella habrían merecido ser contados, pero él eligió aquellos ocho meses. Tal vez porque no se creía capaz de concluir un relato más extenso o porque conforme iba sintiendo la cercanía de la muerte también se sentía más próximo a la señora Mitford. Yo, que he tenido el privilegio de trabajar muchos años a su lado, he sido el primer sorprendido, pues nunca me había hablado de ella ni conozco a nadie a quien hiciera confidencias a ese respecto. Tampoco Kamala o Clorinda, cuando aún vivían, me hablaron nunca de ella, a pesar de ser una de las fundadoras de la comunidad.

Me permito suponer que no volvió a verla. Desconozco si tuvo o no noticias de ella. Esa será mi siguiente misión: buscarla si aún vive, algo improbable a tenor de los poderosos enemigos que la perseguían, y si no tuvo tanta suerte, saber qué fue de ella, dónde recaló y cuál fue su final.

Lo que sí puedo hacer por todos los lectores clandestinos de la red es aclarar cómo el profesor Ladislaw eludió la cárcel y por qué vivió el resto de su vida en disposición de salir huyendo en cualquier momento. Sobre ello sí me habló Kamala hace algunos años, en voz baja, junto a la chimenea, sin el consentimiento del profesor, por descontado. Era muy celoso de su pasado. Siempre decía que no había que juzgar a las personas por lo que habían hecho sino por sus obras presentes. Decía que todos albergamos una enorme capacidad de redención.

Lo que puedo relatar, tal y como me lo contaron a mí, es lo siguiente:

Al no presentarse en su puesto de trabajo tras sus dos semanas de vacaciones, el Instituto de Elementos Transuránicos de Karlsrhue informó de la desaparición de Krzysztof Sobolewski. La policía le siguió el rastro con facilidad, ya que había pagado con tarjeta en la gasolinera de Northampton y en el hotel de Brentwood y en varias tiendas y restaurantes del centro de Londres. Había atravesado el control policial de Peckham en compañía de una mujer llamada Lorraine Metcalf, una prostituta de lujo. Y allí le perdieron la pista. La policía supuso que les habrían robado y seguramente asesinado. De hecho, el coche de alquiler apareció calcinado semanas después.

Krzysztof Sobolewski no era una persona cualquiera. Según he podido leer en el texto del profesor Ladislaw, manejaba información muy valiosa. Por ello, la policía estuvo investigando en el barrio y haciendo preguntas. Lo único que no debía de encajar en aquella historia eran las motivaciones de Krzysztof Sobolewski para adentrarse en una zona tan peligrosa. Ocurrió que durante aquellos meses tuvo lugar el estallido de violencia que relata el texto, en este y otros barrios, instigado por organizaciones violentas y politizadas, como la NNMA. Todos los esfuerzos policiales se volcaron en la lucha antiterrorista. A muchos de los casos de delincuencia común dejó de prestárseles la debida atención.

Imagino que también debieron de seguir la pista de Lorraine durante un tiempo pero no hallarían indicio alguno. También presupongo que la NNMA daría fin en la red a la prostituta Lorraine: una más asesinada por un cliente incontrolable y cuyo cadáver no fue hallado.

En cuanto a las denuncias por la desaparición del español Jesús Bernal interpuesta por la compañía francesa para la que trabajaba y por su mujer, cuatro meses después del encuentro en el Transporter Bridge sobre el río Tees, apareció en la playa de Whitby, a treinta millas al sur de Middlesbrough, en avanzado estado de descomposición y sin ninguna documentación, el cadáver de un hombre de mediana edad que coincidía con la estatura de Jesús Bernal.

La Segunda Central de Hartlepool, la primera de una nueva tecnología de fisión, había resultado un desastre de tales proporciones que la empresa francesa intentaba sortear la quiebra por medio de la fusión con su competidora británica. Lo último que deseaban los directivos parisinos era que el suicidio de un empleado de una de sus contratas se hiciese famoso. La esposa, Inghild, aceptó una cuantiosa cifra en concepto de indemnización que fue abonada por la multinacional y que debió de servir para aliviar sus problemas económicos y los de su hijo durante varios años. Asimismo la policía debió de recibir presiones por parte de la multinacional británica para que se cerrase el caso apresuradamente: se había suicidado y punto. No se realizaron pruebas genéticas ni ulteriores investigaciones. Se expatrió el cuerpo a España y allí fue enterrado Jesús Bernal, en el cementerio de Torrero de la ciudad de Zaragoza.

Y en cuanto a mí, sin extenderme más de lo debido, aclararé que al día siguiente del asalto que sufrió el profesor Ladislaw, a manos de la banda de maleantes a la que me había unido, regresé a la comunidad, según lo convenido, para llevarme el dinero que habíamos acordado. Me recibió en la escuela de ventanas rotas. Aquella mañana solo tenía un alumno, el hijo mayor de Kwamie. Me dio el dinero y me prometió que si asistía a sus clases durante un curso entero, cuando concluyese, me enseñaría a fabricar una bomba.

Ni que decir tiene que nunca cumplió su promesa.

Ahora dirijo la escuela, transformada en instituto de secundaria y bachillerato, desde hace seis años. Tenemos más de doscientos alumnos. Nos hemos trasladado a una ubicación menos romántica pero mucho más práctica.

Para concluir, considero necesaria una última aclaración. He introducido un único cambio en el texto original, además de esta nota: la cita de san Juan de la Cruz que aparece en la primera página. Él no la puso, pero era una frase que le gustaba repetir a menudo, en español, y que logró que me aprendiera de memoria. Es una incorporación de mi cosecha y confío en que la apruebe allá donde se encuentre. Sus relaciones con Dios siguieron siendo difíciles durante el resto de su vida. Por ello no me aventuraría a adivinar desde dónde nos estará observando en estos momentos.

Descanse en paz.

Shakib Hanafi